从莱文沃思到拉萨
经历大变革年代

〔美〕罗伯特·斯卡拉皮诺 (Robert A. Scalapino) 著

刘春梅 胡菁菁 译

From Leavenworth to Lhasa:
Living in a
Revolutionary Era

北京大学出版社
PEKING UNIVERSITY PRESS

著作权合同登记　图字:01－2010－3926 号

图书在版编目(CIP)数据

从莱文沃思到拉萨:经历大变革年代 /(美)斯卡拉皮诺(Scalapino,R. A.)著;刘春梅,胡菁菁译.—北京:北京大学出版社,2010.11

ISBN 978－7－301－17338－1

Ⅰ.①从…　Ⅱ.①斯…②刘…③胡…　Ⅲ.①政治－研究－亚洲 ②经济发展－研究－亚洲　Ⅳ.①D73②F130.4

中国版本图书馆 CIP 数据核字(2010)第 107369 号

Translated, with omissions, from Robert A. Scalapino, *From Leavenworth to Lhasa: Living in a Revolutionary Era* (Berkeley: Institute of East Asian Studies, University of California, Berkeley, 2008). ©2008 by the Regents of the University of California. (本译著在征得作者本人同意后,对个别词句作了删节。有兴趣的读者可参阅原著。)

书　　　名:从莱文沃思到拉萨——经历大变革年代
著作责任者:〔美〕罗伯特·A.斯卡拉皮诺 著　刘春梅 胡菁菁 译
责 任 编 辑:耿协峰　严军
标 准 书 号:ISBN 978－7－301－17338－1/D·2625
出 版 发 行:北京大学出版社
地　　　址:北京市海淀区成府路 205 号　100871
网　　　址:http://www.pup.cn　电子邮箱:ss@pup.pku.edu.cn
电　　　话:邮购部 62752015　发行部 62750672　编辑部 62753121
　　　　　　出版部 62754962
印 　刷 　者:北京宏伟双华印刷有限公司
经 　销 　者:新华书店
　　　　　　890 毫米×1240 毫米　A5　8 印张　170 千字
　　　　　　2010 年 11 月第 1 版　2010 年 11 月第 1 次印刷
定　　　价:20.00 元

中文版序言

北京大学国际关系学院院长 王缉思

　　斯卡拉皮诺教授的这本近著在北京大学北京论坛秘书处的促成之下，翻译成中文出版，是一件很有纪念意义的事情。

　　本书很可能是作者的收官之作。它记录了斯卡拉皮诺作为教授、学者、策士的传奇般的一生。如果说费正清（John King Fairbank）、赖肖尔（Edwin Oldfather Reischauer）是战后美国第一代亚洲研究学者的代表人物的话，那么斯卡拉皮诺（Robert A. Scalapino，很少有人知道他的中文名是"施乐伯"）、鲍大可（A. Doak Barnett）、白鲁恂（Lucian Pye）等人，则是第二代亚洲研究学者中间的佼佼者。上述人物中尚健在的，仅有斯卡拉皮诺一人。

　　今天，会讲流利的汉语、日语的美国学者比比皆是。但在第一、二代美国亚洲学者成名那个时期,跨太平洋交通和通讯本不发达,加上太平洋战争和冷战造成美国同许多亚洲国家的相互隔绝,早期的亚洲研究在美国学术界不大受重视,条件比现在差得多。因此,老一代美国亚洲学者并不以通晓亚洲语言见长。斯卡拉皮诺教授在本书中记载了不少因语言隔阂而闹出的笑话,以他特有的幽默感承认自己不是语言天才。

从学术训练来说,第一代亚洲学者多为历史学家,而第二代多为政治学家。值得一提的是,在斯卡拉皮诺等人学术思想的成熟期,当今国际政治领域青年学子所熟知的各个国际关系理论学派都远未成型。因此,我们在本书和斯卡拉皮诺的等身著作中,似乎学不到什么高深的理论知识,而更多读到的是他个人对亚洲各国历史、政治、文化的感悟和解读。不过,细细品味他的著述,历史学和比较政治学的功底处处可见。鲍大可、白鲁恂等同龄学者和斯卡拉皮诺虽然各有所长,政治观点也不尽一致,但在治学方面都体现了一种见微知著的社会阅历,一种历史沧桑感。我个人感觉,读那个时代的学术名著就像欣赏西方古典音乐,需要一点知识底蕴才能真正产生共鸣。

斯卡拉皮诺1919年生于美国堪萨斯州,在大学主修政治学和国际关系。在博士阶段学习日语的时候,应征入伍,在太平洋战争中担任海军情报官员。战后他重入哈佛大学,获政治学博士学位,1949年后一直在伯克利加州大学政治系任教,直至1990年退休,其间1962—1965年任政治系主任。1978年他在伯克利创立了东亚研究所,并在退休前一直担任所长。《亚洲概览》(*Asian Survey*)是一个有影响的学术兼政论刊物,斯卡拉皮诺在其中担任了

34 年的主编职务(1962—1996 年)。在六十多年的学术生涯中,他共发表了 540 篇论文,以及包括本书在内的 39 本著作。他的高徒遍布美国和整个亚太地区,其中许多都在政界、学界和商界发挥着重要影响。

作为政策谋士的斯卡拉皮诺,其成就也是可圈可点。1959 年,他刚刚 40 岁,就主持了《康伦报告》(*Conlon Report*)有关东北亚和对华政策的起草工作。该报告是由美国参议院外交委员会委托若干智库撰写的,在本书第五章有所提及。虽然《康伦报告》提出的"两个中国"政策主张遭到当时两岸领导人的一致反对,但它作出的关于新中国政权已经稳固、中国将在 20 世纪末成为世界强国的判断,在当年具有积极意义和战略远见;有关实现对华关系正常化的建议也逐渐为美国政府所采纳。1966 年,斯卡拉皮诺等人一同创办了美中关系全国委员会,他出任首届主席。他是美中关系正常化的积极推动者。几十年来,他活跃于无数同亚洲相关的学术讲坛、政策论坛。直到年近九十,斯卡拉皮诺还是美国国会听证会和各种政策咨询会的常客。

在政策思想、学术思想方面,斯卡拉皮诺是一以贯之的温和保守派。这里的"保守"有三层含义。第一,他对美国自由主义的主流政治观、价值观坚信不疑。第二,他主张渐进变革而不是激进革命。因此,他对中国、朝鲜、越南等国的革命武装斗争历来持反对态度,而对亚洲各国朝向资本主义市场经济和西方式民主政治的渐进改革总是表示同情和支持。在政治态度上几十年如一日,从不剑走偏锋。"平衡"(balance)是他在著述和演讲中最常使用的概念之一,应该也是他的做人准则之一。第三,他认为利益是人和国家行为的出发点和驱动力，他的政治思想和政策建议很务实（pragmatic），而且以务实为自豪。

斯卡拉皮诺倡导稳健、拒绝激进的个性和知名学者教授的身份，使他很适合同持不同政治观点的人交往，在这种交往中既不失美国立场，又能倾听对方。所以，斯卡拉皮诺得以在中美建交之前访华，在朝核问题的重要关头多次应邀访问朝鲜，以他特殊的方式和身份从事公共外交。在日本、韩国等一些国家和台湾地区，分属不同政治派别的人都试图同他建立关系，以图影响美国政策。作为政治学者，他在亚洲各国的政界和学术界中的人脉关系，大概至今无出其右者。无论是私下交谈还是公开演讲，也无论是对待学生、同事还是面向政治家甚至政治对立面，他都是不紧不慢、不卑不亢、不愠不火、不枝不蔓、把握分寸、淡定矜持、逻辑清晰、思维缜密，一如他的文风。这也是斯卡拉皮诺在治学、育人、谋事、咨政、做人等方方面面都很成功的原因。

从本书中不难看出，斯卡拉皮诺对他亲历的美国、亚洲和美亚关系的巨大变化是满意的，对他的一生所从事的事业也是满意的。他经常说（包括在本书中提到），他选择亚洲研究而不是中东或非洲研究作为归宿，一直感到庆幸。言外之意是：中东、非洲几十年来经常处于政治动荡之中，经济与社会的进步都不像亚洲那样明显，因此当年研究的是中东或非洲，不会有他如今的成就感。的确，他亲眼目睹日本从一个侵略国家演变为和平繁荣的发达国家和美国的战略盟友，目睹了东亚"四小龙"的经济起飞、韩国和台湾地区的民主化和多党制、东盟的建立与发展、中国大陆的改革开放、中美关系的改善与稳定，等等。同时，对于所有这些他心目中的历史进步,他都有一种曾经见证甚至参与的自豪感。

熟识斯卡拉皮诺的朋友和学生都知道他有一个口头禅——
"谨慎乐观"(cautiously optimistic)。对亚洲的政治经济发展,对
美国同亚洲的关系,他总是表示"谨慎乐观"。一些政治警觉性很
高的中国人也许会想,对于一位信奉美国价值观、维护美国利益的
学者表示"谨慎乐观"的现象和趋势,我们是否应该防范、阻挡
才对?

诚然,美国参与的朝鲜战争、生灵涂炭的越南战争,给亚洲人
民带来过巨大灾难;美国在亚太地区安全中,至今扮演着若干方面
的负面角色。同时,当我们理性思考战后亚洲历史的时候,很难否
认的是,如果没有日本的经济起飞、"亚洲四小龙"紧随其后的经济
崛起、东盟的稳定与发展,就难以出现中国的改革开放。由此看
来,亚洲的进步也与美国所起的作用息息相关。阅读本书和斯卡
拉皮诺的其他著述,对于我们全面地总结历史经验教训,分析美国
在亚洲的作用和中美关系,开拓中国人自己的战略思路,都是有
益的。

斯卡拉皮诺教授和北京大学的渊源很深,对北大感情厚重,在
本书中有多处体现。1947—1948 年,他曾是北大政治系教授钱端
升在哈佛大学任教时的学术助手,与钱教授交情甚笃,可惜在冷战
时期相互隔绝,恢复交往后又有很多感慨和遗憾。1981 年和 1985
年,斯卡拉皮诺两次在北大国际政治系长期授课,给师生们留下了
极深的印象。他曾多次在北大讲学,精彩内容被收录于北京大学
出版社 2002 年出版的《美国与亚洲—斯卡拉宾诺北京大学演讲
集》一书中。

从莱文沃思到拉萨

　　我本人有幸结识斯卡拉皮诺夫妇,是从 1981 年他在北大授课时开始的。当时我是国际关系专业硕士研究生。我的同学袁明虽然也还是研究生,但已经能够给斯卡拉皮诺担任课堂上的翻译,让其他同学羡慕不已。我的英语水平,则只够参加教授夫人迪伊讲授的口语和作文小课堂。我们几个学生每周骑自行车到教授夫妇居住的北京友谊宾馆套间,由迪伊坐在轮椅上给我们上课。那时斯卡拉皮诺已经六十多岁,但从来都谢绝别人给迪伊推轮椅。夫人的起居,都由他一人照料;教授每次上课,迪伊也一定在教室里陪伴。在斯卡拉皮诺的推荐下,我 1984 年到伯克利东亚研究所长期进修。同时在那里讲学或进修的北大学者,仅国际问题领域的就有赵宝煦教授、袁明老师、龚文库老师和我四人,可见东亚研究所对北大之重视。斯卡拉皮诺教授对我本人学术上的提携,迪伊对我生活上的照顾,都是永生不忘的。

　　同他的政治倾向相比,斯卡拉皮诺的生活态度更为乐观进取。教授今年已 91 高寿。2007 年秋季,他还以 88 岁的高龄,光临北京大学主办的"北京论坛",发表主旨演讲,并慷慨允诺担任北京论坛学术委员会顾问。他自然常常被问起自己的健康秘诀是什么。本书结尾处提到:"人到晚年能够享有健康身体的条件有三项:首先,你必须选对父母(基因);第二,你必须能够享受正在做的工作;第三,你必须在晚饭前喝一杯冰镇伏特加。"这里的第三点,我是头一次听到,而且大概也没有几个人会去效仿。他私下倒是常常跟我提起另一个(也许是他真正的)健康秘诀:"绝对不要从事体育锻炼,锻炼是危险的!"他的幽默和达观,当然也是健康长寿的必要条件。

　　我的助手刘春梅女士和学生胡菁菁博士在很短的时间内，精心翻译了本书，特在此致谢。同时，还要特别感谢北京大学北京论坛秘书长严军先生、北京大学出版社编辑耿协峰先生以及北京论坛秘书处蔡丽蓉女士对此书的成功出版所付出的辛勤和努力。本书中文版从策划、翻译、序言到最后出版，都是由北大完成的，表达了我们对本校名誉教授斯卡拉皮诺的一点敬意和回报。

2010 年初夏于燕园

中译本序

罗伯特·A.斯卡拉皮诺

　　这本回忆录能够被译成中文并由北京大学出版社出版发行,对此我非常感激。我曾四度在北京大学执教授课,并因此有幸认识了许多学生和教师,我和其中的一些人多年来一直保持着联系。1997 年,我很荣幸地被北京大学聘为名誉教授。此外,在过去的四十多年中,我有幸三十多次访问中国,参加国际会议、双边会谈和各种演讲。

　　在访问中国的过程中,我对中国人民产生了极大的钦佩之情。他们的国家在过去的 60 年里经历了巨大变化,他们的适应能力特别值得尊重。今天,中国是一个正在崛起的大国,其经济和政治方面的迅猛发展值得称道。我相信,中国将扮演更加重要的角色,引领亚洲和更广泛的世界取得进一步的发展,实现和平共处。在这些方面,中美关系具有特殊的重要意义,因此,我们两国的人民和领导人之间进行持续互动是至关重要的。

今天,每个国家都必须应对三种基本的力量——国际主义、民族主义和分裂主义。各种形式的国际主义越来越影响到每个国家的经济、政治和战略。与此同时,在大多数社会中,民族主义正得到加强,公民与国家的命运紧紧拴在一起。第三种势力,即分裂主义,指的是某些人寻求通过更多地突出宗教、种族或地方团体,强调他们自己的身份,从而培植出一种对非本国身份的忠诚。一个国家如何处理这三股势力将对该国的政治稳定和经济发展产生重大影响。人类历史上从未像今天这样面临如此巨大的挑战和机遇。因此,在接下来的章节中,我试着通过叙述我的个人经历,对东亚和南亚各国的发展做出评价,希望能够阐释这个大变革时代的主要趋势。

前言

　　自第二次世界大战开始,我便与亚洲结下不解之缘。职业往往是由超乎个人掌控范围的一系列事件所决定的。然而,一旦方向设定,个人决定采用何种具体的步骤便显得尤为重要。我从一开始就下定决心,争取涵盖整个东亚及其周边地区。因此,我将不同的国家囊括在研究和旅行的范围内,并一直努力辨明各国特质,认真理解与之具有广泛联系的国际环境。

　　同其他地方一样,每一个亚洲国家也不得不同时面对国际主义与民族主义的上升,这两股力量往往相互冲突,并对社会产生深刻的影响。此外,第三种力量,即分裂主义,无论是以宗教、种族,或以强调地方团体的形式出现,对于大多数国家而言仍是一项重大的挑战。一个国家如何处理这三股势力,是决定其政治稳定和经济增长能力的主要因素。

另一个事实也非常重要。今天,世界上已经不存在纯粹的文明。每个社会已日益受到其他社会的制度、政策,甚至是文化的影响。因此,代际之间的差异越来越大,维持国家认同所需付出的努力越来越多,保持稳定所必须开展的协调工作也越来越困难。

与此同时,当代亚洲的政治多样性在全世界首屈一指。政治制度从完全的民主到彻底的独裁,从悠远的传统到"现代",无所不有。经济体制从完全封闭到自由开放,无所不包。外交政策也花样万千,既有严重依赖外国盟友的国家,也有通过努力平衡与所有主要国家保持平等关系的国家,还有孤立于世界、完全与外部隔绝的案例。

尽管有如此广泛的变化,但某些一般性原则对亚洲广大地区仍是普遍适用的。首先,亚洲每一个国家和社会都不得不面对经济国际主义的冲击及其对各自经济制度的深远影响。即使是朝鲜也正在被不情愿地拖进这一国际轨道。

此外,经济变化的时机和程度影响着政治秩序的性质。一个突出的趋势是某些独裁领导人奉行务实的经济政策后,政治也逐步开放,中产阶级日益壮大,对外部世界的参与越来越多。虽然面临诸多挑战,但从目前亚洲的发展来看,其总体趋势是谨慎乐观的,这显然也与我的心理预期一致。有两件事让我一生都感到非常庆幸:其一,我不是中东问题专家;其二,我不是非洲问题专家。因此,我看待世界时便产生了更大的希望。

在本书中,我首先交代了自己的背景和年轻时所面临的机遇与挑战,接着记述了我在多场战争中的遭遇和在脆弱的和平年代中的经历,然后是我在亚洲不同地区的经历和评价,我也对塑造各地变迁的地区及国际环境做出了评估。

在结束这篇引言之前,我要向我的朋友以及我的家人表示敬意。多年来,他们一直是我的坚强后盾,他们提出的建议也使得本书最终整理成册。我特别感谢我已故的妻子——迪伊(Dee)。在我们共同生活的 63 年中,她一直支持和鼓励着我。此外,我的三个女儿和她们的丈夫,以及他们的五个孩子,也让我受益匪浅。我还要深深地感谢我的几位同事,他们通过各种方式为我提供了帮助。为本书手稿提供支持并提出建议的朋友包括:拉尔夫·科萨(Ralph Cossa)、唐纳德·赫尔曼(Donald Hellmann)、李钟石(Chong-Sik Lee)、查尔斯·莫里森(Charles Morrison)、安东尼·南宫(Anthony Namkung)、凯文·奥布赖恩(Kevin O'Brien)、潘佩尔(T. J. Pempel)、叶文心(Wen-hsin Yeh)、于子桥(George Yu)、崔圭善(Kyu-sun Choi)。我要特别感谢罗谢尔·霍尔柏林(Rochelle Halperin)和我的女儿林恩·斯卡拉皮诺(Lynne Scalapino),他们为本书手稿付出了大量的工作时间。文中错误之处,自应由我本人负责。

目　录

Contents

我与迪伊，1941 年圣诞节

第一章

年轻岁月

对一个小男孩来说,堪萨斯州就是世界的中心。富足生活的必备物品,这里应有尽有。20世纪20年代的时候,冲突离我们很遥远,我们感受到的只有和谐。我们的城市基本上与其他类似的乡村小镇没有什么区别。卫理公会为我们提供精神指导,对大多数人来说同等重要的还有野餐聚会以及其他社会活动。

你也许会问,你是卫理教徒?你的姓氏是斯卡拉皮诺,怎么会是卫理教徒?事情是这样的:我的祖父安东尼奥(Antonio),在19世纪80年代早期的时候跟随他的父母从意大利的里窝那(Livorno)来到美国,那时他年仅七岁。他们拥有典型的意大利人的所有特征:他们是天主教徒,他们喝酒,并且都是城市居民。此外,他们的姓氏是斯卡那文诺(Scanaveno)。一名移民官把它改掉了。在移民处,主管的移民官误读了姓氏,把它写成了"斯卡拉皮诺"(Scalapino)。从此以后,它就成了我们家族的姓氏。

境遇好的意大利人一般都会选择在纽约或者纽约附近地区定居,而重新被命名的斯卡拉皮诺一家,在曾祖父哥哥的怂恿下,却直接去了堪萨斯州的东北地区,成了农场主。曾祖父的哥哥当时是马车夫。我的祖父长大之后,爱上了住在附近德国人居住区的一个德国路德教会的女孩——凯瑟琳·肯普夫(Katherine Kempf)。后来他们结婚了,由于天主教禁止本教教徒与非天主教教徒通婚,他们的婚礼没有在天主教堂举行。祖父对此十分愤慨,于是从此以后,他鼓励他的八个孩子成为卫理公会信徒。卫理公会是埃弗里斯特(Everest)小镇的精神支柱,而这个小镇距离斯卡拉皮诺家的农场很近。此外,祖父相信"旧世界"已经过去。他不大的书房里到处都是关于早期美国西部、泰迪·罗斯福(Teddy Roosevelt)①或是类似的传奇故事的书籍。在家庭成员之间,唯一鼓励使用的语言就是英语。因此,我的父亲安东尼·斯卡拉皮诺(Anthony Scalapino),一方面接受卫理公会牧师的培训,不说一句意大利语,同时,还成为一名热心的禁酒主义者:在我们家里,任何酒类都是禁止饮用的,包括葡萄酒。这就是进化过程。

我的母亲是英格兰—苏格兰后裔,有一点法国血统,她待嫁时的名字是比尤拉·伊内斯·史蒂芬森(Beulah Inez Stephenson)。

---

① 即西奥多·罗斯福(Theodore Roosevelt)总统。——译者

据说她的一个亲戚是乔治·史蒂芬森（George Stephenson），机车研制的先驱之一。不过，却没有历史记载能够证实他们的关系。不管怎样，我们家族成员里没有任何一个人继承了他的机械能力。当然，我也没有。我的母亲一家人在内战前从弗吉尼亚州迁到了密苏里州汉尼柏（Hannibal）附近的一个农场。我的外婆斯蒂文森——娘家姓氏是普理查德（Pritchard）——一直对联邦军队的士兵偷走她的小马一事耿耿于怀，因此，当看到我们庆祝亚伯拉罕·林肯（Abraham Lincoln）生日的时候，她总是感到不开心。对她来说，内战还没有结束。

她嫁给了我的外公，利维·史蒂芬森（Levi Stephenson）。我的外公是北方人。结婚后，他们迁居到堪萨斯州西部。他们的农场在普拉特（Pratt）附近，我的母亲就在那里出生。不过，后来我的外公到莱文沃思去就任联邦监狱的官员。尽管他们没有在莱文沃思生活，但是我却是在那里出生的。妈妈回到家里，生下了我，因为那里有医院。1919 年 10 月 19 日，我来到了这个世界。

我的父亲当时是附近的赛佛伦斯（Severance）镇上几所学校的教学督导员。在此之前，他在堪萨斯大学获得了理学学士学位。之后不久，他遇到了我的母亲。当时我的母亲在我父亲的家乡埃弗里斯特教小学。他们交往不久就结婚了。第一次世界大战打断了他在德鲁神学院（Drew Theological Seminary）的学习。服完兵役之后，他决定投身教育事业。所以，我的童年就在堪萨斯州的几个小镇上度过，包括赛佛伦斯、黑文斯维尔（Havensville）和阿克斯特尔（Axtell）。教学督导员，和牧师一样，每过几年就要到另一个地方去。

我们主要通过报纸获知外界的消息,这些报纸都是从最近的城市里送过来的,经常会晚一天左右的时间送达。我们的第一台收音机,需要借助耳机才能听到内容。不过,在镇上,我们可以用电。在祖父的农场中,他引进了大量20世纪第一个十年中的先进技术,比如乙炔灯,产生乙炔气体的颗粒物放置在地下室里,产生的气体会通过金属管输送。不过当时还没有自来水,只是在室外有一个水泵连接在房屋附近的风车上。户外厕所有点远,尤其当天气冷的时候,感觉尤其明显。所以,当我的祖母上了年纪以后,家里买了一个便携式马桶,是专给她用的。做饭和取暖都使用煤炉。

我们并不觉得艰苦。相反,生活基本没有压力,家庭成员之间的关系非常亲密。离婚是从来没有听说过的事情。尽管堂兄 X 或者堂嫂 Y 偶有恶言相加的时候,但这种情况一般都会控制在很小的范围内。尽管也有受欢迎的亲戚和不受欢迎的亲戚,但是很少有人在大庭广众下发生争执。至于家庭以外的那些人,东家长西家短的事情也很少,只是偶尔有人闲聊的时候提起史密斯家里有了麻烦,或者琼斯家的年轻孩子们闲荡荒废了时光。这里不是一个完完全全的清教徒式的社区,不过,各种不同形式的犯罪还是很少有的。几乎每家都是夜不闭户,也没有人被告诫不能独自走夜路。同样,我们也不担心这个世界会发生什么不幸的事情。我们最担心的是天气,因为它会影响到庄稼的收成,同时也担心那些年长的家庭成员的生老病死。我的祖父和外公都是在我出生前就去世了。他们过世的时候,都只有六十几岁,一个死于肺炎,一个死于肾衰竭。史蒂芬森外婆后来得了风湿性关节炎,最后不得坐轮椅。她搬来和我们一起住的时候,我还在上学前班。当时我只有三四岁,我坐在她轮椅前面的脚托上听她给我读书中的故事。慢慢地,得益于她的帮助,在开始接受正式教育之前,我就已经可以读书认字了。

1924 年,我的弟弟比尔出生了。因为忙不过来,所以父亲雇用了一位名叫玛贝尔(Mabel)的乡村女孩,到阿克斯特尔的家里帮忙做家务。我们给她提供食宿,每个月给她五块钱的薪水。玛贝尔是一个活泼快乐的年轻女孩,只是非常胖。她对我们每一个人都很好。不过我记忆中最生动的一个片段发生在一个平安夜。那时,我开始质疑圣诞老人是否真的存在,可是,不知道为什么,我的父母希望我可以重新相信圣诞老人的存在。因此,在一个适当的时候,他们同意每人握住我的一只手,这样我就能够确定他们没有耍任何花招。而圣诞老人会顺着烟囱(应该叫楼梯)下来,并把给我的礼物放下。所有的灯都熄灭了,我听到烟囱附近有快速的脚步声。突然传来一声巨响,好像有什么东西掉了下来。我的父亲从床上跳了起来,快速向楼梯井方向跑去。我被抱到了床上。第二天,玛贝尔走起路来,一瘸一拐的,圣诞老人送给我的几件玩具也都被折弯了。我的疑惑一点都没减少。

学校生活很令人兴奋,但是有一个问题仍需不断地进行调整。我们这里没有幼儿园,所以我五岁的时候就上了小学一年级。两年后,我跳过了三年级,这主要归功于我外婆之前的教导。这样做是否明智是个有趣的问题,因为那时我比同班同学小两岁,在体育竞技中没有办法和他们匹敌。另外,在与别人的交往中,我也有被边缘化的倾向。可能我也从父亲那里继承了他内向和害羞的性格,尽管后来我学着去掩饰,但是从来没有完全克服掉。父亲是一位不太喜欢和别人交流的人,当他与不熟悉的人打交道的时候,他会觉得不舒服。母亲则截然相反,她热爱交际,非常喜欢参加社交活动,并且在各种各样的场合都能成为领导人物。

在阿克斯特尔渡过的两年时光里,每年夏天我们都会在芝加哥住上几个月,因为父亲当时在芝加哥大学攻读硕士。我们租住的公寓附近有一个公园,我非常喜欢从那里的小土墩上滚下来。我也参加了一个与芝加哥大学附属的专门为小孩子开办的暑期学校,在那里,我交了几个朋友,使我的日子不那么孤独。另外,我还和我的父母参观了一些博物馆,我第一次接触到了更广泛意义上的文化,尽管那时我的理解能力还极为有限。我更喜欢动物园。但是,对来自于堪萨斯州的小孩来说,芝加哥始终都是非常陌生的。

1926年,我父亲做出一个重大的决定。由于厌倦了小镇学校的教学督导工作,他决定发挥一下他早些时候习得的理学知识优势,买一个杂货店来经营。他用一些继承下来的土地做抵押,在密苏里州的纳尔逊(Nelson)购买了一家店面。纳尔逊也是一座小镇,但是与我们在堪萨斯州的家乡截然不同。搬到那里不久以后,我们发现内战依然在小镇上进行着。此外,当地有大量的有色人种(后来我们叫他们非洲裔美国人),而且实行绝对的种族隔离政策。我们班上没有一个黑人同学;他们在另外一所学校上学。当时,我上四年级。在以前的学校,一至六年级的所有学生都在一个教室,只有一位老师教课。我经常觉得二年级的那个小女孩很可怜,因为她是二年级唯一的一名学生,因此,当二年级开始上课的时候,只有她一个人背课文。学校的作业很简单,也不能引起学生太多的兴趣。所以,我自己读了很多书,这些书都是从家里或者学校图书馆微不足道的藏书中挑出来的。

一年以后父亲的店经营不下去了,最终不得不放弃,现在回想起来可能是很幸运的事情。不过当时,这可不是一件好事。更让我难过的是,我们在纳尔逊短暂居留期间,史蒂芬森外婆在我隔壁的卧室里过世了。我们失去了一切。我的父亲很快找到了工作,在堪萨斯州艾奇森(Atcheson)的阿特沃特—肯特(Atwater-Kent)无线电公司做技术员。母亲带着我们两个男孩子搬到了斯卡拉皮诺外婆在埃弗里斯特镇外的农场。我在那里上了小学,这是我五年里上过的第三所小学。我们又回到了我们自己的土地,一贫如洗但是很自在。大家庭里的成员——叔叔、婶婶、堂兄妹们——都围绕在我们周围,细心地呵护我们成长,我们的伤口开始愈合。

1928年夏天,学期结束后,我们搬到了艾奇森。秋天到来的时候,我上了五年级。那里都是新的面孔,有一位新的老师,还有全新的环境。我总是尽量在学校表现得很好,但是漂泊的感觉带来的不安慢慢开始显现。这种感觉在某个晚上突然加剧了。那天晚上,我上床睡觉后,听到了父母在隔壁房间的谈话。母亲哭着说:"我们该怎么办?家里一分钱都没有了。你赚的钱太少,不够养活一家人。"母亲的眼泪流到了我心深处。一连几天,我都在静静地沉思,一个八岁的孩子尝试着去理解残酷的现实。我怎样才能赚到钱?我怎样做才能帮到家里?我可以把我的宠物豚鼠卖掉,但是我猜想它值不了多少钱。

忽然之间,生活出现了惊人的新转机。我父亲收到了他弟弟比尔(他已经搬到了加利福尼亚,当时在圣巴巴拉的一所小学任校长)的口信,有一所高中正在招人,想要招一名理科教师。父亲递交了申请,并且获得了那个职位。你能想像得到1929年夏天从堪萨斯搬到圣巴巴拉的路上有怎样的遭遇吗?搬家的旅程本身就是痛苦的,因为生活必需品塞满了车的后排座位,一直塞到前排座位的顶部。在整个旅途中,我和比尔不得不躺在乱七八糟的一堆东西里面。我们的车是一部1926年产的雪佛兰,幸好它很结实,但是整个旅程用了一个多星期的时间。当圣巴巴拉最终出现在眼前的时候,我们都已经精疲力竭了。

从大部分时间在堪萨斯州的农村生活的状态过渡到加利福尼亚州的城市生活,在当时对我们来说,几乎像是搬到了另一个大陆,进入了另一种完全不同的文化。在圣巴巴拉,人种的多样性成为当地的特点。在那里,可以深刻体验到早期西班牙时期的生活,也可以感受到后来拉丁美洲移民和亚洲移民的不断涌入。幸运的是,那里的贫富分化不是很大,既没有太多过着凄惨贫穷生活的人,也没有太多过于富裕的人;镇上的中产阶级占绝对优势。

我们到那里还不到一个月的时间,我就进入了六年级,这也是一段很特殊的经历。首先,这里每个年级的学生都有自己的教室,这与我之前的大多数经历是完全不同的。此外,学生们来自不同的种族,尤其以亚裔学生居多。课后的作业对我来说,也并不困难。为了赚点生活费,我在附近的一个医院前卖起了《星期六晚邮报》(*Saturday Evening Post*),10美分一份。赚得最多的一次是遇到了好莱坞的电影明星哈罗德·劳埃德(Harold Lloyd)。他递给我一美元纸币,然后和我说:"不用找零了。"

　　不久以后,到了该上初中的时候了。我在这里交了几个新朋友。我也找到了一份在周边地区送报的工作。有时候当投递员没办法把报纸送来的时候,我只好骑上自行车到市中心的报社去取。一天,在商业区和住宅区中间,我不小心撞上了一位正要过马路的阿姨。我们都摔倒了,但是都没有大碍,我站起身,继续走。但是,那位阿姨却打电话到报社总部,说她被一名强壮的男人驾车撞到了。报社的官员开始询问所有骑摩托车的人,一定要找到那个人。我是最后一个被他们质询的。但是当那名半信半疑的调查员问到我的时候,我坦然地承认了那次事故。最后我没有得到任何处罚。

　　这段日子里还有一件事让我一直记忆犹新。我父亲订了几份理学领域的杂志。一天,我在翻看其中一本的时候,看到了一则很简短的消息:威斯康星州的一家公司可以用货到付款的方式将浣熊宝宝送到提交的地址。于是,我把相关信息发送出去,但是并没有告诉我的父母。几周后,当我放学回到家之后,母亲说:"罗伯特,你订购什么野生动物了吗?铁路快递打电话给我,他们说他们那里有一只寄给你的动物。"哦,是我买的。

　　我们取回了浣熊,不过它已经不是一只浣熊宝宝了。我们把它放在厨房里过夜,并关上了房门。但是,它居然爬出了盒子,打开了壁橱,在地板上滚罐子。这个夜晚真是让人难忘。第二天,父亲雇了一些人在我们的后院搭建了一个大笼子,大概八英尺宽,十英尺长,顶部放置了一根圆木和一个大桶。那只浣熊,我们养了五年。五年间,它长成了体型硕大的成年熊,附近的所有狗都被它吸引了过来。后来有一次,我们无意间忘了关上笼子的门,它便逃出了笼子,我猜它可能开始了野外生活——尽管野外离我家还有很远的距离。现在回想起来,我怀疑我是否能像当时我的父母一样容忍这种事情发生。

初中的课程种类很多,从拉丁文到打字应有尽有。打字,在我后来的生活中是最有价值的一门课。和其他地区一样,圣巴巴拉同样遭受了大萧条阴云的袭击,我们认为自己是幸运的,因为父亲有一份稳定的工作。在这期间,我的父母改变了他们的政治背景。1932 年罗斯福竞选总统的时候,他们从忠实的堪萨斯共和党人变成了罗斯福的支持者。我的转变是在这之后,确切地说,应该是在1936 年夏天。当时,我们正在去堪萨斯州的一次夏季旅途中,我加入了在托皮卡(Topeka)举行的兰登游行。到了 20 世纪 30 年代末期,我同样也成为了忠实的民主党人。

时光飞逝,到我上高中的时候,我已经完全适应了圣巴巴拉的氛围,并自认为是加州人。但是父亲是我所在学校的理科教师有时让人感到烦恼,因为在他的课上得了低分的学生有时会骚扰我。不过高中的日子总体来说还是很愉快的。我参加了学校里几场演出的表演,在乐队里吹小号。我应该在这里承认,在我低年级的时候,有三种乐器是我不擅长的:钢琴,然后是小号(我一直都没有成为第一排的小号手),最后是大号。高年级的时候,我被任命为毕业生年鉴的编辑,这项工作需要耗费很多时间,但是很有乐趣。

我的下一步举动是毫无悬念的。大学是一定要去的。考虑到家庭的经济实力,唯一最合逻辑的地方就是圣巴巴拉大学。因此,1936 年秋天,只有 16 岁的我(到了 10 月,刚满 16 岁)开始了大学生涯。由于我们的大学很小,只有大约 1300 个学生,所以想要和每一位老师熟悉起来是很容易的。早期的时候,我受到了我的政治课老师哈里·格维斯（Harry Girvetz）博士的影响。格维斯教授，是斯坦福大学的博士，对国际关系，尤其是欧洲，有极大的兴趣，他鼓励我们组建俱乐部和那些有外交经历的人交流。

我们邀请了很多演讲者，有一次甚至还筹钱把一名青年难民从德国接到了圣巴巴拉。他是犹太人，并且受到了迫害。可以想像一下我们当时的恐惧。但是，当他到达圣巴巴拉以后，他却告诉我们他很抱歉因为他的背景迫使他不能参加德国正在进行的运动，那是一场正义的运动。他并没有留在圣巴巴拉！我们安排他去了墨西哥。

我又一次找工作，赚钱应急。这次，我成了格拉纳达剧院（Granada Theatre）的一名引座员，那里有先进的电影放映设备。我们的工资是每小时 25 美分，从我们换好引座员的制服，站到自己岗位上的时候算起。起初，一切都很顺利。后来，一名新来的剧场经理很爱发号施令，发布了各种各样的命令，有些命令让人简直无法忍受——比如不要到对面的食品商店买任何东西，因为这家店不让剧院在他们的窗户上贴海报。我和另一名引座员，私下里和工作人员商谈之后，决定去拜访在另一家剧院工作的舞台工作人员联盟主席，想问一下我们是否可以加入他们的联盟。这次拜访高度保密。我们向这位严肃的中年男子讲述了我们的困境和愿望。他的答复很明确："你们两个现在在读大学，不久就会去其他地方工作。你想让我们替你们出头，拿我们的工作为你们冒险。不行！"这是我唯一一次试图加入联盟的结局。

大部分是因为受到哈里·格维斯教授的影响，大学期间我就决定要专门研究政治、国际关系、美国和欧洲。我也加入了辩论队,我们队中有两人参加了 1939 年在丹佛举办的全国辩论大赛。紧接着,我的大学三年级生活也接近尾声。我的队友们建议我竞选学生会主席。稍稍犹豫了一阵之后,我同意了。竞争很激烈。我的对手是理查德·麦克科恩(Richard McKeon),他是一个非常出色的家伙。他的竞选口号也语出惊人——"宁守愚钝,不打妄语"。我的几位过度狂热的支持者,把一只马桶抬到学校中央一棵桉树上,并在上面书写了"麦克科恩的讲台"。这徒增了我的麻烦。我让人把马桶弄了下来,但是却没有能够及时避免恶劣的影响。在竞选的初始阶段,麦克科恩领先我大约 23 张选票。但是,在之后的竞选中,我凭微弱的优势胜出。

下面讲述的可能是接下来几年内发生在校外的最值得纪念的经历。1939 年秋,在我就职仅仅几个月后,我接到了伯克利加州大学学生会主席的电话。他说:"我们要成立一个加州青年立法机构,目的是要通过国外和国内政策的立法。如果你代表的是 1000 人以上的团体,那么你就是一名参议员。如果你代表的团体没有那么多人,那可以成为众议院的议员。我们将于 11 月在洛杉矶召开会议。"这个想法激起了我的好奇心。于是我召集了学生大会,并使其授权让我以参议员的身份参加。当我到达会场,首先让我感到震惊的是,共有三位代表来自圣巴巴拉,另两个人是共产党人。在我们镇上大概总共有 50 名共产党人,但是他们可以通过宣称代表某个匆匆组建的团体获得合法性。类似的策略在全国范围内都有应用。

"立法机构"成立后的一个举措就是提出了一项把众议院和参议院进行合并的动议;动议通过了,其结果是共产党人控制了整个机构。这时,坐在我身边的女青年站起来说,"我提议本机构对芬兰进行谴责,因为它向苏联发起了攻击",我更加生气。他们居然通过了该项动议。我跳起来,大声说道:"这个机构已经被共产党控制了。我提议所有不支持的人都离开。"我走了出去,和我一起走出去的有大约 150 人(总共有八九百人参加这次会议)。不过,走到外边后,我发现这些人中的大部分都是托洛茨基分子。

共产主义对我从未产生过吸引力。在我追寻政治信仰的过程中,过渡时期我曾支持过自由民主党。不过,这次的经历让我比以往任何时候都更加怀疑共产主义。但是,当时笼罩整个世界,尤其是西方国家的阴云却不是来自共产党人。第二次世界大战开始了,美国人在一旁焦虑地观战,法西斯主义看上去要赢得这场战争的胜利了,它已经把欧洲大陆都置于它的铁蹄之下。我们中没有几个人想看到美国卷入这场战争,但是给英国和法国提供援助却得到了广泛的支持。

正是在这种情况下,1940 年春,我从圣巴巴拉大学毕业了。我向三所学校的研究生院递交了申请——芝加哥大学、哈佛大学、普林斯顿大学。三所大学都接收了我,但是没有奖学金。在任何一所学校学习所需要的学费和生活费用远远超过了斯卡拉皮诺家族的经济承受能力。这时,克拉伦斯·菲尔普斯(Clarence Phelps),圣巴巴拉大学的校长,帮了我一个大忙。"我们需要一名历史课教员。你在这里成绩优秀。并且,你可以住在家里。在这里教一年课,把你的工资攒下来。之后你就可以去读研究生了。"

所以,1940 年 9 月,当我还只是个 20 岁的孩子的时候,我开始了在大学里当老师的生涯。我花了很多时间准备要讲的两门课,每一门课讲授的都是国际问题的某一个方面。一个问题出现了。我不能和女教员们约会,因为最年轻的女教员已经 35 岁。刚执教不久,我注意到在我教的一个班中有一个很有吸引力的女孩。不久之后,我看到她下了课后还坐在自己的位置上。难道是要和我谈谈?我走到她面前,递给她一块口香糖——这是我唯一可以转让的财产。她说因为她下一节课也在这间教室,所以就没有离开。没关系了。我们简短地说了几句。此次之后,这种交流偶尔还会继续,后来我邀请她和我一起去海上钓鱼。我的一个好朋友陪着我们一起去的,这个好朋友是从当引座员时开始的。

迪伊·叶森(Dee Jessen)是从帕萨迪纳市(Pasadena)来到圣巴巴拉的,主要是为了师从住在那里的著名德国歌唱家珞特·雷曼(Lotte Lehmann),学习声乐。迪伊也在圣巴巴拉大学登记注册了,想要学音乐专业。我说服她在学期期末的时候离开了我的课堂,之后的事情逐渐变得越来越"严重"。1941 年 8 月,我们结婚了。实际上,在那个月里,我们举行了两次婚礼。当所有的东游计划制定后,我从征兵委员会那里听说了一个消息,即 8 月 15 日前结婚的人可以延期服兵役;其他人都要正常服役。尽管我们已经把 8 月 23 日的婚礼邀请函发送出去了,我们还是匆匆找来两个好朋友,鲍勃·罗素(Bob Russell)和玛格丽特·鲍德温(Margaret Baldwin),一起出发去拉斯维加斯。8 月 10 日,我们举行了民间的结婚仪式。回到圣巴巴拉之后,我们按照原计划,8 月 23 日,在长老会教堂举行了正式的婚礼。

之前我已经收到了哈佛大学政府学院研究生部的入学通知。所以,我们的蜜月旅行就是驾驶一辆 1932 年出产的福特车到马萨诸塞州的剑桥城（Cambridge），但是选择的路线不是最直接的路线。一路上，我们经历了很多次历险。除了驾驶之外，我对机动车一窍不通。有一次，我们的车在犹他州的沙漠中突然熄火。我走到车外，打开引擎盖，看到有一根电线悬在空中。它不应该悬在那里，我想。于是我把它放回去。我不费任何力气，又把车发动了起来。我什么都没有说，但是却在我的新婚妻子面前证明了我有能力可以完全掌控我们的车。又过了几天，我们在科罗拉多州一家小的汽车旅馆停了下来，我和服务生说要一间双人房间。"您和另一位先生住吗？"她问道。"不，是我和我太太住。"她满脸狐疑地看着我，回答道："你看着太年轻了，不像已经结婚了。"不过最后我们还是得到了房间。随后我们拜访了住在堪萨斯州和密苏里州的很多亲戚。（迪伊也出生在堪萨斯州，尽管在她很小的时候，她的父母带着她搬到了南加利福尼亚州。）离开了密苏里州之后，我们看到一个牌子上面写着，"小石城（Little Rock），阿肯色——向南200英里"。因为从来没有去过南方，我们决定向右转，经过阿肯色州之后，我们穿过了路易斯安那州、密西西比州和佐治亚州，然后才转头向北走。一路上，我们修车一共花掉了4.50美元。但是，和迪伊因为超速而被迫交的罚金相比，这点钱根本不足道。就在我们快到剑桥城的时候，她在马萨诸塞州的一个小镇中以每小时40英里的速度驾驶，结果被判定为超速。在法官面前，她抗议说："我们的车不可能开那么快！"但是，5美元的罚金还是要照缴不误。

在剑桥的日子从一开始就很有趣。最初，我们的预算是每月所有的花费为40美元。我们在私人家里租了一间房，房租是每周

5美元,剩下的用于吃饭和意外的花费。我们到剑桥后不久,迪伊在学校对面的商店里找了份店员的工作,这可是不小的一笔财富啊。我很快便沉浸在研究生的学习中,研究生的课程让人饶有兴趣。另外,我们很快在同学中结识了一些新朋友。更多的财富和幸运接踵而至。因为征兵已经开始,很多原计划来哈佛读书的人都被征召入伍了。有些获得助教资格的学生参军走了,他们的名额空了出来,所以,我很快就成了助教。现在,我们有了充裕的资金。并且,迪伊还获得了新英格兰音乐学院(New England Conservatory of Music)的奖学金,可以继续她的音乐生涯。

也许现在是向我的妻子表示敬意的恰当时机,在我们63年的婚姻里,她对我的生命至关重要。迪伊能够把享受生活的能力和为别人奉献的坚定决心很好地结合起来,对她而言,首先要为她的家人奉献,但同时也包括不同的朋友和组织,她曾经为他们付出了很多时间和精力。但是,1974年年底,一场悲剧发生了,这给我们的生活造成了深远的影响。圣诞节结束后,迪伊开车送我的母亲回圣巴巴拉。那天恰逢阴雨天,风很大,车行途中,滑出了马路,翻了过去。母亲当场死亡,迪伊的脊柱严重受伤。在医院住了几个星期后,她返回家里。慢慢地,借助两根拐杖,她能缓慢地行走,不过,大部分时间,她还是只能待在轮椅上。然而,在之后的岁月里,迪伊依然是一位"善战的骑兵",说起来让人难以置信,她曾和我一起去过很多地方,比如不丹、蒙古和西藏。大多数情况下,我们都带着轮椅。我有一张照片,记录着我们到达乌兰巴托后,四个强壮的蒙古人把她从飞机舷梯上抬下来时的情形。在伯克利,迪伊继续参加各种各样的活动,比如担任学校里的青年音乐家项目和伯克利自立中心的董事,自立中心是一个致力于帮助残疾人的组织。她还参加了女性选举人组织和基督教女青年会(YWCA)的教职工家属组织。此外,她还是反种族隔离委员会的联合主席,这个组织的目的是把伯克利校区内的各种族民众团结起来。总之,尽管我们面对各种挑战,但是,我们在一起的生活仍然是积极的,并且其乐融融。

再回到我们在剑桥的生活。我们到剑桥之后不久发生了一段小插曲,这件事对我以后的生活有着深远的影响。11月初,我辅导的一位学生找到我,告诉我他打算下学期学日语。我回答道:"你为什么想学日语?日语很难懂,而且也没有什么用处。"他是这样回答的:"哦,会有用处的。海军现在正在运作一个日语学校,如果你的日语成绩在这里能得到 A 或者 B 的话,你就能被录取,之后会被培训成为一名日语官员。"我把他打发走了。我的兴趣在欧洲,不久之后,我就要开始写我的研究生论文,我要研究的是为什么国际联盟会失败。

不久后,珍珠港事件爆发了。忽然之间,成为一名日语官员的想法呈现出新的重要性。我继续做我的研究工作,不过,我已经决定,在服兵役之前一定要把博士的课程修完。1942 年 10 月,我们的队伍里又加入了一名新兵。10 月 9 日,我们的女儿戴安(Diane)出生了。尽管她的出生让迪伊的生活变得更复杂,但是我们还是欣喜万分。她继续完成她的学业,有必要的时候,我来照顾孩子。

我一直忙着准备我的博士考试,但是 1943 年秋天,我去见了日语课老师埃利泽夫(Eliseoff)教授。他说:"是的,如果你在我下学期的课上能够得到 A 或者 B,你就很有希望会被录取。你选上课之后,给欣德马什(Hindmarsh)将军写封信,希望他在学期结束的时候能够考虑你的申请。"1 月末的时候,我遵照他的话,给欣德马什将军写了信。一周之后,我收到一封信,信中说我必须马上到华盛顿报到。很显然,我认为这中间有些误会。不过,我还是乘火车去了华盛顿。欣德马什将军彬彬有礼,但是对我来说,他有些严肃。简短寒暄之后,他说:"斯卡拉皮诺,这里有些文件需要你签字。""但是,长官,我的课程还没有结束。"我回答道。"你学了多久?"他又问。"一周。"我说。"学得怎么样?""还好。""那么,如果你感兴趣的话,就签吧。我们现在急需语言人员。"后来,人们可能会说,"哦,能进那个项目一定很困难。"但是对我来说,一点都不难。

没过几天,我已经出发前往博尔德(Boulder)了,海军语言学校在那里。这所学校原来在伯克利加州大学,但是当所有的美籍日本人从西海岸撤出后,该项目不得不换地方。迪伊和戴安暂时留在剑桥,我在学校这边找房子,同时处理其他一些事情。几个月后,他们来到了博尔德,我们住在校区外的一间小的地下室公寓。迪伊重新入学了,她获得了一项教学奖学金。1943—1944 学年度末,她将获得科罗拉多大学的学士学位。

因为没有特别的语言天赋,我觉得日语是一门极其难学的语言。我们每天上四小时课,分别是阅读课、书写课和口语课。每星期六早上有一次考试,每星期一晚上我们都必须去看一部日本电影。整整十五个月的时间都是这样!几乎所有的老师都有日本血统。那些英语能力有限的老师经常被安排在书写课上,他们可以写一个字,然后说出一个英语单词。当然,开始的时候,学写每一个字对我们来说,都是极其困难的事情。第一周的时候,我们的老师,一位年长的日本人,写了一个字,转过身,然后说,"书"(book)。我们苦苦挣扎着。然后,他写了另一个完全不同的字,一个更加复杂的字,然后说,"书"(books)。我们想,"我的天啊!他们用不同的字表示一个词的单数和复数。这种语言简直让人难以置信。"他听到了我们的牢骚声,看上去很茫然,然后非常缓慢地拼写出"盒子"(b-o-x)。

我们每个班的学生人数都很少——我们班只有五个人,老师们对我们始终都很有耐心,并且他们的帮助让我们受益匪浅。慢慢地,一周又一周过去了,一月又一月过去了。冬季假期来临的时候,我匆匆回了一次圣巴巴拉,看望了一下我的父母。我的父亲当时病得很严重,没过多久就去世了,他死于长期性的高血压。现在血压可以通过药物治疗得以控制,这是我们这个时代巨大的进步。但是在当时,没有这样的技术。他过世时年仅53岁。

我毕业后,首先被派到纽约接受为期六周的情报培训。迪伊留在博尔德完成了她的学位,然后带着戴安搬到了圣巴巴拉,和我的母亲住在一起。这时,我们的第二个孩子马上就要出生了。医生建议在我去国外之前,让这个孩子出世。1944年7月25日,莎伦·莱斯莉(Sharon Leslie)出生了。我没能陪她几天,之后就出发去了珍珠港。与我的家人分离着实困难,但是这是职责所在。

第二章
在太平洋上的十八个月
——之后,重返学术界

到了珍珠港后,给我安排的第一个任务是破译日方的信息。手工代码有很多种。最简单的一种是用来传达天气报告的,它直接将假名进行替换——"ka 和 su 是相同的"。尽管这种代码很容易就被破译,但是它们每 24 小时就会更换一次。因此,时间至关重要。要破译复杂的代码需要创建一个表:"2 月 25 日下午 4 点,使用下列互换。"我们需要计算出代码发送的日期和时间,要考虑到日本和美国所在不同时区的时差。翻译文件只是副业,通过翻译日军服役人员的日记,可以得到不同战斗地点的情况和有关士气的提示信息。战斗序列公报以及类似的文件都是现场翻译的。

我第一次审讯犯人是在我们占领了帕劳（Palau）之后。我们抓住了警察局局长。审讯的时候我比他还紧张，因为我不确定我在科罗拉多州填鸭式学到的日语是否管用。所以，我写出了所有的问题。开始的时候一直很顺利，直到问到了这个问题，"你们控制着谁，只有当地居民还是也有日本军队？"他回答说他控制着"西伯利亚人"。我对太平洋地区的地理了解不多，但是我确定在帕劳没有西伯利亚人。我重复了一次我的问题，得到了相同的回答。这时，我很坚定地说，"你必须明智地回答问题。"然后他慢慢地回答，把关键词一字一字地拼出来："西-伯-利-亚-人——civilians"。① 到处都有"西伯利亚人"！

1945 年早春的一天，我奉命到海军总部，得到的通知是三四天后，我会与一批部队官兵一起出海，目的地还未知。首先，我受命到靶场接受射击训练。在靶场，一名年轻的士兵递给我一支左轮手枪，告诉我瞄准远处已经树立起来的靶子。我平生没有开过任何种类的枪支，但是，我还是勇敢地努力了近半个小时。这时，当他在帮我卸下子弹、清理枪支的时候，我的助手说："长官，除非不得已，要不然我是绝对不会把枪从枪套中拔出来的。"我的射击水平不言而喻。

那之后不久，我和几百名士兵一起登上了一艘巨大的运输船。我们离开海港之后，几名年轻的军官被召集到一起开会。在会上，我们才知道我们的目的地是日本冲绳县（Okinawa），它将遭到美

---

① 警察局长实际上说的是"平民"。由于口音原因，他说的英语"平民"（civilians）一词听起来很像英语中"西伯利亚人"（Siberians）一词。——译者

军的袭击。一份关于该地区的文件已经准备好了,我们被告知要彻底消化这份文件,然后转告士兵们将要发生什么事情。命令很快就传达了下去,我连续讲了5天多之久。后来,我真希望以后不要再遇见船上的这些学生了。我们传达的"文件"基本上是根据传教士和其他人早期的描述编辑而成的。其中的信息或者错误满篇,或者是久已过时的了。

我们在冲绳登陆后,随之而来的是一系列不愉快的、经常是突如其来的事件。黄昏的时候,当我们的船到达那霸(Naha)附近时,我们其中的一组人被命令坐上小船登陆。刚登上小船,我们又接到命令登陆被推迟到第二天清晨。所以,我们就在小船上睡觉,或者努力让自己睡着。当时是4月4日,大概是第一批美国士兵在日本登陆后的第四天。第二天早上,我们出发去指定的营地,搭建帐篷。我们的任务是监控岛上日本人的通讯联系。我们很快就发现,唯一的问题是那里根本就没有通讯联系——至少在我们能控制的范围内没有。在战争过程中,邮局、电报电台和报纸其他出版物的运营场所都遭到了破坏。

不久之后,我被命令去完成一项全新的、更加恐怖的任务:战斗结束后,到山洞中搜寻文件。幸运的是,我有一个日裔美国兵做我的助手。一天,刚钻进一个山洞,我们遇到了一名冲绳百姓,带着他十岁的儿子。那个男人手里拿着一颗手榴弹。我一句日语也想不起来了。在这一秒钟,我唯一还能想起来的日语是"konichi-wa"(日安)。但是,我的助手却能相当熟练地向他们解释,我们无意伤害他们,请放下手榴弹,和我们一起从洞穴里出来。很奇怪的是,这居然管用。

日本政府已经向民众灌输了这样的思想,即美国人一看到日本民众就会杀掉他们;因此,他们死的时候要带上几个美国人。数千名冲绳民众都信以为真,和日本士兵一起占据了山洞,或者跟着他们一起去了更远的地方。当美国人靠近的时候,许多人都选择跳崖自尽,葬身大海。这样的悲剧接二连三地发生。不过,有一天,我见证了一次英勇事迹。一位妇女看到美国人靠近的时候,开始向美军和日军之间的空地跑去。如果她跑到山顶,日军和美军都会开枪,那么她肯定会死掉的。她是幸运的。一名美国士兵看到她往山上跑,跟着跑了出去,在那名妇女快到山顶的时候,把她抱住并带了下来。她被送到了一个平民聚居中心,几天后,她对美国人有了新的认识。其他人就没那么幸运了。

另一个插曲也值得回忆。比嘉干郎(Mikio Higa),后来成了我的一名研究生,他曾告诉过我他的经历。当他还是个七岁孩子的时候,他和家人住在冲绳,想要躲避战争。一天,他遇到了一名健硕的美军黑人士兵。由于受到了惊吓,他蹲伏在地上。但是那个男人却递给他一个装满红色液体的杯子。干郎想这个人一定是在逼迫他喝血,但是他没有任何选择。杯子里装的是番茄汁——这是善意的举动。坦率地说,美军行动不好的一面也应该说明一下。我们刚到日本之后的一个任务是准备日语传单,鼓励日军投降。这些传单是用飞机散发到作战区域的。一天,我遇到一名美国士兵,他参加了山洞附近的战斗,我们的飞机最近曾在那里发过传单。我急切地询问他:"那些传单有作用吗?"他的回答是:"哦,有作用,很多战士从山洞中出来,手里挥动着这些传单。但是,你认为我们不会把他们送进监狱的,是吗?"

幸运的是,从各种方向打过来的子弹都没有击中我。不过,我倒是遇到了另一种让人恐慌的意外。一天,在完成了那件既危险又肮脏的任务——在山洞里收集文件——之后,我和我的助手说,我们应该到一个安全的地方,去游游泳,放松一下,把自己洗洗干净。我们的司机也同意去海滨。在我的印象中他应该不会不锁车门。等我们重新返回公路的时候,我们的车没有了。我们最终回到了营地,我们的长官勃然大怒,威胁我说要把我送上军事法庭。(他没有这样做,因为他曾经在业余时间里做过假的日本旗,兜售给运输船上的海员。)不过,第二天,他命令我们在海滨附近的山里搜索失踪车辆的踪迹。这是一项很危险的任务,但是我们别无选择。我们什么都没有找到,我怀疑车被在附近工作的美军建设营偷走了。不过,这辆车还是一直都没有找到。

这项任务接近尾声的时候,我又被派去任高江洲(Takaesu)地区的联络官。高江洲是那霸北边的一个小镇,那里聚居着很多难民。我的办公室设在高江洲小学的一个角落里。学校里没有书,没有黑板,也没有任何其他教学设备——所有的一切都被毁掉了。所以,上课的时候完全是口授,由于战争,这里已经没有老师了,因此,我们需要招聘新老师。实际上,当时主要的任务是安排人员做暂时性的工作。在难民中,有一群娼妓。我们让她们照看那些失去父母的孩子们。这样做是否明智,我不确定,但是她们做得还不错。

一天晚上,有人切断了镇上的电线。我们怀疑作案的人应该是附近山里的日本军队。本地区的指挥官让我和我的助手去询问附近农场里的农民,看看他们会不会知道一点相关信息。我们的询问没有任何结果——除了一个人。经过一整天紧张的盘问，我的助手来找我，说："昨天下午询问过的那名妇女不想再和你讲话。""为什么?"我问，"我非常有礼貌啊。"他说："是的，这才是问题所在。您用日语中的敬语和她说话，她觉得让她难堪了。"很显然，我们的日语（从博尔德学来的日语）并不是无所不含的。（后来我们得知电线是被一名农民切断的，他把电线缠在一起，绑到水桶上，放进水井里取水。）

在高江洲驻扎期间，我组织了一小群受过良好教育的冲绳人——包括一名医生、一名教师和一名作家——每周两次在晚上召开会议。我们这个小群体相互交换与美国和冲绳有关的信息，也包括从战争伊始到目前冲绳人对美国人态度的变化。那些冲绳人的态度，尽管否定的占主体，但还是有一些肯定的成分。对我而言，这些讨论为我了解冲绳人的想法和文化提供了极好的机遇。

有一件事情与这三人中的一人有关，这件事情我不会忘记。一天，那名作家来找我，说："斯卡拉皮诺中尉，尽管您说了那么多，但是我还是没有办法理解美国。我有三本美国人写的书（日译本），但是他们的书并没有让我对你们国家有一个清晰的印象。""把书带给我，"我说，"或许我可以帮你澄清一些事情。"第二天，他把书带过来了：一本是拉尔夫·沃尔多·爱默生（Ralph Waldo Emerson）的散文集，一本是赞恩·格雷（Zane Grey）写的关于美国西部的小说，还有一本厚厚的美国内战背景下的小说。难怪我的朋友没有办法理解美国！我试着解释这些书的背景，解释这些书为什么，不论是单独一本，或是放在一起都不能诠释美国的全部特征，尽管他们对美国的文化和信仰有一些介绍。不过可能我的解释并没有任何作用。

就在冲绳任务结束后不久,7月4日那天,最初和我一起来的队伍中有一部分人飞到了菲律宾。到达马尼拉之后,我们被告知将会被派往奎松市(Quezon)附近的部队,接受训练,为可能发生在10月或11月的进驻九州岛(Kyushu)做准备。在接下来的几周里,我有幸查看了马尼拉市内的情况,并见了几个菲律宾人,其中一人,林何塞(Jose Lim),成为我一生的朋友。马尼拉城已经被战争毁坏,很多地方都受到了破坏或者有严重损坏。很多居民急需容身之所、食物和衣物。然而在该地区,美国人受到了像解放者一样的待遇,他们争取提供人道主义援助的行为广受欢迎。

到达奎松市一个月多一点的时候,我们通过收音机听说先后在广岛和长崎各投放了一枚新型炸弹。不久之后,日本投降的消息传来。随后的那一晚,危险四伏。被胜利冲昏头脑的军人和一些醉酒的士兵们朝各个方向乱开枪。我幸免于难。之后,我自问为了迫使日本投降,是否有必要在人口密集的城市使用两颗核武器。后来,我们知道日本曾经通过俄罗斯询问是否有可能结束战争以及结束战争的条件。他们找错了渠道,苏联政府希望可以在战争结束前参与到亚洲地区的冲突中,以此来巩固其在该地区的地位。然而,不管怎样,许多日本人已经准备好无论做出什么牺牲都不能被敌人羞辱。最后的决定很明显掌握在他们的天皇手里。

如果核武器的投放,或者至少第二颗原子弹的投放,选择到荒野或者人口稀少的地区去,只示范一下这种武器的巨大威力,但是并不造成大规模伤亡的话,结果会怎样呢?有些人可能会说,考虑到当时美国核武器数量上的稀少,以及日本人显示的决不屈服的决心，带有威慑力的示范是必要的。这种争论还会无休止地继续下去。

日本投降后几天，我们被派到吕宋岛（Luzon）北部的一个港口，准备去日本的航程。9月初的时候，我们的船到达了若杉（Wakasugi），大阪（Osaka）北部的一个小港口。此时战争结束已经有大约三个星期了。到港后，我直接去了大阪，我被安排住在城市里仅存的几座大楼中的一座。之前，它叫棉花俱乐部（Cotton Club）。我们中大概有一百人收到了发下来的一张行军床、一把椅子、一张小的长凳，然后被告知在二层巨大的宴会大厅中选一个地方。于是，大厅里到处都是摊开的行军床，一些破烂的个人用品放在长凳上或者床下。接下来几个月的生活就是这样度过的。让所有人感到惊讶的是，就在我们到达之后的一个晚上，在我们都睡着了以后，一个贼摸进了大厅，偷走了我们放在长凳上的裤子里或裤子外边的钱包里的钱，并且没有一个人被惊醒。

总的来说，城市里的氛围很安静，但是受破坏的规模实在很大。炮弹袭击和之后引发的大火几乎摧毁了整个大阪。我不能想象人们要怎样做才能重建他们的城市和生活。因此，城市的重建和其他事业的重建——即在今后几十年里，把日本重建成为一个有活力的先进的国家——离不开一个循规蹈矩、意志坚定的民族的干劲和孜孜不倦地奉献，同样也离不开日本的前敌人——美国的援助。

11月，即日本投降三个月后，一件足以预示未来的事情发生了。盟军最高统帅（SCAP）的东京总部要求我们部队在日本民众和美国士兵中做一次民意调查。他们需要回答两个很简单的问题:"你喜欢的美国人(日本人)的三个特点是什么?"和"你不喜欢的美国人(日本人)的三个特点是什么?"我们雇了一些日本人,帮我们进行民意调查。调查不算科学,但我们接触到了很多日本人和美国人。

调查的结果很有意思。日本人肯定美国人的方面有如下几点:1.他们很慷慨;他们会与我们中间有需求的人分享食物、衣物和其他用品。2.他们很友好;他们尝试和我们交流,希望了解日本。3.他们很努力,他们也能把事情做成。他们不喜欢"美国人"的以下特点:1.美国人很浪费,他们把完好的食物和其他有用的东西都扔掉了,由于在使用的过程中不够仔细,他们浪费了有价值的东西。2.美国人不够守规矩;他们很吵闹,举止行为经常不够恰当。3.有些美国人对日本人有种族歧视。

美国人提到了日本人这些值得肯定的特征:1.他们很整洁,有秩序;离开后不会把垃圾留在停留过的地方。2.他们很守规矩;当你给他们指令之后,他们会照办。3.他们工作很努力。他们不喜欢如下"日本人"的特点:1.他们待人有等级观念,不同的性别、官衔和年龄的人会受到不平等的待遇。2.他们不会总把他们真实的想法告诉你;有时候,他们不够坦诚。3.许多日本人有种族歧视(这种观点,黑人士兵反映得比较多)。

许多人认为这些评估一直到现在都还有益处。回想起来,经历了这样一场血腥、艰苦的战争,美国人依然可以在日本的街道上漫步,在商店里闲逛,无论白天还是夜里,不必担心安危,这真是让人惊讶的事情。像这样不寻常的事情没有几件。类似地,美国人的表现大体上都是好的。也许部分原因是他们被赋予了一个机遇,能够合法地对他们长期被剥夺的欲望进行补偿。我永远不会忘记被邀请参加在大阪附近为美国军官举办的一次盛大晚宴的情形。我们刚到达那里,就发现日本人为每位美国客人都安排了一名女孩(这应该是得到了美国总指挥官的同意的)。酒会和晚宴结束后,他们可以带他们的女孩去宾馆的任何房间。一半以上的美国人都对此感激不尽。

我的任务是加入另外一个小组对日本的通讯——报纸、收音机广播、信件、电报及类似内容进行核查,必要的时候进行监察。因为我们人数很少,我们雇用了一些刚毕业的日本著名大学英语专业的学生。我的助手是浩(Hiroshi),是来自于同志社大学(Doshisha University)的一名英语专业的小伙子。问题是我不是总能理解他的英语,有时他理解我的日语也有困难。一天,他冲进来,非常兴奋地说了些什么。"浩,慢点说,"我说,但是没有用。"用日语说,"我建议道。他非常不安,皱着眉头,用日语说:"我刚刚得到一份工作——教英语。"

时间过得飞快! 不需要再强硬地对待日本媒体了。他们从天皇那里得到指示,不再针对美国人和对他们的占领。有一次,我居然可以参观京都市(Kyoto),这是该地区唯一没有被摧毁的城市。能够参观对日本文化有重要意义的一些纪念物让我来了兴致。我还设法联系了一些日本学者。

11 月的时候,我得了肺炎病倒了。在医院住了几天,由于我们的驻地没有供暖,我被送到了东京一间有供暖的房间继续休养恢复。在东京的时候,我见到了东京大学著名的政治学教授蜡山政道(Masamichi Royama)教授。随后,他把我介绍给两位年轻的教授,丸山正雄(Masao Maruyama)和清明辻(Kiyoaki Tsuji),我同这两位教授一直都有联系,我们是一辈子的朋友。很久以后,当我成为伯克利加州大学东亚研究所所长的时候,我曾邀请丸山来我们这里待了六个月。

1946 年 1 月,我返回了美国。一到美国,我立刻赶往圣巴巴拉,去见久别的家人——迪伊,我们的两个女儿,还有我的母亲。迪伊一直都很忙,一边在圣巴巴拉高中教音乐,同时又指导卫理公会教堂合唱团。戴安已经是一个活泼的四岁孩子了,莎伦·莱斯莉也已经差不多有两岁了。我刚回去不久,就从部队里退役了。因为这个时候参加哈佛大学的春季学期太晚了,所以我又重新在圣巴巴拉大学执教,同时重新学习怎样做一名老百姓。生活仿佛安静得让人无法相信,而且一切都在按计划进行,毫无意外,但是我并不怀念之前十八个月的经历。

当我仔细回顾二战的时候,头脑中凸显出几个因素。首先,这是 20 世纪和 21 世纪初一段时期内的最后一场战争,在此期间我们的民众依然很团结,并且强烈支持结束冲突。我们曾遭受袭击。没有人能否认回击的合法性。即使日本能够一直把攻击目标锁定在最初的美国殖民地——菲律宾群岛上,美国也毫无疑问地会做出军事上的回应,但是可能不会有珍珠港事件之后出现的那种热情。珍珠港是美国海军力量的中心,人员的伤亡和船只的破坏都很严重。

第二件事值得牢记。虽然战争中出现了很多高贵的行为,但是在很多美国人中间,战争也导致或深化了种族歧视。比如,当日裔美国人被驱逐出西海岸的时候,并没有考虑到他们的观点和处境,但社会中的抗议很少。此外,在亚太战争这个舞台上,偏见和宽容一直在美国军队中存在,并不断地博弈。除此之外,日裔美军力量在欧洲战场上英雄式的战斗表现所获得的关注很少。

值得注意的是,与欧洲战场相比较而言,太平洋战场主要包括美国海军和空军。海军和空军力量在海岛战争中,以及战争接近结束时在菲律宾群岛和冲绳的战斗中都具有决定性作用,但是如果通讯线路一直没有被切断,日本与它的海外殖民地慢慢地分离,那么击垮日本的海军和空军力量便很重要。决定把战斗集中在太平洋上的岛屿而不是亚洲大陆上,并逐渐封锁日本群岛是明智的。像菲律宾海域这样的战争对决定战争的最后结果至关重要。然而这一战略决策对我们以后对亚洲大陆的投入(或者这种投入还是不足够)是有影响的。

最后考虑到的这一点可能是最重要的。考虑到战争期间国内体现出的团结状态,珍珠港事件之前就建立起来的与欧洲同盟国之间的紧密关系,同时还有希望苏联能够在与希特勒德国的血腥冲突中幸存下来等因素,罗斯福政府对美国对外政策做出重大改变相对来说比较容易。伍德罗·威尔逊(Woodrow Wilson)在一战结束时,没能够说服美国参与更多的国际事务,而现在取而代之的是美国愿意而且能够在重建世界的过程中起到领导作用。美国给欧洲提供大规模资助并且在新建的联合国中担任了主要角色,同时,美国也参与到日本重建的工程中,并在此过程中协助它建成为民主国家。对于亚洲大陆的态度,正像我所指出的,矛盾的情感更突出。朝鲜半岛是事后想到的,在战争结束时其重要性突然显现。中国的状况那时已经很糟糕了。而美国与其他国家一起合作,努力谋得全球范围的领导地位是 20 世纪历史上一项惊人的新发展。

圣巴巴拉大学的学期结束后,迪伊和我准备回剑桥。我们的两个女儿还很小,带着他们,我们的行程不会轻松。所以,大家决定我先行去安排住址。我是坐火车回去的,暂时和以前的朋友住在一起。在战后的剑桥想找一间能支付得起的住宿地点成了很大的问题。很多带着家人的学生都选择住到郊外,在那里有一个专门为已婚学生建立的中心。但是,通勤对我来说不是一个好主意,尤其是我们的孩子需要我们两个人的照顾。偶然一次,我在哈佛城中心找到一间旧公寓。学校买下了这幢楼,但是是想推倒之后,再建新生宿舍。不过这个工程被推迟了。

不久后,迪伊带着两个孩子来了,也是坐火车来的。这一次,我们来到东边拓荒。我们住在一间没有供暖的地下室上面,要取暖的话,我们只能依靠小卧室里的一个电暖器,和厨房里的一个做饭用的煤炉。我们有两间小卧室,一个卫生间。但是没有浴盆或者淋浴。迪伊首先要完成的任务之一就是买一个镀锌的大铁盆。当她拖着它进家门的时候,我们隔壁的邻居,一位友好的爱尔兰女士,看见她后,对她说:"哦,真是个好主意!"可能正是我们引领了附近区域的潮流。

我的博士课程和考试在服兵役之前已经完成了,所以现在我只要完成我的博士论文就可以了。但是我对我的论文和未来生涯的设计发生了根本变化。因为有过战争经历,我决定专门研究亚洲政治和国际关系,再加上美国的亚洲政策。因此,1946 年秋季学期开始的时候,我集中精力致力于新领域的研究,这些研究很自然从日本开始。我论文的题目是关于战前日本民主失败问题的。因为那个时候在政府学院没有教员对日本熟悉、了解,所以我向东方语言和文学院的埃德温·O.赖肖尔(Edwin O. Reischauer)教授征求意见,并且请他做我论文答辩委员会的成员。

埃德温·赖肖尔对传统日本和现代日本都有深刻了解,他是一位很重要的学术导师。同时,他也是一个非常慈祥、体贴的人,这一点可以从一件意外的插曲中看出来,而这个意外的插曲很快影响了我的生活。1947年春天,在波士顿地区突发小儿麻痹症疫情。我们特别担心戴安和莱斯莉(后来她喜欢被人这样称呼),不让她们接近人群,远离像游泳池这样的公共场所。有一天晚上,迪伊和我计划到我们的好朋友—哈里(Harry)和海伦·汤普森(Helen Thompson)—家里吃晚饭。我突然觉得不舒服,好像得了流感。迪伊一个人去吃饭了,我留在家里,在床上休养。当她打电话回来问我怎么样的时候,我告诉她,我感觉更加不舒服了。哈里马上把她送了回来,他们决定把我送到学校医院。

我在学校医院度过了一个不舒服的夜晚,医生在第二天清晨告诉我,我得了小儿麻痹症,而且马上就会被转到波士顿儿童医院。迪伊得到通知后马上来到校医院,坐着救护车送我去儿童医院。当时,儿童医院具备治疗小儿麻痹患者的主要设备,医院里除了三个成年人之外,大部分都是孩子。刚到医院的时候,医生根本不允许我动,连吃饭也不允许我自己吃,而是由一名护士负责。医生告诉我这种病菌的侵袭一旦感染就会一直继续,同时还伴有瘫痪的危险,直到我的体温恢复正常。而在此期间,尽量减少活动是最重要的。三四天后,我的体温恢复正常。这时,医生对病变造成的危害进行了评估：我的左侧身体——包括胳膊、后背和腿——活动能力明显变弱。但是，我还是很幸运的，没有完全瘫痪。

随后，肯尼疗法（Sister Kenny's method）被用在我身上。渐渐地，我进行了各种形式的轻度训练，包括进游泳池。这个过程进展得很缓慢，但是我比其他两位成年患者要强多了，他们一个是神学院的学生，一个是法学院的学生。后者从腰部以下都瘫痪了，被转送到佐治亚州的温泉市（Warm Springs, Georgia）。他曾经是一名运动员，发病前一天还参加了一场棒球比赛。我们听说，后来因为没有办法接受现状，他自杀了。

一个月以后我回家了，迪伊尽心尽力地侍奉我，并辅助我做运动。另外，我刚回到家的那一天，赖肖尔教授来看望我。他极其友善，告诉我在我完成论文的过程中，他随时都可以提供帮助，还说他会每周来看我一次，直到我能够行动为止。他果然言出必行。恢复的过程是缓慢的，但是到最后，我几乎完全恢复了。一年以后，我几乎都想不起来我曾经得过小儿麻痹症。我继续写我的论文，一边参考各种出版的著作，一边采访那些曾经在战前去过日本的人。就在我即将踏上返回哈佛的旅程的时候，我报名参加了汉语课程集训，因为我决定把对整个东亚地区的研究都包括进来，而不是只集中研究一个单一的国家。同时，我继续做助教，和一名年轻的经济学家，格伦·坎贝尔（Glenn Campbell），合用一间办公室。他后来成为斯坦福大学胡佛研究所（Hoover Institution）所长。

1946 年秋，发生了另外几件事，既让我的生活变得更加复杂，同时也给我的生活带来了激励。费正清（John K. Fairbank），历史学家和著名中国问题专家，结束了其在政府的任职，回到了哈佛大学任教，并且正在着手建立中国研究中心。他希望有一位年轻的政治学家参与其中，有人向他推荐了我。由于我正热切地想要拓展我的中国知识，我欣然接受了他的邀请。在接下来的几年里，我与他，以及其他几位积极参与中心活动的年轻和年长的学者们接触密切。

费正清是一位很有想法的人，我很感激他为激励学生和更多美国社团对中国的兴趣而做出的努力。他对中国和中国人民怀有无限的热爱，没有一个人能够像他一样推进有关中国研究领域的培训、研究和组织间的活动。就个性来说，他在严肃和紧张之中不乏不断流露出的幽默感。他的很多学生都很尊重他，因为他愿意花时间和精力帮助他们完成他们的工作。实际上，他经常会劝诫学生和年轻学者，他表现出的紧张程度仿佛自己就是他们其中一员。

和许多他那个年代的人一样，他对当代中国的看法大多深受个人经历的影响。20 世纪 30 年代初，他首先成为在中国成长起来的一名青年学者。1936 年，他成为哈佛大学的一名历史学教授。随后，在二战期间，他作为战略服务办事处（OSS，Office of Strategic Service）的一名成员重返中国。OSS 是中央情报局（CIA）的前身，后来，在华盛顿，它附属于战时信息处（OWI，Office of War Information）。通过各种途径，他见证了中国在内忧外患的双重压力下渐渐衰落。他近距离地经历了民族主义的落败、蒋介石政府的集权特征、根深蒂固的腐败和中国知识分子的慢慢觉醒。蒋介石与史迪威（Stilwell）将军战时的分歧，以及后来马歇尔计划的失败、美国驻重庆使馆内部的分裂同样带来了深刻的影响。

从任何意义上讲,费正清都不是一个共产主义者。然而他对新中国还是抱有希望的,这说明他希望看到一个国家和一个民族能够告别失败年代、个人政治和腐败。最重要的是,他希望中国能够成功地成为一个健康、现代的国家,能够继续与美国保持联系。但是在随后的麦卡锡时代,他遇到了麻烦,部分是因为他与那些被认为不同程度地同情中国共产党的人有联系,其中包括欧文·拉铁摩尔(Owen Lattimore)、谢伟思(John(Jack)Service)和埃德加·斯诺(Edgar Snow),同时也因为他参与了太平洋关系学会(Institute of Pacific Relations),这里被很多人认为是"左派"分子活动的中心。

尽管在关于中国和亚洲的问题上,费和我在一些问题上观点不一致,但是我从没有怀疑过他一直在努力寻找事实真相。1972年春天,他和他的妻子威尔玛(Wilma)第一次去中国。他们在旅途中有选择性地给一些朋友写信。读着他们的来信(我读到的信是由谢伟思转过来的),我感到根据我对六个月后时局的观察,费正清忽略了一些时局中更令人担心的方面,但是对当代事情的发展进程却不乏怀疑。费正清撑过了"麦卡锡风暴"。1991年9月,费正清过世,终年84岁。很多悼念他的悼文中都称他为在美国的中国问题研究学者的领军人。而他确实是实至名归。

我回到哈佛的第二年伊始,发生了一件对我影响久远的事情。我接到政府学院院长的一个电话。电话中,他问道:"今年秋季学期,有一位北京大学的教授将来我们这里做访问,你有兴趣做他的助教吗?"我同意了。那位教授是钱端升(Chien Tuan-sheng)先生。从我们第一次见面伊始，我们的交流就极其顺畅。钱教授住在费正清先生家里。他的家人还在北京。偶尔孤单的时候，他就会到我们的小公寓里来，我们会一起长谈他的背景，以及他眼中的中国局势。钱教授曾附属于中国所谓的第三种力量。他对国民党很失望，强烈批评蒋介石，认为蒋是一位有高度专制主义活动倾向的军事家。同时，他对中国共产党也抱有一定疑虑，包括觉得中国共产党与苏联走得太近。

当我们更熟识一点的时候，钱教授鼓励我博士论文写完之后，申请基金会资助去中国。他建议我研究孙中山，并许诺他会做我的导师。1948年春我获得了博士学位，此时，钱正准备返回中国。我帮他完成了一部关于现代中国的手稿，这部手稿后来出版了。我向社会科学研究理事会（the Social Science Research Council）提出的资助申请获得批准，我期待在1948年秋天到北京与钱教授一起工作。

但是，这次行程却未能如愿。1948年秋，国民党和共产党之间的冲突达到了新高潮，美国的学生被建议——实际上，是被告诫——不要去中国。我的计划只好暂时放在一边。我写信给钱教授，告诉他我不能去中国了，他在回信中向我保证当时的情况非常安全，我可以继续我的计划。我很吃惊，但是后来，我发现了他乐观的原因。他回国的时候，钱教授被北京新的共产党政府（和现在的称呼一样）所接纳。尽管他们意识到钱教授不是他们中的一员，但是共产党人同样清楚他对蒋介石有强烈的反感，同时他也是一名杰出的学者。因此，他们决定启用他，除了在北京大学的职责外，还让他负责年轻官员的培训项目。表面上看，他的过渡非常成功,尽管有点出乎意料。

也许,在这里还应该继续讲述钱教授的传奇故事。我们还是一如既往地通信,交换意见,达成共识。但是,朝鲜战争爆发后,我们的通信中断了。偶尔,我能够在报纸上读到他的消息,他已经成为引人注目的中国代表团成员之一,穿梭在各个不同国家间,参加各种会议和会面。不过,大概到了1957年,关于钱教授出行的消息也没有了。随后,有传言说在此时的反右运动中,他遇到了麻烦。

直到1972年12月,我第一次访华的时候,我们的轨迹才又重新交汇。北京大学副校长周培源在北京主持了一次晚宴,席间有外交部副部长乔冠华出席,很多在美国获得学位的资深教授们也都参加了这次活动。站在接待队伍最后面的就是钱教授。我高兴地握住了他的手,告诉他再见到他真是太好了。在开始的寒暄之后,迪伊和我又找到他,开始和他交谈。但是,我们注意到他不太愿意被别人看到和我们单独相处,因为他总是很快地把我们带进一群人里。我们坐在主桌,而钱教授在其他的地方,所以,在晚宴期间,我没有找到机会和他说话。可是,当晚宴结束之后,我迅速移动到他的餐桌前,对他说:"钱教授,我希望我们在北京的这段时间里,可以到您家里拜访您。"静默。然后我意识到他所处的环境不允许他接待美国客人。一个饶有兴致的夜晚以黯然神伤而告终。

20世纪70年代,我几次去中国,每次去都会问到钱教授的情况,但是我被告知"当时"见他不是很方便。直到1979年,事情有了转变。邓小平重新掌握了最高决策权,改革开放开始了。钱教授"恢复了正常生活"，也恢复了名誉。不久，他又开始参加各种公共事务。我们在他的家里进行了一次长谈。当回忆起"反右"运动和"文化大革命"的影响的时候，他无法掩饰怨恨和失望。"我浪费了生命中宝贵的 23 年。我不能教课，不能写作，甚至不能见老朋友。"然而，不久之后，钱教授加入了中国共产党，在中国人民政治协商会议的外事委员会担任积极的角色。我在此之后见他的时候，他对我说："费正清写信问我为什么这样做。他不理解现在的中国。我这样做是为了我的子孙后代。"他过世时已近耄耋之年。弥留之际，他的表现很像他曾经的生活，虽然充满矛盾，但是仍然决心要在一个革命的年代挣扎着生存下去。

再回到 20 世纪 40 年代的日子。当我已经清楚地知道不可能去中国的时候，我接受了在哈佛做教员的任命，负责教"美国的东亚政策"这门课。那是一段很愉悦的经历。我的学生们都很聪明好学，我们一起度过了几个有趣的学期。随着学年的推进，我开始思考我的未来。我喜欢哈佛，在这里获得副教授的职位也是很有希望的。但是，迪伊和我都很想念加州。坦率地说，我们不喜欢住在波士顿地区，尤其是以如此微薄的工资度日。所以，我问了一位年长的同事，问他是否能够联系到斯坦福大学、洛杉矶加州大学（UCLA）和伯克利加州大学的政治学系，看他们有没有兴趣雇用我。

很快就有了答复。斯坦福大学和 UCLA 没有空缺的岗位，但是，彼得·奥迪加德（Peter Odegard），伯克利加州大学政治学系主任，表示他很愿意和我见一面。不久之后他会来纽约，并且有时间可以安排一次晚餐会面。在约定好的那天，我到达了他住的旅馆后,我们马上去了餐厅。彼得是一个外向的人,他马上开始讲述他的背景,伯克利的风景以及其他各种不同的事情。他没有问我任何问题,所以我试着罗列了我的背景和兴趣所在,但是他频繁地打断我,不断地改变话题。那一天的晚宴接近尾声的时候,我觉得他并不是真地想要招聘我。但是当我们就要离开的时候,他说:"你有兴趣来伯克利吗?""当然。""你被聘用了。"这就是那个年代!不需要准备大量的文字工作,包括记录和推荐信,不需要教员委员会的面试,也不需要全院投票。我有点吃惊。不过,后来从彼得那里得知,为了重建政治系,伯克利加州大学的管理者给了他相当大的权力。因此,后续的文字工作和推荐过程进展很顺利。

当1949年春季学期就要开始的时候,我们家庭又扩大了。我们的第三个女儿,林恩·安(Lynne Ann),于1949年5月12日出生了。所以,横跨加利福尼亚州的旅程异常艰辛——一个嗷嗷待哺的婴儿,还有两个小女孩,一个四岁,一个六岁,统统被塞进我们的1946年产雪佛兰车中,车里还有我们的行李。迪伊一如既往地英勇地指挥着家庭成员,并满足他们各自不同的需求。我们先去了圣巴巴拉,之后我一个人继续前往伯克利,找房子,做这种准备工作。我在里奇蒙(Richmond)附近租了一间房子,很快就把迪伊和我们的女儿们接到了新家。

我并不知道,伯克利加州大学此时正处于动荡之中,原因就是效忠誓言争议(Loyalty Oath Controversy)。为了支持全国立法和州立法,学校的领导班子选择在现行誓言基础上增加一项限制性条款,即签署者不能是任何宣扬以暴力或非法手段推翻美国政府的党派或组织的成员。增加的这一条款是针对共产党人的,有传言说共产党人在加州教员中的数量有所增长。实际上，从 1940 年以来，学校已经通过官方的手段阻止共产党员成为学校雇员。但是，教员们的反对意见不断增加，当教职员工们被要求除了签署一份适用于其他州雇员的誓言之外，还必须要签署一份并为征得全体教职员工同意的特殊誓言时，教职员工们的反对意见达到了最高点。

在 1949—1950 学年期间，这种争斗越来越紧张。为了达成妥协，一个七人委员会通过邮件进行了一次无记名投票，宣布"不能接受"共产党员"为教员"；学术评议委员会（Academic Senate）的北部分会，包括伯克利教职员工，以 724 票对 203 票通过了这一决定。学校管理机构也不让步，规定到 1950 年 4 月 30 日前没有签誓言的那些人都会被开除。大约三分之一的人被开除了，其中有很大一部分人后来又返回学校。

这一争议带来一系列后果。在此之前，罗伯特·戈登·史普罗（Robert Gordon Sproul）校长在教职员工中享有很高的支持率，但是由于他试图在这件事上寻求妥协，又未果，他的支持率受到了损害。在一部分媒体和大众心中，伯克利加州大学就是左翼分子的活动中心——后来，这给伯克利带来了不良的影响。教职员工之间的关系有时候很紧张。我或多或少地处于边缘地带。我当初签哈佛大学效忠誓言的时候，没有任何疑虑，所以我很早就签了伯克利加州大学的誓言。但是，这种痛苦似乎弥漫了整个校园，或者至少校园的一部分，我也受到了它的困扰。

初到伯克利的几个月里，我遇到了亚瑟·比森（Arthur Bisson），他曾经在学院里教授关于日本的课程。因为他与左翼分子交往非常密切，亚瑟在政治上是一个很有争议的人，所以，我宁愿把他称为"基督教徒式的社会主义分子"。我用这个词，不是想强调宗教因素，而是因为亚瑟一心想做好事。他为那些贫苦人们和受迫害的人们所受的苦难感到痛心疾首。因为我们感兴趣的领域基本相同，所以刚到伯克利的几个月里，我们见了很多次。但是，我们经常会有不同意见。比如，亚瑟相信日本一定实施过激进的土地改革，政府把所有土地从地主手里收回，然后平均分配给没有地的农民。他也赞成对主要行业进行国有化，同时解体大型财阀集团。早些时候，亚瑟曾经是一家共产党人控制的《美亚》杂志（Amerasia）的撰稿人。他也曾经和像菲利普斯·贾菲（Philips Jaffe）这样的进步分子一起访问过延安。因此，当反共运动加紧曝光政府内外，无论过去的还是现在的，共产党人活动的时候，他受到了严密的监视就不足为奇了。

有一次，我们一个共同的朋友让我代表亚瑟给学术评议委员会调查员写一封信。在信中，我说尽管我与亚瑟在很多问题上都有不同观点，但是从我们的多次谈话中，我确信，虽然他有一些激进的观点，但是他不是共产党人。这封信，还有之前以及当时一些其他有联系的人险些让我卷入麻烦之中。后来，我有一个学生申请政府职位，他私下里告诉我在他面试的过程中，有人问他，他和我有多熟悉，我是否曾经尝试影响他的政治倾向。

实际上，鉴于我早期与美国共产党打过的一些交道，以及我对苏联持有的极大限度的保留，我是坚决反对共产主义的，这一点可以看得出来。尽管已经准备好静待中国新政府的结果，并且认为我们坚持尽量不与其接触的政策是错误的，但是我仍然对其深表怀疑。他们会与其他地方的共产主义有所不同吗？他们会允许知识分子和其他人拥有真正的自由吗？

后来，我认识了菲尔·贾菲（Phil Jaffe）①。但是他已经脱离了美国共产党，并做出一些不利于以前的联系人的证词。我问了他关于亚瑟·比森的情况。"他是共产党？肯定不是。他在《美亚》杂志工作的时候，我们要经常告诉他，'亚瑟，你完全弄错了'。"

可能现在是恰当的时候，可以谈一下我与贾菲的那些会面。我最初联系他是因为我在做日本共产主义运动方面的研究。我听说贾菲的私人图书馆里有一些珍贵的资料。所以，我写信给他，希望能见一面。他很客气地给我回复，我们在他纽约的家里见了面。后来，有几次，我到了他的家乡康涅狄格州（Connecticut），他的私人图书馆在那里。有一些材料非常有用，听菲尔回忆他过去的活动经历和认识的朋友很有意思。当时，他退出共产党大概已经有三四年时间了。

他退出共产党之后在国会委员会上做的陈词对一些人来说，很有伤害力，其中包括谢伟思。谢在国务院期间，因为给当时任《美亚》杂志编辑的贾菲提供了一些属于保密级别的材料（尽管主要是他自己写的东西），受到了指控。贾菲对委员会成员说，他"没有向（谢伟思）索要那些材料。是谢自愿提供的。"

有一次，贾菲带我去见厄尔·布劳德（Earl Browder），他曾经是美国共产党主席。我们见面的时候，他已经不在美国共产党内部做事，因为支持共产国际，已经被罢免职位了。他对斯大林和苏

---

① 即菲利普斯·贾菲。——译者

中共产党关系的看法很有意思。他把自己定义为斯大林主义者，但是坚持有两个斯大林：一个是早期的斯大林，处事谨慎，三思而后行，有灵活性，并且能够接受失败；另一个是长期掌权后的斯大林，几乎怀疑每一个人，对待自己的对手，不管是真实的还是假想的对手，都非常冷酷无情。很显然，布劳德称他是"早期斯大林"的追随者。

他对苏中共产党之间关系的分析集中在一个论点上，即斯大林对毛泽东并没有特别的好感，实际上，直到毛泽东1937年在中国共产党党内获得权力后，斯大林都没有特别注意毛泽东。他还宣称为了加强抗日阵线，苏联希望中国共产党能够继续维持与国民党的同盟，以此遏制中国共产党，避免其快速向苏联式的集体主义发展。布劳德批评印度共产党人罗伊（Roy），他对罗伊的评价是"不可靠"，在他看来，罗伊是想用自己共产国际的身份来取代当时驻在中国的共产国际代表——鲍罗廷（Mikhail Borodin）。他把年轻的刘少奇称为"莫斯科男孩"。尽管布劳德的观点很有趣，但是其中一些观点的准确性尚待考验。

再回到伯克利的生活，1950年春天，一个新的机遇出现在我面前。学校和美国政府签订了一项协议，要为在日本的美国军人和附属人员设立一个培训项目。我和另外两名老师一起被选派参加这一项目。因为当时我正在最后修改关于战前日本民主运动的手稿，同时也开始研究当代日本的共产主义运动，所以，我迫切希望有机会能够做一些访谈，获得最新的资料。

于是，5月份春季学期一结束，我就出发前往日本，受命在设在名古屋的第五航空队总部开设培训项目。我的课5月14日开始，每周四次，从星期一至星期四，晚上 6:30—9:30。这种安排让我可以在长达四天的周末里去东京，我利用这个机会采访了日本自由党和共产党总部的党派主要人物。同时我在东京大学会见了南原（Nambara）校长，他和蜡山政道教授都同意审阅我完成的关于民主运动的手稿。此外，我重新和以前曾经见过的两位年轻一点的政治学教授，丸山正雄和清明辻，取得了联系。

最值得一提的会面应该是那次在来栖三郎（Saburo Kurusu）大使家里。他曾向我暗示，鉴于我现在的研究兴趣，他可以邀请三位前共产党人，来和我一起分享一下他们的经历和想法。我们在他的家里见了面。我还邀请了当时在洛杉矶加州大学（UCLA）教书的卫斯理·费舍（Wesley Fishel），和参加加州大学日本项目的一个同事同我一起去。三位前共产党人中，有一位曾经是士兵，参加过越战最后阶段的战斗，很自然地，他对自己的政治归属保密。由于发现另外两位对我现在的工作更感兴趣，因此，我基本上让他和卫斯理聊了一个晚上。这里的故事，以后再叙述。

刚开课的时候，我大概有 100 多个学生。到了 6 月 25 日，我的班级里只剩下 5 个学生，而且，这个数量很快将会继续减少。朝鲜战争爆发了，空军在一夜之间被调动起来，开始的任务是帮助在韩国的美国人离开。剩下的课程决定拖后，等到情况明朗了之后再上。可是我该怎么办呢？我决定去北海道转一圈，等待这边事情的解决。我游览了岛上的每一个地方，包括东海岸上的阿伊努（Ainu）村落，在那里，我拍了一些原住民的照片，当地居民都穿上了他们的传统服装让我拍照。我很享受此次旅行。但是，就在我即将登上开往札幌市，继而到达东京的火车的那一天，旭川市火车站站长拦住了我,说根据盟军最高统帅部的指令,任何外国人都不允许进入或离开北海道岛。人们担心俄罗斯可能会从北方进攻。

我告诉那个人我来这里只是简单地访问,我需要离开这里回家。我怎样才能得到允许呢?"你必须与驻扎在札幌的美军总部联系,"他说。我用他办公室的电话打到总部,找到了一位下士。当我正在说明情况的时候,电话突然断了。我又试了一次。这次,接电话的是一个自称叫埃默里(Emery)的列兵。我迅速说明我需要离开北海道,并告诉他我将把电话递给火车站站长接听,这样他就能得到许可让我上火车。我没有等他回答,就把电话递了过去。那个人不会说日语,而火车站站长不会说英语。但是疑惑了几分钟之后,火车站站长说:"你可以走了。"看来问题可以用很多种不同的方法解决。

我回去以后,课程继续。但是,我只有为数不多的几个学生,而且,主要是工作人员。8月底的时候,我回家了,我们的秋天过得非常开心。9月的时候,我们在伯克利买了一栋房子,就在克莱尔蒙特饭店(Clarement Hotel)附近。房子一共三层,有十三间房间,经过苦苦地讨价还价之后,这栋房子以 17000 美元成交。但是,要记住,作为二等讲师,我的年薪只有 4500 美元,我不得不向我的一个密友及同事,劳埃德·费舍尔(Lloyd Fisher),借了些钱交了定金。

我会永远感谢西北大学,因为一年后,他们邀请我去任教,给了我教职。伯克利加州大学决定提前晋升我为副教授,以对此做出回应。同时,戴安和莱斯莉都上学了,迪伊忙于她的音乐活动。我的第一本书——《战前日本的民主和党派运动》完成了,并由加州大学出版社出版。一切都尽如人意。

1952 年秋，一次新的冒险开始了。我有了学术假，并且得到洛克菲勒基金的支持，我们一家人前往日本——迪伊，我们的三个孩子，我的母亲，还有我。我们计划乘货轮直接去横滨。但是，就在我们出发前三天，我接到了旧金山货轮公司的电话。电话里说，因为码头工人罢工，目前只能装运战略货物。所以货轮将驶往基隆——位于台湾台北附近的港口。朝鲜战争不仅使美国卷入其中，也把中国带进这场战争，这必然使美国的对台政策发生重大变化。

我们该怎么办呢？我问经理下一班去日本的货轮大概什么时候再有，他回答说，他也不清楚。我们买不起飞机票。最后的结果是，想了一会儿之后，我说我们要乘坐去台湾的货轮。接下来的日子里发生了很多事情。我们安全抵达台湾，尽管在抵台前遭遇了一次寒冷的暴风雨。我们住在圆山大饭店（Grand Hotel），当时台北最好的宾馆。唯一的问题就是像水管这样的设备不是很好用。有一次，我正在冲淋浴，突然停水了，后来也没有再来。没办法，我只好用毛巾擦干了。

在战争中，台湾的城市面貌并没有受到太大的破坏，但是遗留下来的政治伤疤和所承受的经济代价还是巨大的。尽管这里对共产党的支持最少，但是台湾国民党和许多台湾民众之间的裂痕还是很深的，尤其是 1947 年发生了"二二八事件"之后，这一裂痕尤其深刻。1947 年 2 月 28 日，国民党军队杀害了大批游行的台湾民众。

在伯克利加州大学，我有一个学生的父亲是国民党军官，他是在大陆战败后随蒋介石一起到台湾去的。他邀请我们去台中市他的家里吃晚饭。晚饭前,他带我到郊外去看看当时的状况。旅程中,我给两名中国人做了翻译,这段经历很奇特。当地的农民只会说福建话和日语,而这位将军,只会说普通话和英语。晚饭的时候,我们喝了一种汤,汤上来的时候还嘶嘶作响。我们的主人说,"我们把这种汤叫做'轰炸东京的炮弹'",其他的中国客人一边用勺子盛汤,一边重复着汤的名字。几周之后,我们到日本东京的一个朋友家做客,汤上来的时候,七岁的莱斯莉脱口说出,"轰炸东京的炮弹"。我把手指放到嘴边,试图阻止她,不过已经太晚了。

我们在台湾的另一个插曲深深地印在我的脑海里。我出去与一些人进行访谈的时候,有时我会带上迪伊或者我母亲。有一次,我带着母亲去访谈。我让母亲和一位媒体官员聊天,而我去和他的上司交谈。当访谈结束,我们就要离开的时候,那位媒体人说:"听说您母亲已经同意在我们 7 月 4 日的节目里演唱《星条旗》,我非常高兴。我们现在正在录制这个节目。"因为我母亲不唱歌,所以听到这个消息,我很吃惊。当我告知母亲将要发生的事情的时候,她很惊讶。"那个人说的话我一个字也听不懂,所以,我只是想表现得很友好,因此不时地点头。"我们不愿意疏远他,所以我同意由我做替补。《星条旗》应该很少受到这种待遇!

我们在台湾的停留很短暂,随后,我们飞往东京。以前认识的朋友,蜡山政道教授已经帮我们租了一间房子,房子位于城西北,是市村(Ichimura)夫人(她是一位寡妇)家的底楼。房间不大,但是很方便。不过,随着冬天慢慢临近,房间里变得更冷了。我买了一个煤炉放在客厅里,我们的房东答应提供煤。11 月初,迪伊去问她要一点煤。市村夫人说："还没有到 11 月 15 日啊。"不管天气如何，不到 15 日没有人开始供暖。当我们开始烧煤的时候，烟气慢慢弥漫得到处都是。我们的日本房东说："打开窗户。"我们必须在寒冷和窒息而死之间做出选择。

在此之后的几个月期间，我对当代日本了解了很多。另外，在我的研究即将结束的时候，我们经东南亚和南亚回到了家中。我的发现以后再说。目前只说这一点就足够了：在穿越南亚的过程中，我内心第一次对美国式的民主是否适用于全世界产生了疑虑。在接下来的几年里，这些疑虑也一直没有消除。

回到伯克利之后，1953 年的秋季学期很快开始了，我很快完全沉浸在教学和追求我的研究之中。幸运的是，在各个层次，我都有很优秀的学生，我尤其为我的几个博士生感到骄傲，他们不久之后就在全国几所一流的研究所中谋得了职位。学校里的氛围很平静，不像 1949 年我刚到这里时的情景。朝鲜战争结束了，又一次，和平最终胜利，学生们可以集中精力学习了。

第三章

在伯克利的生活
——动荡年代及之后

效忠誓言争议慢慢淡下来之后,大学校园在20世纪50年代后期相对比较平静。国内外事件中也没有哪一件能够引起强烈的反对意见。1953年朝鲜战争结束时,南北边界线重新恢复到战前的状态。这时出现的主要异议是有些人认为尽管有中国的干涉,但我们没有付出足够努力为胜利而战,没有努力结束金日成在朝鲜的统治,不过这种观点在大学里没有获得太多的支持。

当时,两位中间派成员,艾森豪威尔(Dwight Eisenhower)和杜鲁门(Harry Truman)占据总统席位。他们不会讨好学生—知识分子社团,但是也不会引起强烈的对立。因此,那些热衷于政治活动的人发现没有什么事情能够获得广泛的支持。不过,一个特例是南方的民权运动。这一运动对后来美国的种族平等方面取得的成就来说非常重要。民权运动在全国范围内会定期出现大规模示威和其他活动,从而引起了全国的关注。言论自由运动(free speech movement)的很多领导人都是民权运动中的积极分子,他们在此运动中获得了一些经验,因此,他们把从南方运动中学到的诸如静坐示威的战术带到了伯克利就不奇怪了。

20世纪60年代初,我被选为政治学系主任。这项工作好像并不繁重,因为这个系相对比较团结,在职位任命或者教授的课程上大家都没有太多争议。对方法论的主要争论是在以后出现的。因此,由于我的教学任务减轻了,我能够继续做我的研究,安排我的出访行程。有时,当我需要到伯克利之外的地区参加会议的时候,我会把我准备在课上讲的录下来,让我的助手拿着我的大录音机到课上放给学生听。后来重复发生了几次相同的貌似杜撰但让人觉得很有意思的事情。我已经把我的录音磁带留给了我的助手,但是当我赶到机场的时候,我得知会议推后了。然后,我回到了校园,准备亲自去讲课。但是,当我走进教室的时候,我的录音机正在工作,一百个小录音机放在桌子上,但是没有学生。

1964年秋天,言论自由运动开始了,最初的时候,我并没有参与。9月14日,凯瑟琳·塔沃(Katherine Towle)院长通知所有的学生社团,学校的设备不得用于宣传社会事件或者政治事件。她随后修正了她的态度,指出,政治宣传是允许的,但是演讲人不能拉赞助或者号召采取特殊的行动。从一开始,整个事件的中心就是宣传。在班克罗夫特大街和电报街的大学牌坊(Sather Gate)

外有一片空地，属于市政财产而不是学校财产。很多年以来，这里成了呼吁支持某项事业、筹集资金、进行其他政治活动的地方。但是，为了建新的学生宿舍，这块空地的所有权被学校取得。克拉克·克尔（Clark Kerr）当时是学校的校长，他建议这块土地归还市政府，以便这些活动还能够得以继续。这个建议获得了校务委员会（Board of Regents）的同意，但是产权的交换一直都没有实现。

与此同时，言论自由的范围扩大了，在公开论坛政策下，从1963 年 6 月开始，甚至共产党人也可以在校园中发表言论了。但是，在校园内，宣传问题成为一个愈演愈烈的充满争议的话题。9月 14 日的公告取消了在大学牌坊地区发表言论的传统。取而代之的是，班克罗夫特街上一处属于市政财产、40 英尺长、26 英尺宽的空地，被宣布是可以用来做宣传的恰当地点。校长斯特朗先生（Edward W. Strong）的新主题是校园中的言论自由、校园外的宣传自由。中间偏左派势力做出的反应是违背这一公告。1964 年 9月 21 日，伯克利管理层似乎要退让。塔沃院长公布了上面提到的论调模糊的言论。一小群学生在斯普劳尔大楼（Sproul Hall）的台阶上守了整整一夜，9 月 28 日，大学牌坊前摆满了桌子，一些人在惠勒大楼（Wheeler Hall）前举行了集会。伯克利管理层再一次想要安抚抗议者，他们宣布学生可以散发运动资料。但是两天后，有八名学生被勒令休学，因为他们非法为争取种族平等大会（Congress of Racial Equality，CORE）和学生非暴力协调委员会（Student Non-violent Coordinating Committee）摆放桌子。

这次运动的高潮发生在 9 月底。8 名学生被休学之后，9 月

30 日,很多人到斯普劳尔大楼前静坐。静坐者一直坚持到10月1日凌晨一点。很多学生被拘留或逮捕。那天晚些时候,警察抓住了杰克·温伯格(Jack Weinberg),他并不是学生,当时正代表争取种族平等大会在规定的地区摆放桌子。他一瘸一拐地被带进了斯普劳尔广场的一辆警车里。一大群人马上聚集过来,围住了警车,不让车发动。另外,很多学生爬到了车顶,发表演讲,其中包括马里奥·萨维奥(Mario Savio),他不久以后成为言论自由运动组织的领导人。

到此时为止,言论自由运动已经呈现了相当大的规模。很多组织机构的代表都成为运动中的一员,其中包括不少年轻的共和党人。但是,中间偏左派势力占据了其中的大多数,控制着领导权和政策走向。他们中有很多人,就像前面提到过的,都参加过南方的民权运动。主要人物之一就是贝蒂纳·阿普特克(Bettina Aptheker),杜波依斯俱乐部(Du Bois Club)的领军人,众所周知的共产党人。对我来说,一名马克思—列宁主义的狂热支持者能够支持言论自由,这是非常不可思议的事情。

9月底,伯克利管理层采取了更为强硬的措施。10月2日,四位言论自由运动组织的领导者——萨维奥、阿特(Art)、杰克·戈德堡(Jackie Goldberg)和布赖恩·特纳(Brian Turner)——都接到了指控信,指控他们违反了规定。但是,违抗仍在继续。在接下来的几个月内,出现了大量违反现行规定的事情。12月2日,在一次集会后,上百名抗议者占领了斯普劳尔大楼。第二天,帕特·布朗(Pat Brown)州长下令逮捕那些拒绝离开该大楼的人;这个任务让警察们花了不止 12 个小时的时间。大约有 780 名学生被逮捕,并被送往桑塔里塔(Santa Rita)监狱暂时关押。为了回应这一行为,校园内号召举行全面罢课。

这时,我的两个朋友——马丁·李普塞特(Martin Lipset)和保罗·西伯里(Paul Seabury)来找我,并说一定要做点什么事情,不能让学校混乱下去。他们建议召开各院系主任会议,如果大家同意的话,建立一个委员会,寻找能够解决关键问题的各方都能接受的方案。我同意了,并发出通知召开这样一次会议。此次会议是在12月3日召开的,经过广泛讨论,我们建立了工作委员会,我为负责人。

我们举行了一系列会议,包括与言论自由运动领袖讨论。最后,形成了一个建议草案,包括以下六点内容:

1. 所有问题都要通过有秩序的、合法的程序解决,坚持全面、自由地进行教育活动。

2. 学校社团要遵守新的、自由的政治运动条例的规定,等待学术自由评议委员会的报告。

3. 各院系主任反对12月2日和3日的非暴力不合作活动,认为它们是无正当理由的,并且不利于合理公正地考虑学生提出的抱怨。

4. 学校应该接受法官对有关静坐行为给出的裁决,即是对学生所犯错误的全面惩戒。

5. 学校不能对12月2日和3日前参加活动的学生进行指控,但是如果以后还有类似状况,可以实施处罚。

6. 所有课程按期进行。

我们首先把这些建议提交给克拉克·克尔(校长斯特朗先生

当时在医院),他很支持我们提出的建议。随后,我们在旧金山机场参加了一次与校务委员会成员的非正式会议。委员会的大多数人都参加了这次会议,包括布朗州长,他们都非正式地对此给予肯定。最后决定由克尔校长在希腊剧院(Greek Theater)向师生大会的听众们提出这些提议。这次大会于12月7日举行。大概有1500人参加,他们挤满了这个露天剧院。作为学校院系负责人委员会主席,我被要求主持这次会议,简单做几句评论,然后介绍克尔。在会议开始前,马里奥·萨维奥来找我,并询问他能否发言。我告诉他只有克尔能够在这次会议上发言,但是已经通知本次会议之后召开言论自由运动的校内大会。

会议开始的阶段进行得很顺利。当我介绍克拉克·克尔的时候,观众热烈鼓掌,他的讲话结束时,全场起立,热烈鼓掌。此外,当观众中言论自由运动的拥护者开始唱起《我们能够战胜》(We-Shall Overcome)的时候,更多的观众一起合唱加州大学的校歌《为加利福尼亚欢呼》(Hail to California),洪亮的声音将前者淹没其中。但是,正当我就要结束这次会议的时候,意想不到的事情发生了。萨维奥当时和贝蒂娜·阿普特克一起坐在靠前边的地方。这时,他站了起来,向台前的台阶走过来。他马上被警察抓住,并被带到后边。观众和我们一样被惊呆了。克拉克·克尔和我担心事情扩大,都坚持当时不要警察在场。但是,在我们不知情的情况下,副校长得到通知,持不同意见的人可能会对克尔带来危险,所以他要求警察到场。在萨维奥被拖走之后,我马上回到后台,发现他被带到一个像小棚子一样的地方,有警察看守。我对警察说,我会对他负责。然后,我陪同他回到台前,他得到允许可以在讲台那里讲话,他讲的主要是关于马上就要召开的言论自由运动会议的。

警察带走萨维奥的情景给言论自由运动拥护者带来巨大的心理上的胜利。12 月 8 日,学术评议委员会即将召开会议,决定可以采纳哪些关于言论和宣传自由的提议。7 日发生的小插曲使教工的情绪发生了很大变化,使我们的提议得以通过的可能性变得非常渺茫。在接下来的 12 个小时里,我心里反复斗争是不是要提交这些建议。另一个独立的教工委员会——两百人委员会(The Committee of Two Hundred),也起草了一份建议,头一天发生的事情让他们获得了巨大优势。我最后决定,也许是错误的决定,不提交我们的建议,因为我害怕一旦我们失败,会使事态更加恶化。两百人委员会的两位负责人 8 日一早来找我,想让我说服克拉克同意参加学术评议委员会的会议(他们之前见过他)。我给克拉克打了电话,不过他说他不想来。这也是我决定放弃提交我们建议的一个原因。

在会上,经过一些辩论,两百人委员会的提议以 824 对 115 票通过。该提议主要包含以下五点:

1. 参加 12 月 8 日前活动的人或者组织将不会受到任何惩罚。

2. 现行的关于校园内政治活动时间、地点和方式的规定都是暂时性的,直到学术自由评议委员会未来的报告出台。

3. 学校不限制演讲和宣传的内容,学生参加的校外政治活动不受学校规定的限制。

4. 以后关于政治活动的惩戒措施将由一个委员会决定,这个委员会由学术评议委员会伯克利分会任命,并对其负责。

5. 学术评议委员会将竭力推荐校务委员会委员们采用这些政策。

克尔在他的回忆录中写道,他曾经反对第三条中提到的学生可以随意利用校园内资源来策划校园外活动的观点,并且也反对学术评议委员会拥有对政治活动采取惩戒措施的最后权力,因为他知道校务委员会委员们是不会接受的。12 月的会议证实了他的顾虑,校务委员会委员们投票决定校园范围内对学生惩戒的最后权力是宪法赋予校务委员会委员们的权力,因此他们反对两百人委员会提出的建议中的第四条。会上还通过了一项决议,要建立一个评议员委员会,全面评审大学政策,"其目的是在与个人和集体的责任保持一致的同时,在校园内保障为师生提供最大限度的自由"。他们将在学生、教职工和其他人中进行咨询,在报告完成前,所有活动将按现行规定执行。

正如我们能想像的,言论自由运动组织的领导者们谴责校务委员们的行为,并宣称"一所可憎的学校存活下来了"。各种形式的示威活动继续进行。1965 年春,一件新的"言论自由"事件出现了,但没有持续太长时间。有一个人在学校里张贴了一张海报,上面写着骂人的话语;这个人并不是学生。这一事件随后被冠以"肮脏的言论运动"的称号。此外,4 月 26 日,萨维奥辞掉了在言论自由运动组织中的职务,并说,他不想成为波拿巴(Bonaparte)。三天后,言论自由运动组织被正式解散。然而,不安定仍在继续,不同的组织会提出不同的问题。而校务委员在诸如大学管理这样的问题上也出现了严重分歧。

现在回想起来,有一件极具讽刺意味的事情值得一提。言论自由运动与相关校园活动带来的最重要的结果是罗纳德·里根(Ronald Reagan)获选成为州长,随后克拉克·克尔被免去学校校长一职。在里根1966秋的竞选活动中,他提出的一个主要观点就是要"结束伯克利加州大学混乱的状态"。他当选之后采取的行动之一就是免去了克尔,因为他拒绝辞职。克拉克可能是伯克利加州大学历史上最具自由主义思想的校长。他被免职后的讲话后来却被广为推崇:"我离开了,尽管被免职,但我却和到任时一样充满激情。"

之后几年相对平静。言论自由运动彻底结束了,里根政府上台执政。但是,到了20世纪60年代后期,发生了一件大事——越南战争开始了。因为我的生活深受战争及其后果的影响,尽管我对越南和美国在该地区政策的分析是在以后开始的,但是我个人与越南的联系却从此开始。

我与越南的第一次接触是非常间接的。我之前提到过,1950年我曾经邀请卫斯理·费舍,当时在UCLA的一个同事,和我一起到来栖三郎大使家里采访三位曾经参加过日本共产党的人。其中一位被采访者参加过越南战争。因为他对战前时期共产党的高层领导人不是很熟悉,所以我让卫斯理和他交谈。几周以后,我问卫斯理,他是不是和那个人保持着联系,他说:"哦,是的,他介绍我认识了一位非常有意思的越南人——吴庭艳。"他当时在日本流亡,因为他强烈反对法国再次对越南进行统治。后来,到了1954年,当他在西贡掌权以后,他要求美国政府帮他联系卫斯理,卫斯理当时正在密歇根州立大学教书。州政府追查到卫斯理,多少有点神秘色彩。随后,吴庭艳告诉卫斯理设立一个针对西贡官员的培训项目,这个项目在密歇根州的支持下持续了很多年。

为了在我的《东亚和美国对外政策》课上丰富东南亚的内容，从 20 世纪 50 年代中期开始，我更加密切地追踪越南和该地区其他国家的事情。不过，我第一次访问这一地区却是在 1958 年底，在我完成在日本的几个月的研究之后。我和家人到达西贡的时候，已经快到圣诞节了。我们在靠近市中心的一家普通旅馆住下。我马上联系了我们的使馆，还有我的朋友们给我介绍的几位越南朋友。

大部分的讨论都是让人感觉很安慰的。我们使馆的人告诉我，吴庭艳采取了各种改革措施，并且广泛地与各个领域的人合作。我联系的这些越南人各自持有不同的观点。其中一些人，尤其是那些从北部逃过来的难民，而且他们大部分都是天主教徒，这些人是最支持政府的。其他人，不管是佛教徒，其某一教派的成员，或者是大学知识分子，有时候批评的成分更多一些。但是，好在没有人会欲言又止，都很畅快地表达了自己的想法。我没有发觉丝毫那种压抑带来的恐惧。但是有一点很明显。这是一个高度多样化的社会，人们宗教信仰不同，族群关系不同，地区归属不同，政治观点不同。我遇到的一个人竟然说自己是托洛茨基分子！在开放的政治体系下实现政治稳定是最难的挑战。不过，经过与当地人一个星期的交流，我确信，尽管他们有各种不同，但南部越南的大部分国民不想生活在共产主义制度之下，其中部分原因是因为他们曾经有过不愉快的经历。因此，我对越南的看法最初是通过与各种不同的人的亲身接触—主要是与平民的接触—获得的。

随着我们东南亚旅程的继续进行，我开始注意到整个地区政治状况都很脆弱，并注意到共产主义暴动带来的威胁，尤其是在泰国和缅甸,现在这种威胁在外部的帮助下不断增加。中国渐渐变成东亚地区共产主义势力的主导力量。在印度尼西亚,共产主义者同样是一股很强大的势力,在当地合法地进行各种活动。

这种担心首先是由艾森豪威尔总统提出来的。随后,杜鲁门总统和肯尼迪总统又指出南部越南和它的近邻老挝与柬埔寨的垮台会危害东南亚其他国家。这种观点在我看来,符合事实。很久之后,"多米诺理论"开始流行,人们不再认为它是谬误的,反而成了美国干涉越南战争的理由。但是,实际上,与后来相比较而言,20世纪50年代和60年代大部分时间,对大多数东南亚国家来说是非常困难的年代,对国际共产主义运动同样也是一段非常艰难的时期。几十年以后,大多数东南亚国家的国内情况均有所好转,共产主义运动也因两个共产主义大国之间不断加剧的不团结,遭受了越来越多的挫折,两大国之间的不团结最终于1969年演变成中苏两国军队在乌苏里江边的冲突。因此,除了在缅甸上演了凄惨的悲剧以及老挝很快被吸收进共产主义阵营之外,1975年越南的变局并没有严重影响周边国家的国内政治。但是,如果南越的崩溃出现在早些时候的话,可能就是完全不同的景象了。

我第二次去越南是在1961年中,就在4月9日,吴庭艳获得85%的选票,在总统选举中大获全胜之后。1959年8月30日曾经进行过一次立法选举。有评论家指出,在两次选举中,很多反对者的声音都以某种方式被镇压下去了,这种说法可能是真实的。但是,选举期间并未发生大的意外,选举结果好像也被广泛接受。1961年选举之后,之前完全分裂的反对派,组建了一个团结党派,该党派致力于"统一越南,……在民主和公民自由的基础上重建共和国"。

我第二次在越南的旅行途中,除了西贡和大叻(Dalat),我还有幸游历了湄公河三角洲附近的几个村庄。几个村庄的情况不尽相同,但是民族危机感并没有那么急迫。不过,和我交流的一些村民表示,他们担心他们的安全没法得到有力保障。由于北方激进主义思想高涨,越共的力量正在不断增长。到 1961 年底,估计越南游击队的总数已经达到了大概 20000 人,而一年前,这个数量只有 6000—7000 人。与南方军队数量相比而言,他们的力量实在还是太弱小了。不过,他们的力量正在逐渐壮大,民间的支持,无论是通过说服还是强制获得的,也在不断增加。

美国派驻到越南的军队还是很少,但是,美国已经在很多场合表明要给越南吴庭艳政府提供援助。比如,肯尼迪总统把越南定义为"试验品",借以试验美国遏制共产主义向第三世界中脆弱地区扩张的能力,他还授权在老挝进行秘密行动,来监测北部越南在当地的举动。不过,当时,我们只限于在安全意义上进行,而不是堂而皇之地采取实际行动示意北部越南,美国将帮助南方地区。在我第二次出访途中,我非常疑惑,既然我们不情愿被卷入与越南共产主义者之间的冲突中,为什么我们为南部越南军队提供的培训项目非常有限。"越南化"(这是后来提出的说法)在这一阶段应该紧密地进行才是。

就在我出访越南之后的那几年里发生了很多事情让我深深地感到不安,尤其是在我们的纵容之下,吴庭艳政府被推翻。这些事情我会在以后慢慢分析。不过,我仍然支持我们对南部非共产党越南的投入。1965 年年中举行了一场关于越南问题的电视辩论会,在全国播放。麦乔治·邦迪(MacGeorge Bundy)叫我做他的一个后备发言人,一起同康奈尔大学的乔治·卡辛(George Kahin)辩论,我欣然同意。节目计划每一个主讲人都需要有三位"支持者",这些"支持者"将在主讲人发言结束后做简要陈述。除了我以外,邦迪还选择了兹比格涅夫·布热津斯基(Zbigniew Brzezinski)和卫斯理·费舍做他的支持者。卡辛选择了芝加哥的汉斯·摩根索(Hans Morgenthau)、斯坦福的芮玛丽(Mary Wright)和密歇根大学的威廉姆斯(Williams)教授。此次活动在华盛顿特区举行。

就在节目开始前,我们遇到了大麻烦。在辩论即将开始的45分钟前,白宫的信使来到现场,说约翰逊总统下令派邦迪去多米尼加共和国;因此,他不能出席这次辩论会了。很自然地,辩论会的赞助商们非常惊讶,向作为邦迪支持者的我们求助,来应对这场危机。我向兹比格涅夫(卫斯理当时还没有到场)建议,把一根火柴折成三段,谁抽到了最长的那段,谁就做主讲人。突然之间,在没有做任何准备的情况下,我成了全国人民关注的焦点。

卡辛的主要观点是我们的对手是民族主义者,他们让越南人民跟随着他们继续与外部帝国主义作斗争。为了驳斥他的观点,我指出如果一个人是越南民族主义者,他并不一定是共产党人,南部越南支持者中绝大多数人都是具有强烈民族主义情结的民族主义者,吴庭艳就是一个例子。我们在美国撤军对印度支那和其他东亚地区可能带来的影响上也存在分歧。

这次节目的播出很自然地让我登上了全国舞台。然而,在接下来的几年里,美国的反战运动愈演愈烈,大家可能预想得到,伯克利也参与其中,只是这一次参与的程度之深是前所未有的。不过,20 世纪 60 年代末期最引人注目的事件却发生在校外。1969 年 5 月,运动的积极分子们,其中有很多不是学生,占领了人民公园。人民公园是学校附近一个社区娱乐中心。在接下来发生的激进分子与警方的冲突中,有很多人受伤,并有一人死亡。国民警卫队也被调来,有时,直升机会在冲突现场的上空飞过。校园里一片混乱,校方领导在绝望中要求里根州长介入,他们称学校已经没有办法控制局势了。直升机投下催泪弹,大约有 1100 人被捕,学校正常活动被迫暂时停止。

有一件个人的趣事或许值得一提。日本总领事和我有一个长期的约定,即每个月都要聚在一起吃一顿午饭,地点在旧金山和伯克利之间不断变换。我们的目的是讨论一下当前亚洲局势的发展状况。就在人民公园危机达到高潮,学校关闭的那天,总领事约好午饭前要到我的办公室见面。我想要联系领事馆,但是没有联系上。到了约定的时间,我一个人坐在办公室里,这座楼已经被清空了。突然,有人敲门。总领事到了。我向他道歉,并解释了当时的情况。他马上回答我:"没关系,我不关心这个。之前,我在西贡。"

人民公园冲突事件发生以后,反战分子扩大了他们在校园内的活动范围。由于之前我公开发表的言论表示我支持美国帮助南部越南进行防御,很快我便成为他们攻击的主要对象。1970 年秋,"战争罪行委员会"(War Crimes Commission)发出信号,他们可能要采取行动。政治学系教学楼巴罗斯大楼(Barrows Hall)的门上被贴上了一个标签,上面写道:"警告!本座大楼内与战争罪行有关的人员将会受到监视。"另外,我还接到了一个匿名电话、几份匿名的简短来信,都警告我:"你有麻烦了。"我讲授的"美国在中东地区的角色"一课在 1 月初开始上课。1 月 19 日,当我到达上课的教室里的时候,我发现有人在每张桌子上都放置了一份传单,包括讲台上,传单的题目是"斯卡拉皮诺是战争罪犯吗?"下面还有一连串冗长的指责和指控。我向我的 90 名学生和旁听者对此事做了简单的评论:"我知道小册子上把我们描述成什么样子。现在,我没有时间去阅读传单上的内容,但是,不管怎样,我不能在课上就此进行讨论。如果有人想要和我讨论这件事或其他什么事情,请到我的办公室来,你们有充分的自由。但是我不希望这门课被政治化或者以某种方式被扰乱。"我立刻开始讲课,也没有人试图阻止。不过,我确实注意到,课堂中有一些人以前从来没有来听过课。

　　一周以后,又发生了一次扰乱课堂的事。这一次,每张桌子上都放了一封"公开信",宣称是我课上的学生写的。信中还是重复了那些对我个人的众多指控,并要求我对那些指控做出公开回应。因为我以前已经陈述过我对此类事件的看法,因此,我把讲台上的那张纸拿起来,放进了公文包,然后打开了我的讲义。这时,教室后面一位长着浓密络腮胡子的男人站了起来,大声说:"斯卡拉皮诺教授,你不打算对这封信做出回复吗?"我问他:"你是这个班的学生吗?"他说:"听一个战争罪犯讲课,我会害怕的。"我回答道:"那么,你没有听到我上周说过的话了。我不允许这门课被政治化或者被扰乱。如果你想问我的政治活动或者政治观点,请你到我的办公室,我们可以讨论。"突然,一位金发的年轻人站了起来,要求我对这封信给予回应。我回答说我已经把我的立场陈述得很清楚了。那位金发的年轻人自称是我课上的学生,但是后来被证实是所谓战争罪行委员会的负责人,而且从来没有在这个班级上过课。

那天,再也没有其他扰乱课堂的人,但是,教室里有很多人都是之前没有来听过课的,他们在教室里进进出出,弄得教室门砰砰作响,并不断窃窃私语。在我讲完之后,我留出了 15—20 分钟时间让学生提问,我也告诉过我的学生如果他们有很紧急的问题,也可以在我讲课过程中举手示意,我会停下来回答他们的问题。很多不属于这个班级的学生却利用这个机会提出了很多问题,其中只有一部分问题与我所讲的主题有关,并且他们提出的问题经常都非常简单,一般都是思想意识的问题。我忍受这些问题是因为他们给真正属于这个班级的学生们提供了一个良好的机会,见识一下这些激进分子的表现。

课后,很多份"公开信"被贴到了巴罗斯大楼的门上,一些扰乱分子来到研究生休息室。这种情况下,院长卡尔·罗斯伯格(Carl Rosberg)建议我们几个人和学校管理部门谈一下目前的情况。在随后进行的讨论中,大家提出了这样的建议:在教室外边,安排两名便衣警察以防有危险情况发生,每堂课至少有一名同事到课堂上,观察事态发展。我明确提出,我不希望其他人也卷入其中,除非事态发展成某种暴力形式。

更进一步的扰乱活动发生在 1 月 28 日。当我走近教室的时候,我注意到战争罪行委员会的三位领导人站在门口;他们看到我之后,马上走进了教室。当我走进去的时候,他们其中一个人正在对已到场的学生们讲话。我打断了他,并问他谁允许他对全班同学讲话,他说现在还没有开始上课,他完全有权利发表言论。他正在邀请全班同学课后参加在走廊举行的会议,讨论有关课程的事情。我回答道,任何想参加这个会议的学生都可以完全自由地去参加。下课后,我注意到只有大概十人左右在和那些激进分子交谈,他们中有一半都在激烈地争论。

2月初的时候,这种扰乱活动还在继续,他们分发了许多传单和宣传册。一次,迪伊鼓励我的侄子查理·斯卡拉皮诺(Charles Scalapino)去听我的课。查理在堪萨斯州农村当农民,但是正在我家里做客。那一天,宣传单的标题是"斯卡拉皮诺是一个战争罪犯"。我们到家后,迪伊问查理课上的怎么样。迪伊并不知道当时的情况。"哦,很有意思,但是他们发的传单上并没有说是哪一位斯卡拉皮诺。"

2月11日的《伯克利每日公报》(*Berkeley Daily Gazette*)上刊登了一则报道,报道中说在前一天晚上举行的一次会议上已经通过决定,要扰乱我第二天的课堂。我坚持不要在我的教室里安排警察,并要求没有我的授权不能采取任何行动。我还坚持,我一个人单独去教室,不需要安保人员或者其他教授陪同。我不希望让我的学生们过度惊慌,也想表明我不会被一小群笨蛋吓倒。在这个特殊的早上,在我前往教室之前,我给我的两名助教做了特殊的说明。如果我摘下眼镜,那说明事态已经失控,暴力事件即将发生;他们要去召唤门外的便衣警察或者普通警察。如果我没有任何动作,那表明我自己还能控制住局面。

当我快走到教室的时候,我看到有6—8个人坐在草地上,向我的教室里张望,很显然,他们在等信号。当我走上教室外边的台阶,我看见一些人站成一行,举着大幅标语,上面写着"拒绝上这门课"或者"战争罪犯在这里"。一走进教室,我就看到许多以前没来听过课的年轻人,还有几个曾经来过的激进分子。在场的还有8—10位教授,包括学术评议委员会主席。

按照课程计划,这个特殊的上午应该讲二战期间美国的对华政策及其直接后果。我刚开始讲课不久,那些伪装在学生中的激进分子开始提问。他们的问题都是可以猜得到的——怀有敌意的,有争议的,与意识形态有关的。很快,教室后面的门开了,大约二三十人突然涌入教室,沿着每一侧的过道走下来,手里拿着前面提到的大幅标语。教室里一下子紧张了起来。怀有敌意的问题还在继续。这时,战争罪行委员会的领导人站了起来,说:"我要在全班同学面前宣布一件事情。"我告诉他坐下,除非他有问题要问。他仍然站在那里。于是我合上了讲义,转身离开讲台,准备离开。这时,几位学生同时站起来,突然,全班同学站起来,走了出去,实际上把扰乱者留在了教室里。他们把我围在中间,接二连三地问那些不友善的问题。不过我的同事们都走到讲台上站在我旁边,并护送我回到巴罗斯大楼。那天下午和第二天,很多我的学生来找我,要求采取行动阻止扰乱课堂的活动进一步发展。

第二天,海恩斯(Heynes)校长打来电话,表达了对此事深切的关注,并宣称要采取有力措施惩戒参加这类活动的人。很快,他发表了一次言辞强烈的公开讲话。此外,在接下来的几周里,教职工大会和加州大学学生联合体(Associated Students of the University of California, ASUC)理事会都采取了官方行动,谴责扰乱课堂的行为。在激烈的讨论之后,他们决定建立监控体系,控制哪些人能够被允许进入教室。两位系主任将在教室门口进行点名。他们会得到一份名单,上面会列出选课的学生名单,以及得到我的允许可以进来听课的人员名单。进入教室的人不会要求通报他们的姓名,他们只要说明他们是得到允许来上课或听课的人就可以了。如果未经允许的人进入教室并有扰乱课堂的活动,我可以要求他们离开,如果需要的话,还可以让班级里的学生做好准备,在处分他们的时候,能够对他们进行指认。

校园内对 2 月 11 日活动的反应很明显对扰乱者不利,这个事实是这些激进主义者不得不接受的。随后,在各种传单和出版物中,他们承认犯了某些"错误"。但是,一些小型的扰乱活动还在继续,包括广泛发放传单,内容甚至更加极端。后来,两名学生因扰乱课堂活动被传讯,听证会在教职工和学生联合工作委员会面前进行。但是,限于当时的条件,由于委员会成员经常缺席,那些听证会拖了几个月的时间,一直都没有最终结果。同时,这两个人在像教育解放阵线(Education Liberation Front)和战争罪行委员会这样的组织的支持下,继续进行他们的活动。学生办的报纸,《加州人日报》(*Daily Californian*),在此期间也迎合左翼分子,包括专门给战争罪行委员会开辟了一个周期性的栏目。和其他人一样,我严厉批评学生报纸的左翼倾向。在一位获得允许公开发表自己言论的激进分子的煽动性言辞中,有一句大意是说,不应该让我教课,不应该让我在伯克利平安地生活。

这句话里包含着不详的信号,而且不久就应验了。5 月中旬的时候,邻居家的狗叼回来一个自制的炸弹。幸运的是,它没有爆炸。大约在相同的时间,有人在我办公室门口放了一张纸条,上面写着:"中情局的走狗,你的生命还有三天就要结束。"几天后,在下午 2:30 的时候,我家门前的街道上又一颗炸弹爆炸了。尽管这颗炸弹是想吓唬人而不是想要杀人,但是,在接下来的六个月里,我们得到了警察的监控保护。这些事情到底是谁做的永远都没有办法完全查清楚,但是有证据显示很可能是一个自称为"红色家庭公社"的团体所为。很显然,有一些激进分子想把我赶出伯克利加州大学。这甚至威胁到我们唯一没有上学的孩子——林恩。有一次她独自一人在家的时候,接到了一个电话,打电话的人威胁要杀她,那个人说:"如果教授的孩子死了,就像在越南死去的那些孩子一样,那么教授会怎样呢?"

激进分子反复指控我是政府秘密特务,但这不是事实。实际上,有很多人为我提供了进入政府当官的机会,但是我都拒绝了。肯尼迪政府刚上台的时候就给我提供了这样一个机会,当时他们有意让我做新成立的亚洲和平队的队长。我同意到华盛顿和施莱弗警长(Sergeant Shriver)及其他人一起商量此事。但是,尽管肯尼迪总统亲自写信希望我认真考虑这个职位,最后经过仔细的考虑之后,我还是拒绝了。后来,约翰逊政府有意让我做助理国务卿;在里根政府时期,也是有意让我出任同样的职位,并且国务卿乔治·舒尔茨(George Shultz)力劝我考虑接受这个职位,要我主要负责的领域是亚洲。这两次机会,我都拒绝了,同时也表达了我的谢意。实际上,我更倾向于水平的控制链而不是垂直的控制链,另外,我非常享受我的研究和教学工作。在约翰逊时期,我确实接受了由当时主管东亚地区事务的助理国务卿威廉·邦迪(William Bundy)建立的一个非官方咨询委员会委员的职位。这个委员会主要由学者组成,每年在华盛顿聚几次,讨论与亚洲有关的主要外交政策方面的事情,并提出各自不同的观点。这个委员会一直继续到尼克松政府结束的时候,它的存在也是大家都知道的。

另外,有几次,我被要求向高官,包括三位总统,做简短的情况汇报。有一次,我被告知要向肯尼迪总统简要介绍一次朝鲜半岛的情况。三十分钟的会面在白宫里进行。总统的问题给我留下了深刻的印象,他的问题体现了一些他对当时复杂局势的理解,以及他考虑采纳另一些替代政策的愿望。几年后,即1968年2月,我们中的八个人与约翰逊总统见面讨论美国的对华政策。之后,舒尔茨国务卿要我们中的四个在午餐时向里根总统汇报,他马上就要出发去中国。我们每个人都被安排了一个话题,我要讲的是台湾。轮到我说的时候,在我开始前,里根说:"等一下,教授。我想问你一个问题。中国的领导人真的对台湾问题很认真吗?还是他们只是用它来教育他们的大众?"美国政治的思维被用在理解中国的问题上。我的回答很明确:"中国的领导人对台湾问题很看重,把它看成是中国实现统一过程中一个不可或缺的因素。"在午饭过程中,完全可以感受到为什么里根本人在美国民众中那么受欢迎,不管人们对他的政策有什么看法。他很放松,很幽默,经常和别人开玩笑——他是一个非常友善的人。我想起了里根做州长时,我和他第一次简短会面的场景。格伦·坎贝尔是我在哈佛时的同事,当时是斯坦福大学胡佛研究所所长,他曾经任命我在研究所董事会中做他的"自由代表"。有一次,当时他正在旧金山举行会议,我是会议的发言人之一,他邀请了他的老朋友——里根州长——在午餐时发表演讲。就在快到中午的时候,格伦来找我,说:"鲍伯,跟我来见州长。"我们走下去,在外边等待,直到州长的轿车驶来。州长下了车,格伦说:"州长先生,这位是伯克利加州大学的罗伯特·斯卡拉皮诺教授。"里根回答道:"我应该鞠躬行礼吧?"

尽管我有几次去白宫的经历,但是我从未和中情局或者国防部打过任何交道。另外,即使有各种指控,我也从来没有用过政府的一分钱资助来做我的研究。有些对我的指控更加荒谬,因为我在前面提到过,因为我朋友的关系,使我和一些官员之间出现了一些问题,因此,在麦肯锡时期,我的处境并不好。

尽管1971年春天出现了混乱的局面,但是,大概一年多以后,左翼激进分子在伯克利校园内的活动明显减少,不久之后,左翼势力成立的组织即使还存在,也都是杂乱无章地维持着。1972年,我的课程进行得很顺利,没有人扰乱课堂,其他曾经受到左翼分子攻击的课堂也都恢复了正常。原因何在呢?在我看来,柬埔寨事件是转折点。美国决定进入柬埔寨,来阻止北部越南利用柬埔寨东部地区为越南民主共和国和越共部队提供供给。而这一决定引起了上一次反战运动的大规模爆发。大学被重新组建成为反战抗议的论坛。课堂进行不下去了。人们讲的话题都是自己不甚了解或一无所知的。面对这样的局面,越来越多的教职工意识到,如果这种趋势继续下去的话,大学即使不被毁掉,也会受到严重的损害。同时,越来越多的学生开始关心,害怕他们所受的教育遭到严重干扰。教职工和学生态度的转变也受到国家层面一些事态发展的影响:经济状况不断紧缩、尼克松提出要"逐步结束战争",以及参战士兵出现严重伤亡。另外,媒体宣传也有变化,媒体很少报道激进学生的活动,而是更注意地方和州政府政治的发展变化。

与此同时,我的学术生涯开始以各种方式扩展。1962年春,我接到普林斯顿大学一个同事的电话,电话中他通知我太平洋关系学会(Institute of Pacific Relations,IPR)在亚洲问题上的月刊停刊了。他还补充说,他和很多其他学者都觉得由某个研究机构出版一个有关当代亚洲问题的学术出版物是很有必要的,他想知道伯克利加州大学是否愿意做这样的事情。经过与同事们几次讨论,我们觉得有希望从学校那里争取一笔为数不多的启动资金,并争取让加州大学出版社的总编辑菲利普·李林塔尔出任我们的编辑,于是我告诉我的朋友我们决定做这件事。一个月后,我在亚洲的时候接到了菲利普的信息,他说他觉得他在出版社的事情已经很多了,他不能再接受别的工作了。忽然之间,我变成了编辑。幸运的是,我马上说服我以前的助理利奥·罗斯(Leo Rose)做助理编辑,我们出版了《亚洲概览》(Asian Survey)。1962年至1996年期间,我一直任该杂志的编辑。除了美国之外,我们也在全世界范围内征求有关现代亚洲的文章。订阅量迅速增加,过了一段时候之后,《亚洲概览》被认为是同类杂志中最重要的杂志之一。

这些年中,我还成立了美中关系全国委员会(National Committee on U. S. -China Relations),并担任了第一任主席一职。此外,我被选为亚洲研究学会(Association for Asian Studies)、美国政治学会(American Political Science Association)和胡佛研究所的董事成员。我也收到很多次邀请,到国内外做荣誉讲学(honorary lecture),包括1968年在澳大利亚做了戴森讲学。通过这次讲学,我走遍了澳大利亚每一所优秀的大学,也让我以最广阔的视角见识了澳大利亚。此外,教学结束后,资助方还赞助我和迪伊到当时还在澳大利亚管辖下的巴布亚新几内亚（Papua New Guinea）参观，这次旅行花了两个星期的时间，也是一次让人难忘的经历，我们参观了地处腹地的传统村庄。对迪伊来说，最有意思的是亲眼看到一个女人在田地里生孩子，而其他一同劳作的人都站在一旁观看。

由于有数不清的工作要做，所以，我必须仔细地分配用于学校工作和其他外面兼职工作上的时间，但是我尽全力完成我对学生的职责，并继续做我的研究、撰写文章。到了 20 世纪 70 年代和 80 年代，我的工作又增加了。1978 年，我帮忙成立了伯克利的东亚研究所（Institute of East Asia Studies at Berkeley），并担任第一任所长。这个所要成为对东亚地区问题进行深入研究的主要中心之一，并致力于让该地区的学者和其他人员参与到二轨会议和一点五轨会议（即非官方会议或者是由官员和学者共同参加的会议）中来。我们是首家接待蒙古代表团的单位，从所成立开始，我们每年在莫斯科与普里马科夫（Evgenyi Primakov）的亚洲研究中心举行一次双边会议，这些会议持续举办了 11 年，一直到 1989 年。在此期间，我还在亚洲基金会的董事会、太平洋论坛董事会和美国亚洲学会（Asia Society）理事会中任职。

在此期间，我很荣幸获得了很多荣誉，包括伍德罗·威尔逊基金会 1973 年颁发的政府和国际关系类最佳作品奖，获奖作品是《朝鲜的共产主义》（*Communism in Korea*），这是我和我以前的一个学生李钟石（Chong-Sik Lee）合写的一部关于朝鲜的著作。1992 年，我被推选到美国艺术和科学研究院，并因我为双方关系所做的贡献而获得日本政府、韩国政府和蒙古政府授予的殊荣。

1990 年，我正式从罗伯逊政府讲座教授职位上退休，不过，就像我和我的朋友所说的，从一个职位上退下来，我还有另外 14 个职位。20 世纪 90 年代期间，我继续在国内外讲学，我被授予多所大学荣誉教授的称号，其中包括北京大学、庆熙大学、蒙古国乌兰巴托的东北亚研究中心。我继续发表文章，总计大概出版了 38 本书或者专著，发表了 500 多篇文章。我还获得了很多其他的奖项。

伯克利对我来说，就是一个持续的机遇，让我能够一直和外界接触，在始终与学生保持着紧密联系的同时，还有充分的自由参与各种各样的活动。当我年纪大一点的时候，我开始更加感激我的学生和他们所取得的成就。其中一些，比如绪方贞子（Sadako Ogata）和韩升洲（Sung-joo Han），在政府和学术界都取得了卓越的成就。其他人都成为重要学者，在北京大学、东京大学、首尔国立大学、普林斯顿大学、洛杉矶加州大学这样的高等学府的研究机构中工作，或者在东南亚和南亚地区的大学中工作。有了这些，一个人还能奢望有什么更好的奖励呢？

第四章
多年来与日本的交流

我第一次有幸去占领期结束后的日本体验、考察是在 1950 年，当时我在名古屋执行给第五飞行军团总部官兵上课的短期任务（见第二章）。回想当时的日本，既有积极的一面，又有消极的一面。在我去那里之前大概一年多一点的时候，"美国时代"结束了，1949 年 1 月美军正式结束对日本的占领。当时的政治气氛已经呈现出消极、自责，并出现力主国内自治和要求国际社会承认的迹象。但是，国内事务还是要优先考虑的事情，重点问题是强烈希望能够实现经济复苏。

政治上的发展方向很不清晰，但是似乎在不久的将来，保守势力将占主导地位，从而建立新的秩序。在被占领时期初期，有五个党派仓促地建立起来。三个党派属于保守派的或是中间派的,一个社会主义政党,一个共产主义政党。这是共产主义政党第一次获得了合法活动的权利。此外,实际上,还有几百个县级或者地方的"政党",有的政党少得只有一两个人。战争失败,战犯随后得到清除,美国在日本新建了一些机构,这三个因素交织在一起,给日本的政治带来了强烈的不确定性。

在被占领时期的中期,社会主义政党的发展达到了鼎盛局面,在 1947 年举行的国会选举中获得了 26% 的选票。之后,在社会党人片山哲(Tetsu Katayama)的领导下,两个温和的中间派政党——日本民主党和国民协同党(Cooperative Party)组建了联合政府,一年后转由民主党主席芦田均(Hitoshi Ashida)领导。内部的分歧很快导致联合政府分裂。由于社会党人向左翼势力靠拢,民主党人认为只有与其他保守党派联合才是上策。美国占领时期的反对左翼势力的政策在这一时期是影响政治领域的另一因素。

因此,在 1949 年的国会选举中,自由党获得了绝对的胜利,获得了 44% 的选票和 264 个国会席位。日本正在成为我后来定义的一个半政党体系,无论是单独执政还是和其他党派联合执政,保守党都是占据主导地位的力量,其他党派永远都处于少数派的地位。日本的政治现在表现出来的形式是过去的传统与最近创新的结合体。1947 年,日本在美国的指导下,颁布了宪法。宪法中创建的民主体系比战前时期的体系要牢固得多,通过选举、充分的自由和法治的实施,公民在选择领导人的时候拥有了最广泛的选择范围。然而在政治结构和实践中,日本政治还保留了很多传统特征。政党总是由领导者及其追随者形成的小党派组成,领导者之间关系的亲疏决定着政党稳定的程度。家族联系是一个重要的因素,很多政党中都是子承父业的。此外,尽管有新体系的存在,官僚仍然很有势力,他们在很多时候都是决策者,然后把政策提交给政党领导人批准。另外,由于官僚和商人之间的紧密联系,官僚—商人—保守党派之间的联盟是很牢固的,享补贴的农业部门是另一股保守力量。农村的土地租用已经大大减少了,减少到仅有不足 10% 的农耕家庭还在继续租用土地。

战后,我第二次去日本是在 1952—1953 年间。当时自由党似乎已经稳稳地掌握了政权,1952 年的大选中,它再次大获全胜——获得了 48% 的选票和 240 个国会席位。然而,执政还不到一年的时间,政党中吉田(Yoshida)与鸠山(Hatoyama)派系之间的斗争不断升级,迫使在 1953 年 4 月再次进行大选,这次吉田一派获得了绝大多数选票支持。于是,吉田政党在接下来的两年里掌握政权,但是保守派内部的问题引起了人们的关注。

此次在日本逗留的日子里,我有幸会见了一些国会议员和一些学者,包括年轻一点的学者。相对于与其他反对党的摩擦,自由党人似乎更反对他们自己党内部派系之间的争斗。他们中大多数人与商社关系密切,尽管公开的腐败行为不多,但是最普遍的做法是以政府官员用立法支持换取商社对政策的支持。我从与社会党人的交谈中发现这个党派需要修整,他们的领导无力,政策也不具有吸引力。

与我讨论的人当中有一位叫野坂参三(Sanzo Nosaka),他是卸任的共产党人领袖。1950 年,野坂受到了莫斯科的批评,而这一批评毁掉了日本共产党,因为它揭示了日本共产党的从属地位。

野坂本人是一位温文尔雅、细声细语的人，他的激进主义只在党派的官方语言中有所表现。他最主要的海外经历就是与中国共产党打交道，二战期间他与他们一起度过了很长一段时间。他非常支持毛泽东，当时毛泽东刚掌权，他还预言中国在社会主义制度下一定会繁荣昌盛。然而，他承认，因为社会结构的不同，并且日本正在为实现宏伟的经济目标而奋斗，在日本，共产党将会一直是少数派，而且他似乎也接受在政治中少有发言权的状况。

我发现，现在日本大学里的学生学习都很用功，相比较而言，他们参与的政治运动和课外活动比美国学生要少得多，部分原因可能是日本目前正集中致力于经济发展。这里的学生对老师都非常尊重，不管他们心里是怎样想的。

九个月后我们就要离开日本了，在回家之前，我们去了一次东南亚。这次旅程很短暂但是却很有意思。50年代后期的几年里，我经常出访日本，包括1957—1958年的又一次研究旅程，我带着我的家人到东京住了几个月。我与之前的日本各界朋友取得了联系，并且又结交了一些新朋友。

由于战前有良好的经济现代化的基础，稳定的政治环境，还有美国的大规模援助，日本迈进了经济持续发展的阶段，尽管有一些小的结构改变。在政治领域，保守势力仍然处于主导地位，1955年组建的自由民主党占据了国会三分之二的席位。左翼势力继续衰弱。

这一次在日本逗留期间，我们游览了富士山，爬到了山顶，欣赏到了非凡的景致。我们还去了奈良和京都，这是日本两个著名的文化中心。孩子们对寺庙和其他建筑非常着迷。此外，我还分别去了日本主岛本州岛南部,在大阪、冈山和松江都呆了一段时间。在访问过程中进行的讨论里,我发现日本人大都具有强烈的地方或地区身份认同倾向,好像不很相信来自于这个国家其他地区的人。尽管日本各地区具有相同的本质,并且民族主义有其重要性,但是对本地区和本地区人民的热爱在当时的社会是一个很有力的因素。这是日本特有的分裂主义。

我的研究工作完成后,我们回到了伯克利。这一阶段我对日本的研究最终体现在出版的两本书和发表的一系列关于日本政治和外交的文章中。

突然,一个新的机遇出现了。我的一个熟人——理查德·康伦(Richard Conlon),旧金山一家咨询公司的负责人,和我取得了联系。他已经与参议员威廉·富布赖特(William Fulbright)沟通过,并得到授权要完成一份关于美国的亚洲政策的报告。威廉·富布赖特是参议院外交委员会主席,待完成的这份报告就是为委员会准备的。理查德让我写报告中的东北亚部分。

1959年夏天,我一直在进行访谈,并观察日本,包括冲绳,还有韩国和台湾地区的情况。当时,美国人是不能进入中国的,不过我还是在香港进行了一些采访,希望能够看清中国的发展,并从整个地区角度谈论中国问题。在这里,我只说一下报告中有关日本的部分。开篇的时候,我宣称从很多方面看,日本都是亚洲发展最快的非共产主义社会。这一点是很容易被忽视的,因为日本国内政治稳定,经济工业化模式很久以前就已经建立起来了;因此,不需要强行建立新的经济秩序。但是,快速的经济增长不可避免地会带来社会政治变化,所以,日本的"非计划性和无意识的"变化是与美国近几十年来的发展密切相关的。

1952 年以来,战争带来的损失大部分已经恢复过来,日本国内生产总值(GDP)的增长速度平均为 8%,重工业的发展占据首位。农业收益对此也有所贡献,但是最主要的是贸易额的迅速增加。我把日本的成功归功于三个因素:过去的经验持续了大约一个世纪,由此日本能够把固有的文化特质与外国技术结合起来;美国提供的多种形式的帮助;非共产主义世界的富庶,尤其是美国,让日本能够快速扩大出口贸易。虽然 1958 年时日本的人均收入是 224 美元,和美国人比起来相形见绌,但是这已经比战前繁荣时期的人均收入高出 25 个百分点。此外,农民之间以及与城市居民收入的差距正在减少。

在接下来的几十年,日本希望可以使国民收入增加一倍,为了实现这一目标,日本需要扩大它的国际市场。除了努力使日本与中国和其他社会主义国家实现贸易"正常化"外,日本还需要扩展它与其他地区发展中国家的经济联系,减少对美国市场的依赖。日本对美国的贸易顺差数额巨大,在某些领域,"倾销"和知识产权剽窃受到了处罚,这使得经济关系变化无常。所以,美国的保护主义对日本来说是有风险的。我强调,关键的经济问题不仅仅是双边的,而是与整个亚太地区相关的,这就有必要拓展多边合作。尽管日本面临各种社会经济问题,但是我自己对日本的经济前景还是持谨慎的乐观态度的。

转到社会状况方面,我认为日本社会的特点就是保守主义,城市商业、高层民政官僚和农村社区的存在构成了其存在的基础。不过,日本的保守主义正在发生变化,战前,这些群体是贵族阶层,军队掌握着广泛的权力。而现在的官僚势力尽管仍然很强大,但是他们越来越多地通过政治渠道获得指令。此外,商业和工业领导者的社会声誉和政治影响已经达到了新高;尽管旧秩序的一些元素,包括对政府的高度依赖、拉拢官员、家长式制度,还保留着,但是新一代实业家已经出现,在他们的实践中广泛借鉴西方的做事方式。

至于其他社会阶层,我提到农村人口大概占全部人口的45%,他们受教育的程度提高了,生活改善了,与其他亚洲国家的农民相比,他们更充分地参与到社会的政治和文化生活之中。另外,通过不同形式的补助和薪酬,自民党在日本的农村地区占有主导地位。城市里的工人阶级也正在发生变化,大概35%的人都参加了工会,他们要求提高薪酬,改善工作环境。但是,工会的力量从根本上讲还是很薄弱的,而且在政治上也不统一。日本的学术界好像仍然倾向左翼势力,但是普遍的认同度不如从前,并且有迹象显示国际主义在各方面的兴起将会引起意识形态表达上的多样性,并能够促使日本学术界与西方学术界更有效地相互交流、相互影响。在这种情况下,我极力主张,未来美国与日本的关系要渗透到日本社会的各个层面,这样的研究才更具文化上、政治上和学术上的深度。美国不应仅仅被描述为一个物质繁荣、科技先进、军事强大的社会,还应该是一个在社会科学和艺术领域中的创造性不断快速发展的国家。在艺术、文学、音乐和戏剧方面,日本应该开辟新道路,日本人,尤其是年轻的一代,应该以从未有过的热情去发现这一切。

回到国内政治方面,我认为日本在民主方面的实验是有前途的,但是还会遇到很多问题。成功的议会制度所需要的程序与日本文化约束下的实践之间还存在很大的差距。比如,多数原则就受到深深植根于日本传统中的一致原则的挑战。但是,在可预见的将来,恐怕没有谁能够挑战保守势力在日本政治中的主导地位。而极端主义分子,无论是左翼还是右翼,都没有可能上升到重要地位。因此,政治稳定的希望很大,至少在接下来的这些年里是这样。自由民主党和日本社会党代表了两大主要的政治势力。不过,最近的选举让保守势力掌权,自由民主党在 1958 年 5 月的选举中赢得了 58%的选票和 287 个席位。

我对日本情况进行分析的最后一部分是对其对外政策的观察,重点在美日关系上。像其他地区一样,民族主义情绪在日本不断高涨,其中一个例证就是日本国民希望日本在日美关系中能够获得更大的平等待遇。然而在安全领域,美国仍然是至关重要的。尽管对宪法进行修改,允许制定完整的安全方案在未来是可能实现的,但是它绝不可能在短期内实现。当前阶段的日本外交政策有三个基本目标:在与西方合作的框架下实现更多独立和平等,尤其是在与美国的关系上;改善日本在亚洲的地位,并通过实施独立、合作的政策来达到这一目的;支持更多地参与国际和地区组织。日本和中国的关系仍将会很复杂,其中又掺杂着对加强交流的担心和强烈愿望。然而,两国之间的竞争可能要大于合作,因此要加强各自与其他国家的联系。同时,日本与苏联的关系可能会依然很冷漠,交往也不会太多,这其中有很多原因,其中最重要的是领土争端。

在报告结束部分,我指出,尽管日本在美日关系中寻求更多自信，但是我有足够的理由相信，只要正确管理美日同盟，它将会在中国在亚洲的影响力不断扩大的时候，成为维护和平与发展的至关重要的力量。

在单独的一个篇章里，我讨论了冲绳的情况，当时它还处于美国的管辖之下，是美国一个重要的海军基地。经过对其他备选地区的考察，我指出美国最好的政策是接受日本最终会恢复对其的主权，并为确保美国的长期利益做好准备。

我的报告引起了东亚和美国的媒体与政界的广泛关注。总体来看，描写日本部分的观点都是积极的。唯一例外就是美国对冲绳岛的军事控制，美国军方强烈反对在当时做任何把冲绳主权归还日本的准备。

接下来的几十年里，我几乎每年都会返回日本演讲、参加会议、作进一步研究，有时一年要去两三次。到 2008 年，我出访日本已经有四十多次。只是每一次出访时间都很短暂；20 世纪 50 年代末期之后，我没有一次在日本呆上几个月的时候。我与东京和大阪的一些学者关系密切，与一些政治领袖进行过深入的讨论。在日本和伯克利，我都有机会和学生交流。我很幸运遇到了几位杰出的日本学生，其中有绪方贞子，她后来成为联合国难民事务署高级专员；还有二郎潮（Jiro Ushio）、比嘉干郎和若杉明（Akira Wakasugi），他们每个人都在商业领域卓有成绩；还有近藤哲夫（Tetsuo Kondo），他是著名的国会议员。

在我与学生进行的讨论中，无论是在日本还是在国内，我发现尽管战后几十年中有一些振奋人心的事情发生，但是他们的情绪还是相对比较低落的。不管他们有多么不满意，几乎没有几个学生希望看到现行的秩序出现大的改变。因此,对社会主义或者共产主义运动的支持是很有限的。同时,任何领导人对这些学生都没有吸引力。他们的注意力集中在经济问题上,尤其是那些可能影响他们生涯的事情上。因此,20 世纪 90 年代初日本出现了经济衰退,直到 2002 年才摆脱出来,这一次衰退致使人们对政治和政治领导人产生了消极态度,但是这种态度并没有在政治行为中有所表现。同时,到 20 世纪末期,年轻一代人在文化上,尤其是生活方式上,越来越受到外界的影响。国外,特别是西方通讯和娱乐业的出现,对此有重大的影响。所以,像美国一样,年轻人在生活方式上开始与他们的长辈一代不尽相同。

在多次出访日本的过程中,我有幸会见了一些政治领袖和杰出的官员,尤其是那些在外务省工作的官员。其中一次最难忘的记忆是,我与中曾根康弘(Yasuhiro Nakasone)首相进行的一次长谈,他的任期是从 1982 年 11 月到 1987 年底。与很多前任首相不同,中曾根本人很有魅力,只要一接触就会被他的人格魅力所吸引。另外,他掌控重大事件的能力,还有他为变革所付出的努力,都给我留下了深刻印象。中曾根想抛开官僚阶层,直接向日本人民呼吁。他还想限制自己党内的派系之争,推举自己为领导人——既是党派的领导人也是国家的领导人。在中曾根的任期内,他采取了一些措施试图解决这些问题,但是这些措施并不到位,没有办法延续下去。

另一位大体相似的领导人在 20 年之后上任,他就是小泉纯一郎(Junichiro Koizumi),他于 2001 年年初上任,2006 年 9 月卸任,任期 5 年。小泉同样是一位很有个人魅力的人,给我留下了很深

刻的印象。他的外表很独特多半是因为他的发型，他的声明直接
有力，他努力推进改革进程，比如主张邮政私有化，并再次重申日
本作为一个独立大国应具有一定的权利，这一切让他很快得到民
众的广泛支持。他成为正面挑战党内派系斗争的第一位领导人，
争取让自己成为全党的领导人，并在很大程度上获得成功；在
2005 年 9 月的国会选举中，他公开挑战党内不支持他的人，最终
自民党获得了重大胜利。

　　小泉的成功很大程度上归因于从 2002 年开始的日本经济条
件的改善。但是，同中曾根一样，小泉卸任后，改革进程步履蹒跚。
另外，小泉最不成功的政策是在外交舞台上。他是强烈的民族主
义者，这也反映了日本社会中正在继续壮大的一个趋势。因此，尽
管中国和朝鲜半岛强烈反对，他还是坚持参拜靖国神社，靖国神社
是用来纪念在战争中牺牲的日本军人和军属的地方，那里也供奉
着一些战犯。在为日本所犯的"战争罪"进一步道歉的问题上，他
也表现得很不情愿，坚持说已经做过很多次道歉，足够了。结果就
是，尽管美日同盟继续加强，但是日本与近邻之间的关系非常冷
淡，甚至出现敌对。

　　小泉的下一任属于传统的类型。在安倍晋三（Shinzo Abe）接
替小泉职位几周前，我与他一起参加了一次讨论。他给我的印象
是一点个人魅力都没有。他的智慧和对主要事件的熟悉不足以弥
补他作为领导人的缺陷。最后，尽管在外交政策中有一些重要的
创新，包括出访韩国和中国，为更加积极的关系打开了大门，但是
他还是很快就失去了大众的支持。由于对安倍领导能力的质疑，
以及一系列高层人士丑闻的曝光使自民党在 2007 年 7 月的参议

院大选中遭遇了惨败,安倍不久之后就下台了,由福田康夫(Tar-uo Fukuda)继任,他也属于传统的类型。

最近,有人提出日本的一个半政党制已经实行了几十年,虽然中间有几次中断,鉴于自民党不断地暴露其缺陷,这一制度现在是否注定要让位于真正的两党制?即使两党制会实现,反对党日本民主党同样也存在派系之争,而其领导水平也欠佳。

与此同时,两个不同的趋势可以说明日本在这个变化的时代里所采取的外交政策的本质。首先,在地区和国际机构中的参与稳步推进。日本是"东盟+3"、"东盟地区论坛"(Asean Regional Forum,ARF)、东亚峰会和联合国及其各机构的成员,并积极参与活动。此外,日本是给亚洲发展中国家提供援助最多的国家,在国际舞台上扮演了比以往更重要的角色,在南亚、中东和非洲都有影响。因此就可以理解为什么日本领导人认为日本应该被给予联合国安理会常任理事国席位了。

另一方面,一直到最近,日本与东北亚地区邻国之间的双边关系总体来说还都很不好。但是,也出现了一些积极的迹象。最近高层领导的互访增加了中日关系全面改善的希望。两国间已经达成协议承诺合作开发能源,其中包括在有争议的海域内进行合作,还承诺共同推进环保政策,追求朝鲜半岛无核化,加强国防合作,包括海军舰队的互访。经济方面的快速发展仍在继续。2006年双边贸易额达到了2330亿美元,双方的投资额也都在增长。

不过,障碍还是有的。一些有消极作用的历史遗留问题仍未清除。另外,双方都有各自的战略考虑。日本担心中国不断增强的军事力量会对其安全构成威胁;中国则担心日本军国主义会复活。所以,中日关系的未来发展前景可能是向前推进中掺杂着僵局或者倒退。

如果日俄之间就南部千岛群岛问题达成一致意见的话,那么日俄之间的关系会得到改善:即双方同意可能沿着多年前赫鲁晓夫提出的边界线,把两个岛屿归还日本,并另签协议分享该地区的海洋资源。但是目前在两国国内普遍存在的民族主义情绪会允许这样的结果出现吗?这很值得怀疑,尽管在未来几年里两国之间的经济交往有可能增加。不管怎样,两国关系的未来走向可能还是危机重重的。

与朝鲜和韩国的关系仍然充满挑战。影响日本与韩国之间关系的因素与影响中日关系的因素相似。在日本居住着大约70万朝鲜半岛居民,并且这些侨民按照朝鲜和韩国不同的国籍分开,这就使问题更加复杂化。不过,随着日韩新生代的不断涌现,日韩关系将逐渐改善。如果日朝能够解决日本人被绑架事件——看上去并不是很难——那么改善两国关系的大门就可能被打开,尽管核问题仍然是极其重要的。2006年7月初,朝鲜发射了7枚导弹,这使双方的关系更为紧张。之前进行的一次导弹试验中,一颗导弹落到了日本附近,这一事件当时已经推动了日本国内加强安全措施的运动,措施之一就是与美国合作建立导弹防御系统。2006年的导弹发射之后,日本表达了深切的关注,并建议联合国安理会通过决议加强对朝鲜的经济制裁。由于担心中国和俄罗斯会投反对票,联合国安理会最后通过的决议里去掉了经济制裁这一措施,但是决议中语气强硬地谴责了朝鲜的行为。2006年10月9日,朝鲜进行了核试验,这更引起了日本的密切关注,一些政治家主张要尽早修改日本的"和平宪法",并提议开展日本是否应该拥有核武器的辩论。

在处理与邻国之间的关系时,日本应该进一步采取措施减弱历史的影响,放眼未来的发展。促进以地区对话方式定义人类安全(human security)是至关重要的。像全球变暖的出现、能源的使用和浪费、污染、东亚地区主要国家出现的社会老龄化现象,这些事情都是急需多边合作解决的。

同时,日本与美国的关系对两国来说依然是至关重要的。两国现在的关系比历史上任何一个时期都更为积极。过去出现的经济上的争议,在双方的努力下,尤其是日本的努力下,大部分都已经被搁置一边。现在,美国的关注点主要在于日本经济能否健康发展,对此关注的程度远比对日本对美国经济的态度的关注强烈得多。政治上两国之间没有任何障碍可言,尽管日本对美国在中东,尤其是对伊拉克的政策的感情毫无疑问是复杂的,但是日本强烈支持继续实行日美安全同盟的政策。正像之前提到过的,日本是希望获得更多的平等和独立,但是,日美之间密切合作的关系是不会变的。

在我这么多年与日本朋友多次打交道的过程中,我见证了一种更具国际主义特点的视角的显著发展。尽管民族主义在不断加强,日本人和其他国家的人民一样同样越来越受到外部观点和政策的影响。因此,民族主义和国际主义不断交织将成为日本现在和未来发展中的一个重要组成部分。在这个问题上,日本实际上是与亚洲其他每一个国家一样,需要同时面对这样的挑战,这也是全世界范围内各国需要面对的问题。

幸运的是,日本不需要花主要精力去处理分裂主义问题。相比较而言,日本始终是一个同质社会,尽管我曾经提到过,当地和地区性的身份区分还是很强烈的。实际上,在民族主义和国际主义之间寻找平衡是一项挑战,而这一挑战才是极其难以应付的。在这方面,认识到纯粹的"文明"不再存在是很重要的。在每个社会,生活方式和价值方面的文化已经深受全球化的影响。随着手机、DVD、国际互联网以及越来越多可以接触到各种不同形式的国外音乐、文化和文学的渠道的出现,再加上出国机会的急剧增加,一般的日本百姓,尤其是年轻些的日本人,已经超越了传统的严格以日本为中心的文化界限。

另外,在今后的几十年里,日本必须做出调整以适应正在出现的中国和印度的崛起,并接受日本国力优势的相对下降,甚至在经济领域中的下降。这种转变将会促进国内进行大规模改革,并与比邻国家建立有利的双边关系。当然,日本同时也会参与各种双边和多边组织,加强自身安全和经济以及政治的稳定性。在经济领域中实现这一目的是最容易不过的了,因为日本是东北亚地区"自然经济区"(natural economic territory,NET)中一个重要的伙伴国。在这一区域,能源的可利用性和对能源的需求相互结合、各国间不同的经济发展阶段、越来越开放的经济边境地区带来了更加密切的经济交往。与地区合作同时存在的还有该区域需要面对的挑战:环境持续恶化、社会老龄化和全球气候变暖等问题。从长远角度看,经济上存在的机遇和挑战应该能够促使人们去探寻该地区的和平与稳定。

我出访日本多次,其中有几次访问深深地留在我的脑海里是因为我所获得的殊荣。1984 年秋,我被授予"瑞宝奖章",在旧金山的日本领事馆参加了颁奖典礼预演之后,我和迪伊被邀请到东京的皇宫参加正式的颁奖典礼。在那里,我们受到了日本裕仁天皇及王妃的接见,并且在仪式开始前,和他们进行了非常愉快的交谈。天皇给我的印象是沉着、冷静,和陌生人打交道毫不拘束,并且总能够让交谈的人一起加入到很有智慧的讨论中。

几年之后,我很荣幸地获得日本国际交流基金会颁发的另一殊荣,荣誉奖章也是在东京颁发。同时,北加利福尼亚州的日本协会在 1992 年授予我"荣誉奖",同年 5 月,我受邀作为特殊嘉宾参加在东京举行的庆祝冲绳回归 20 周年的纪念活动,活动中有好几位演讲嘉宾都提到了康伦报告。并且我再次有机会与天皇和宫泽喜一(Kiichi Miyazawa)首相交谈。我经常在这样的场合,寻找机会赞扬那些多年来一直和我一起工作,致力于推进美日合作和友谊事业前进的人——既包括美国人,也包括日本人——如果没有他们的努力,我不会获得如此多的荣誉。

回想日本的过去、现在和将来,我想集中谈一下这个富有活力的社会所具有的如下几个特征。首先,尽管过去的几个世纪里曾经遭受外国势力和文化的侵袭,日本到现在仍然是一个很突出的同质社会。其中部分原因是占社会主导地位的仍然是同一个种族渊源和文化传统。作为一个岛国,日本历史上没有被任何国家最终侵略或者占领,尽管它着实受到处于鼎盛时期的中国的影响,以及美国近代时期对它的影响,包括美国对日本的短暂占领。然而,从帝国秩序到每个人的身份认同感,尽管出现过外部势力的影响,但是过去的遗产已经传承至今。正如我之前提到过的,同质社会也受到了挑战,因为公民们倾向于与他们所在的地区相联系。但是,总的来说,日本是一个非常统一的社会。

另外一个因素也值得注意。尽管同质在日本社会中发挥一定的作用,但是日本同样显示出强大的借鉴外部社会的能力,可以从其他国家吸收到有用的东西,尤其是在科学技术领域,并且在吸收的同时,确定他们不会威胁到"日本特色"。因此,日本能够在科学技术领域实现现代化的同时,又没有放弃太多日本固有的特征。

未来日本还将面临更多的挑战。日本的人口数量已经开始下降,但是65岁以上的人口所占比率将会稳步增长。因此,劳动力人口在减少。结果,越来越多的妇女加入了劳动力大军,工作年限必须延长,到了一定时期以后,日本必须认真考虑增加外国移民的数量以获得更多的劳动力。

尽管还有很多问题要解决,但是我们应该承认日本无论在过去还是现在都取得了非凡的成就。这个国家在现代化方面获得了重大成功。日本的经济目前处于世界第二位,日本人的生活水平很高。在这个动荡的世界里,在其自身快速发展的过程中,它的政治仍能保持稳定。另外,在本地区以及更广阔的地区,日本都扮演着越来越多的角色。因此,这一切都使得它提出的承认其大国身份的要求、获得在联合国安理会的常任理事国席位以及在各种国际机构中显露出更突出声音的要求显得合情合理。

与此同时,我将会继续深入研究美日关系,继续追求更全面深入地理解这个至关重要的国家。

第五章

开始了解中国

由于20世纪40年代末期,我几次去中国的努力最终都无果而终,所以,我紧紧抓住每一次机会与那些近期曾与中国有些接触的人会面。其中一个人就是谢伟思。我前面提到过,他曾经被国务院开除,因为有人揭露他把一些机密文件泄露给了当时还在做亲共杂志《美亚》杂志编辑的菲利普斯·贾菲。在英国短暂地呆了一段时间之后,谢决定进入伯克利加州大学研究生院,他下决心要拿一个学位,尽管当时他已经五十多岁了。但是,不久之后,他觉得这个方向不适合他,所以他申请做学校中文图书馆馆长。

学校管理部门担心他的背景,问我应不应该雇用他。他不是共产党人,他的意识形态也不带有共产主义倾向。(菲利普斯·贾菲本人以前是

共产党人,后来向我确认尽管在没有要求的情况下,谢伟思主动把
那些文章给了他,但是谢伟思和共产主义运动没有一点关系。)

　　谢伟思在那些战争期间和战后初期与中国国民党和共产党人
有过直接接触的美国人中是很典型的一个。他是传教士的儿子,
中文讲得很熟练。他开始在位于重庆(战时国民党政府的首都)的
美国大使馆里工作,后来被派到共产党的活动中心延安执行任务。
在中华民国暂时的首都里,他开始对中华民国政府及其领导人不
抱任何幻想,认为他们专制、腐败,沉浸在内部斗争之中。在他看
来,国民党不可能和其他力量进行有效合作,击退日本。

　　另一方面,延安呈现给谢伟思的是一个朴实、忠诚的政治中
心,领导人和普通百姓自由地交往,过着简朴但是正直的生活,对
自己坚持的事业都非常投入,倾注全部心血,包括抗日战争。谢会
见了所有的高层领导人,并且和其中几个人建立了良好的私人关
系。因为他认为共产党有能力发起有效打击日本人的活动,谢和
同行的几个人断言美国应该为他们提供一些军事援助。当帕特里
克·赫尔利(Patrick Hurley)将军出任驻中华民国大使时,他很快
和谢划清了界限,让他被召回国,并说他和其他几个人是"亲共"分
子。谢的麻烦从这时才刚刚开始。

　　谢在伯克利的那几年中,总是远离政治,但是作为"中国的朋
友",当中国共产党掌权后,在基辛格、尼克松出访中国之前,他又
被邀请去了中国。他回来之后,在中国问题中心举行了演讲,我也
参加了。他的言语间并没有任何"亲共"的成分,但是我觉得他提
到的几个观点让人难以理解。比如,他说当时在中国政治并不是
那么重要的——可是当时正处在"文化大革命"阶段呀!在我看

来,杰克对某几个人的拥护和对其他人的厌恶已经超越了他能够提出的更具广泛意义的政治观点和政治承诺。如果不从政治角度上看,他是"亲中国"的,希望通过这个民族和这片土地寻找到一种能够将他的生涯向前推进的方式,毕竟他的一生都与这个民族和这片土地纠缠不清,他对这里有很深的感情。

回到我自己的观点上,20世纪50年代期间我尝试着追踪发生在中国这个遥远国度的事情,随后,我有幸在前面提到过的1959年的康伦报告中表达了我的观点,并提出了政策建议。我开始评论台湾问题。台湾一直需要美国的援助,既有经济上的,也有军事上的,尽管总体来说,它在日军占领期间经济得到了发展,平均每年增长4—5个百分点。不过还存在一些问题。供养军队和几百万从大陆逃出的难民的花费数额巨大,因为找不到与他们曾经受过的培训对等的工作,年轻的知识分子变得难以管束。人口爆炸需要限制,政府不切实际的军事和政治上的野心都需要改变。

再回到中国问题,我集中研究中国的外交政策,以及美国可以选择的应对政策。我认为关键问题不是共产主义的中国能不能存活,而是从长远的角度看,我们能不能限制一个充满活力、强大的中国通过各种形式进行扩张或者能不能限制中国不对亚洲其他国家施加不适当的压力。因此,美国的对华政策应该把两个关键的特性结合起来:该政策必须是现实的,在战术上存在足够的灵活性,能够随着环境和机遇的变化进行调整,并能够找到多种解决方法。另外,该政策的根本点也必须非常明确,坚决不对共产主义抱有任何信心,并且反对共产主义的错误观念。

我注意到其他亚洲国家对中国的实力和行动做出的反应越来

越带有担心和警惕的成分。因此，尽管中立和不结盟仍然是一些国家的愿望，但是对中国的担心开始替代了以前对西方、对日本和帝国主义的担心。美国的政策应该获得其他亚洲国家的理解和支持。中国参与国际事务的程度一定会不断增加，到某一时刻，这个国家一定会拥有核武器。美国和中国在台湾问题上是不可能达成一致的，我认为美国在该地区应该保留有效的军事力量，并且同时也接受中国与美国在亚洲地区面对的很多问题中都脱不了干系。因此，问题不是应不应该允许中国参与国际事务，而是我们能否说服它或者迫使它承担其参与这些活动的责任。

随后，我为美国的对华政策提出了三条基本行动准绳：当时的政策应该是通过孤立它实现对华的遏制政策；实现关系正常化，支持中华人民共和国获得联合国合法席位、获得与美国给予的相当于苏联的一般待遇；探究并与中国协商，试探其是否愿意与美国共存，这其中包括很多阶段。我觉得孤立中国没有什么希望，马上承认中华人民共和国在政治上不具可行性，在策略上也不够明智。因次，我选择第三个方案，建议双方互派记者，之后又提出了其他进行交流的建议，并举行有中国代表和其他主要国家代表参加的非正式、私人会谈。随后进行的是放弃贸易限制，与美国盟国商议同意中国进入联合国，同时承认"台湾共和国"，扩大安理会，承认印度、日本和中国为常任理事国。美国可以继续它对台湾的军事投入，但是台湾会从近海岛屿上撤军。我权衡了每一项提议的利弊，注意到没有哪一项提议是完美无缺的。不过，我坚持同中国谈判是最符合逻辑、能够获得最广泛的地区和全球支持的方法。

康伦报告中关于台湾和大陆的部分引起了不同的反响。总的来说,美国方面的反应是中性的或者赞同的,富布赖特参议员和其他参议员都认为尽管提出的建议有些冒险,但是这些建议值得认真研究。不出所料,来自大陆和台湾的反应都是否定的。北京方面自然会拒绝承认"台湾共和国",虽然他们认同其中的某些部分。台湾的国民党政府对这些建议感到非常气愤,拒绝给我发放赴台手续长达十年。当这个禁令撤销之后,直到 1969 年春,我和迪伊在台湾机场会见了王升将军,他当时是"中华民国"情报机构负责人。王将军向我保证我会见了"正确的人",得到了"准确的信息"。确实,他带我见了蒋经国,他当时正在大陆附近的金门岛上秘密度假。我们一起吃了午饭。但是,在"台湾就是中国"这一问题上,我还是没有被说服。

康伦报告发布后的十年里,中国一直处于动荡状态。甚至在报告撰写的过程中,毛泽东错误地开始进行农村革命,"大跃进"开始了,在 1958—1961 年期间,仅灾荒就夺取了很多人的生命。时隔不久,"文化大革命"开始了,从 1966 年到 1976 年,整个国家几乎一片混乱,成百万人被送到农村,红卫兵运动不断升级,大批政府官员和党内被认为是毛泽东敌人的人都被罢黜。此外,高等教育和经济发展受到了严重扰乱。

20 世纪 60 年代初,新成立的肯尼迪政府试图实现与北京政府的破冰之旅。1961 年初,国务卿迪安·腊斯克(Dean Rusk)掌权,他像我所建议的那样,提出要与中国政府互派记者。在我起草报告的过程中,我曾与腊斯克交流过,并且在报告完成的时候,也给他送了一份。北京方面的回复是台湾问题应该首先得到"解决",因此所有其他可以推动两国关系的行动都被推迟了。直到

1969 年中国在乌苏里江与苏联发生冲突后,毛泽东才把他在政治和意识形态上的倾向搁置一边,选择与美国和解。

与此同时,我继续寻找一项比当时实行的政策更成熟的对华政策。1964 年 11 月 9 日,我在伯克利组织了一次会议,讨论对共产主义中国的不同观点和政策选择。由于参会人员包括亨利(Henry)和克莱尔·布斯·鲁斯(Clare Booth Luce),他们两个人持相似观点,还有费利克斯·格林(Felix Greene)作为另一派别,当然还包括一些著名的学者,所以会上讨论的激烈程度不难想象,但是对中国以及现行政策话题的讨论还是很彻底的。

在此期间,我与塞西尔·托马斯(Cecil Thomas)成了熟人,他是旧金山湾区的美国教友会(American Friends Service Committee)会长。在伯克利召开的大会引起了广泛的关注后,我们决定在华盛顿特区再组织一次研讨会。随后,我们进行了周密的计划,1965 年 4 月底大会召开。为了达到平衡,会议上选择的演讲者都代表着不同观点;听众总数达到 800 多人,媒体报道的范围也很广泛。这一次同样是想通过各种不同的观点了解中国的发展和仔细研究过去、现在以及未来美国实施的对华政策。

华盛顿会议结束几个月之后,塞西尔打电话给我,他说他想和我谈一下他考虑的一些事情。我对他说尽管我很愿意和他交流,但是因为我的日程很满,我不能再安排额外的事情了。尽管如此,塞西尔还是来到我家里,陪同他一起来的是他的助手罗伯特(Robert Mang)。他想要建立一个组织,致力于继续探索美中关系,包括提出可行的备选方案。一个小时的谈话结束后,我说我会联系我的一些同事,看看他们是不是觉得这个主意有价值。不久之后,我和我的几个好朋友谈了这件事,其中包括鲍大可(Doak Barnett)和白鲁恂(Lucian Pye)。大家一致认为实施这一项目的时机成熟了。我打电话回复塞西尔,我们将继续推进,探寻其可能性。随后,12月9日,一小群人在纽约碰面,我们大概花了四个小时的时间讨论这件事。尽管大家都非常支持建立这样一个组织的想法,但是最后决定在采取任何公开行动之前还是要更全面地核查细节工作。

1966年4月,经过多次讨论后,筹备小组组建起来了,我们仔细筛选出一百人,由我给他们签发了邀请函,邀请他们参加组建美中关系全国委员会(National Committee on U. S.-China Relations)。那些收到邀请信的人都是精心挑选出来的,他们代表不同的领域和观点;商业团体、工人领袖、宗教组织代表和学者都在其列。不过,我们希望避免选择极端左翼或右翼的人,但是仍然为不同的观点保留了大量空间。因为我们希望这个委员会是无党派的、远离官场的,所以我们没有给公务员——不管是联邦的还是地区的——发送邀请。大概有六十位受邀人士同意参加,1966年6月9日全国委员会正式成立,我被任命为主席,塞西尔任常务主任。由于大多数委员会成员能够得到美国对华政策调整的信息,我们决定委员会要避免谈论具体政策得失,而是要让委员会成为一个能够对可获得的有关中国和美中关系信息进行全面研究分析的机构。我们的任务是让我们的对话不再像麦卡锡时代那样受到限制,而是要让大众和决策者能够有所了解。

筹措资金是我们面临的主要问题,但是最终克里斯托弗·雷诺兹基金会提供了一大笔资助,洛克菲勒兄弟基金会和福特基金会的资助也马上能够到账。我们在不同地点召开会议,通过去日本和其他地方接触到了各种各样的亚洲人,1968年2月,我们中的八个人,其中六位是学者,在白宫见了林登·约翰逊(Lyndon Johnson)总统,讨论我们的对华政策问题。尽管当时他的当务之急是越南问题,但是,总统还是善于接受新思想的,他敦促我们要保持联系。之后我们还见了很多其他的国家元首和国外领导人。

这就奠定了在1971年中国乒乓球运动员访美时全国委员会的作用。当时,中国已经打开了与美国接触的窗户(如果不算是大门的话),乒乓球队是出手的第一张牌。国务院要求委员会接待球队,他们到全国各地区的行程中都有委员会代表陪同。最后,1972年,中国政府决定邀请全国委员会的董事会成员到中国做客,时间定在12月,就在尼克松访华之后几个月。

这一次旅行真的值得纪念。我已经不担任主席一职了,密歇根大学执教的经济学家亚历山大·艾克斯坦(Alexander Eckstein)接任了我的职位,白莉娟(Jan Berris)是一位很能干的常务主任。很悲惨的是,塞西尔在非洲的一场车祸中丧生。我们的团队一共有十五人,有三位妻子,包括迪伊,跟着董事会成员。我们要从香港乘火车穿过新界,到达中国边界,然后去广州。这是当时美国人能走的唯一路线。我们的队伍占据了火车车厢里一半的位置,另一半坐满了一群从纽约来的激进分子,在我们前往边界的路上他们精力充沛地唱着革命歌曲。最后,我们在一个隧道中间停了下来,然后见到了一些穿制服、戴红袖标的士兵。我们从车上下来后,被护送到VIP区域,而那些革命者被带到正常入关的队伍里,和香港保姆和其他人站在一起。我们没有再听到歌声。休息了一会儿之后，我们被送上火车，前往广州。之前，有官员问亚历山大："你们代表团成员的排序是怎样的？"亚历山大有点吃惊，回答道："我们没有什么顺序。我们是平等的。"对方回答道："哦，你们必须排出顺序来，因为我们在广东安排了七辆车送你们。"于是我们访问一个无产阶级国家的旅程开始了。

我们的车厢很干净，是为重要人物预留的。车厢里安放的是皮质大椅子，脚下的活动空间很大。我们一边喝着香甜的绿茶，一边透过车窗看窗外的乡村。从边界到广东，这一路上的土地都已经开垦过了，种满了各种不同的庄稼。这一地区依然处在商业化时代前夜。劳动力是人和水牛，地里工作的男男女女都光着小腿，或者推着货车，或者扛着大捆稻草，或者喂养牛和鸭子一类的牲畜。有一些村子还有些新建筑的迹象，但是大多数村子好像都很破落，村里的房子是用泥、砖和石膏建成的。人们都穿着样子类似的蓝色制服上衣，或者有些人穿着灰色或者黑色的裤子配白色的汗衫，衣服上很多地方都打着补丁。穿鞋的人很少，最多也就是穿一双简单的凉鞋。不过，大多数情况下，人们看上去都非常健康，应该能够吃得饱的。村子里写政治标语的人好像在减少，因为大多数张贴上去的标语都已经褪色了，而且没有看到几处有新的张贴上去。路上没有太多的机动车，只是偶尔开过一辆大卡车。在大一点的村子里，我们注意到还有士兵。当我们接近广州的时候，工业化的迹象开始出现，但是却伴随着严重的污染，有些河流已经被染成了红色。

到了广州后没过多久，我们与当地的党政官员进行了第一次座谈。当我们问到教育情况时，他们告诉我们大学刚刚重新开课，所有的事情都处于试验阶段。当我们问到年轻人的志向时,他们回答说:"每个人都想参军,因为在那里能够学到技术。"和我们交谈的人还补充说:"参军同样也是出于爱国。"年轻人征兵的年龄是18岁,服役两年。当我们去参观最近开放的革命博物馆时,毛泽东的头像放在马克思、列宁和斯大林头像的旁边,被高度颂扬;而那些在"文化大革命"初期被罢官的人的头像根本看不到。林彪、刘少奇和其他被清除出党的人的头像已经被擦掉了;只有周恩来、康生、董必武和其他几个人的头像还与伟大领袖的头像放在一起。

在第一晚的晚宴期间,我说了很多话,而这些话都超越了被许可的政治讨论范围。开始,我评价说,让那些犯错误的人带着高帽游街可能会造成永久的伤害,尤其是有报道称,很多受到指控的人后来都被平反了。我们桌上的主办方人士说,干部已经从错误中吸取经验,接受人民的批评,这是党最重要的一个原则。我继续说,在美国,"人民"包括所有的公民,不管他们的观点存在多大分歧,可是在中国,好像是大众被区分成"人民"和"人民的敌人"。可是谁来判断哪些人是表达了人民的心声的呢?我的回应人很快回答:"中央委员会会做出判断。"我回应说,最高层也可能会犯错误。甚至毛主席也会犯错误,比如,他选了林彪做他的接班人。

我说的话超越了政治讨论的界限,和我交谈的北京外交学会(Beijing Foreign Affairs Institute)①的代表忽然站起来到邻桌去敬酒。后来,我自己提议敬酒,并说美国人民和中国人民被分开的时间太长,在我们的国家,坦率、公开的讨论是友谊的见证,尽管在

---

① 即中国人民外交学会。——译者

一些事情上，我们的观点可能与中国朋友的观点不同，但是我和其他人都很期待能够拓宽我们之间的对话。但是，这一晚留给我一个清晰的印象，那就是如果想要继续政治对话，有一些边界是不能轻易越过的。

第二天，我们到广东商品交易会和城里的很多地方去参观。下午的时候，我们走了很长时间。尽管看上去人们都吃得饱，各项供给也足够，但是大多数人都穿着毫无生气的蓝色或者黑色衣服。我们走路的时候，很多人都很好奇地和我们打招呼，有时甚至很多人会围拢过来。在当时的中国，外国人是极其少见的。他们并不是充满敌意或者友好地对待我们，而是带着强烈的好奇心，好像我们是从火星来的。

我开始记录下商店里的物价，把他们和工资水平进行比较，我问了陪同我们出来的工作人员的工资水平。几天之后我得出的大体结论是，如果只考虑生活必需品的话，城里的工人还可以应付度日，因为有两种产品——粮食和衣服——都是定量供应的，而且价格都不高。但是，这里看不到富裕的景象。此外，广州与香港之间的对比实在太强烈。香港有熙熙攘攘的人群、霓虹灯、发达的交通。相反，广州却象征着寂静、无生气、远离他人尤其是国外的人。

接下来我们要坐飞机去北京。当一架苏联制造的飞机到达广东机场时，我问了一下陪着我们的韩先生，如果想获得零部件是不是很困难，他说："是的，这就是为什么我们决定要自力更生的原因。"到达北京之后，有一大群人迎接我们，他们来自外交学会和对外友协，由北京大学副校长周培源先生和他的妻子带领。周副校长 1928 年毕业于加州理工学院，经过学习成为一名物理学家，他经受住了那场风暴。第二天一大早，我们中有 5 个人一起沿着宽阔的主干街道和一条北京胡同散步。北京的胡同是一种传统的小巷，两边矗立着很多古老的门和墙。这一次，我还想比较物价和工资水平。当时是冬天，像蔬菜这样的东西不那么便宜了。后来，吃完早餐后，我们游览了北京天安门广场和宏伟的天坛。相比之下，新建的俄罗斯建筑一点都不吸引人。

我们还被带去参观了一家示范工厂，专门生产各种手工制品。有人简单地给我们讲解了工厂的革命委员会的性质，以及工人们每周三次的政治会议。海报、喇叭和会议——这些对每一位工人意味着什么？热情？厌倦？如果必须参加，那么一定参加？我无法判断。

第二天，我们爬了长城。晚上的时候，一些曾经出访美国的乒乓球运动员请我们吃饭。吃过美味的晚宴，喝了不少茅台之后，我返回酒店，吃了两片消食片（Alka Seltzer），然后上床睡觉了。这一天就这样结束了。第二天，我们参观了清华大学，其间与教职工进行了座谈，匆匆参观了一下教学设施，包括图书馆。这所大学在"文化大革命"开始的几年里已经停止招生（因为"教育方式过于老套"），1970 年才开始恢复招生。

在图书馆的时候，我问道："像刘少奇一样，被定为修正主义分子，并被开除出党的人，他们的文章怎样处理的？"我得到的答复是："他的作品并没有从图书馆中拿出去，但是他的卷宗卡片被丢掉了。"在图书馆里，我看到一个陈列西方作品的小书架，可能是为了我们的访问才摆放的。其中包括《马可·波罗游记》（The Tales of Marco Polo），还有杰克·贝尔登（Jack Belden）、埃德加·斯诺、欧文·拉铁摩尔（Owen Lattimore）和安娜·路易斯·斯特朗（Anna Louise Strong）的作品——这些作品根本不足以代表美国人描写当代中国的作品。

在此之后不久，我们又去了位于东北地区的沈阳和鞍山。那里天气很冷，但是当地居民为了御寒似乎穿了太多衣服。同样，在这两个城市里，人们对外国人的好奇心很强。我们到达鞍山的那个上午，我离开客房，独自一个人去附近的商店记录商品价格。当我进入商店的时候，里面一个顾客都没有。突然，人们开始涌入——都是来看我的。一大批人过来之后，我逃出来了，快步向一座小山上走去，直到我甩掉了几乎所有跟着我的人，除了一位年轻人。最后，我停了下来，用我初级水平的中文，问他："你想知道我是谁吗？"他起初没有回答，然后说了一句："阿尔巴尼亚人？"在此之前和之后都没有人会误认我是阿尔巴尼亚人，不过阿尔巴尼亚在当时是中国唯一的朋友。

在鞍山参观工厂的时候，当地人告诉我们国民党破坏了该地区的很多家工厂，但是只字未提苏联人带走了很多工厂设备，这是当时宣传得比较多的。当我们问他们这件事的时候，给我们讲解的人坚持说是国民党破坏了这家工厂，但是也承认苏联人曾经从该地区带走过工厂设备。另外，当我让他注意看房顶悬挂的玩具飞机时，我笑着问他："谁是你们的敌人——美国、苏联还是日本？"我当时说因为飞机朝向东北方，敌人一定是日本。他迅速回答说："日本人不是我们近期要处理的问题。"于是我又问："苏联人呢？"他回答道："的确，苏联还有很多军队驻扎在我们的边界线上。这个事实是不能否认的。"这其中的一个寓意就是中国人确实非常担心后斯大林时期的苏联,尤其是在乌苏里江冲突发生之后。

我们看到工厂主要生产场地上方高高地悬挂着几句标语,便开起了玩笑。标语上写着:继续进行革命斗争;解放台湾;全世界人民联合起来。我跟他说如果让我解释的话,我可能至少会支持后边的一句。在参观工厂的过程中,工人们辛勤的工作给我留下了深刻印象,但是看到他们缺乏安全保护措施,工作环境又很糟糕,我又觉得很难过。在东北地区参观的整个过程中,我们继续和不同的导游和顾问交流,话题很广泛——从该地区的经济条件到国内政治和国际关系。在交流中,意识形态原因影响下的有知和无知相互交织着。比如说,有人宣称莫斯科希望看到毛泽东死后能出现一支亲苏的派系。至于台湾,我们的一位邀请方人士说中国会帮助台湾发展,台湾人都期待解放。

12月19日,我们回到了北京。第二天上午,参观过另外一处古迹之后,有人为我们详细地汇报了中国商业和农业当时的发展状况——信息量很大,当然也有错误的信息,尤其是关于"文化大革命"对中国经济的影响。第二天,我们会见了科学院副院长吴有训。一天后,我们又和中央民族学院的代表们开了很长的一个会。但是最能暴露问题的会议是12月23日在北京大学召开的。很多教授都坐在桌子旁边,但是给我们介绍情况的却是一位年轻人,具有党政工作背景而不是学术背景。我们清楚地听出了其中的含义,即支持"文化大革命"及其对大学的影响。给我们介绍情况的人宣称"文化大革命"的目的是要联合、教育和重塑教育工作者。之前,教师们是与工人阶级、农民大众分离的,工作条件也是不同的。为了改变这一现象,他们被派到农村和工厂,参与生产活动。

　　这时，我已经听够了并对此深感不安，于是我提了一个问题："你们在中国需要培训科学技术人才的时候，把大学关闭了四年，最重要的是，研究工作也就此停止了。这个运动难道不是给中国发展经济建设带来了巨大损失吗？同时也让那些被迫放弃受教育机会的人感到受欺骗了吗？"他的回答非常严厉："'欺骗'这个词不是一个好词。新中国的大学不会欺骗人民。那些参与到这一时期活动中的教师和学生受到了政治教育。如果没有'文化大革命'，我们就会像那些苏联人一样变成修正主义分子。"然后，他第一次转向一位教授，说："难道你不同意吗，周教授？"周教授回答道："当然同意。"许多年之后，有人告诉我，我的话在校园里广泛传播，但不是成为人们的笑柄，而是获得了大家的支持。

　　当天下午，我们会见了外交部副部长乔冠华。我们曾经被安排要见周恩来总理，但是美国轰炸了河内附近地区，使得这次会面被取消了，尽管当时给出了另外一个不同的借口。乔冠华表达了扩大非正式接触的希望，但是表示官方交往或者派中国学生赴美学习是不可能的，除非美国承认中华人民共和国。他同时也表示反对与苏联签订《部分禁止核试验条约》（Partial Test Ban Treaty），并质问为什么只有美国、苏联和英国得到允许可以拥有核武器。然后，他表示，考虑到最近中国政府与日本建立了外交关系，希望中日关系能够得到改善，但是他对中苏关系却没有抱太多希望，并指出在最近进行的会谈中没有取得任何进展。实际上，在他谈话的过程中，他反复表达了对苏联的不信任，包括说到中国应该感谢赫鲁晓夫："因为他迫使我们自力更生。"关于政党政治，他坚持一个人不会由于在某一件事情上与党有不同意见就会被开除，只有当他/她的思想路线超越了党的界限才可能被开除,就像刘少奇一样。总的来说,乔冠华清晰地描述了中华人民共和国当时在内政和国际政治领域问题上的立场。

那天晚上,乔冠华参加了由北京大学周副校长主持的晚宴。晚宴期间,我们继续进行交谈。有一句话让我一直记忆犹新。乔盛赞尼克松总统和他为改善中美关系所做出的努力。我评论道,尽管尼克松应该因他所采取的政策而获得高度赞扬,但是,在他之前,在肯尼迪总统执政期间,美国曾经向中国提出提议,比如建议互派记者。乔的答复让我们很吃惊。他说:"我不喜欢任何一个肯尼迪,他们不了解亚洲。他们只是希望利用亚洲来达到自己的政治目的。"当时,我很困惑。后来,我觉得乔的愤怒是针对泰德·肯尼迪(Ted Kennedy)①的,他曾经在几年前爆发的中印冲突中支持印度。

圣诞节那天,我们飞往南京。我们在南京停留期间包括花了一小时时间从城里到十月人民公社去参观。我们和公社革命委员会主任及其他相关人员进行了一次很有趣的座谈。他告诉我们,公社里住着3500个家庭,大概有16000多人。这位主任给我们提供了很多数据,大概意思是庄稼产量大幅提高,人们的生活水平也提高了;商业活动增加了;工分的计算既看质量又看劳动数量,作为补偿,一半份额以粮食和其他产品形式发放,另一半用钱支付。私人耕种的土地只占耕种面积总数的5—7%。这很显然是为来访者精心选择的一个公社。但是,在几次私下的交谈中,我们得知

---

① 正式名称为爱德华·肯尼迪,"泰德"是其昵称。——译者

即使是在这个示范村,村民的人均年收入也只有 130 元,尽管给我们的官方数字是这个数字的三倍。在南京,和在其他地区一样,人们对苏联的担心很明显。我们被反复追问:"你们认为他们会攻打我们吗?"

不久之后,我们启程去上海。我们在上海参观了几家大工厂。在工厂里,相关人员向我们介绍说中国为提高工业生产能力做出了不懈努力。后来,我们参观了复旦大学。在这里,同样是由一名年轻人做的情况介绍,他的头衔是大学革命委员会副主任,但是丝毫不关注有意义的高等教育,言行举止粗鲁。讲话的主题我们之前已经听过了无数次:以前,学生只从书本上学习;现在他们和教师们都去工厂、农村、商店,等他们再回到大学时,他们的实践知识已经得到扩展。

在英语课上,当有人在练习对话时,我从其中一个学生那里借来了学习用的英语书。书的内容让人觉得很吃惊。两个主题非常突出:为"祖国"可以牺牲一切和对"敌人"的痛恨。我在翻阅的过程中发现主要的敌人是苏联,但是对英国、日本和美国都有负面宣传,美国更是因为越南战争而受到指责。

我极其失望地离开了复旦大学。那天晚上吃过晚饭后,我们被带到剧院,观看京剧《龙江颂》。在剧中,"好人"和"坏人"完全用白色和黑色来区分。在回住所的路上,我一直在想一个主要问题。我们所看到的、所听到的完全都是以纯粹的意识形态为中心;另一方面,中国正在发生的事情中,很多都远比表面现象复杂得多,通常包含很多动机——个人的、经济的和政治的。这么多对立的东西怎么能协调一致呢?

12月29日,我们被带到另一个模范公社进行参观,这个公社离城里大概有25英里。在详尽的介绍中,我们得知连续12年粮食的特大丰收极大地提高了谷物产量。另外,公社里要建医院,建新学校,有18家中小学现在正在运作中。只有大概5%的耕种土地是私人财产。并且,这里的人均年收入只有170元。第二天,有人给我们介绍了上海在"文化大革命"中的作用,从革命运动开始一直到当时。报告里积极肯定了江青(毛泽东的妻子)和与她志同道合的那些人的作用,这些人后来被定为"四人帮"。他们最主要的成就是清除了温和派人士,从邓小平开始,并且在开始的时候取得了多次胜利。

1月1日,我们飞到了杭州,在那里我们有幸观赏了美丽的景致。我们在那里做的事情主要是看风景;几天之后,我们前往广州。在我们到达之后的第二天,我们又一次被带到了一个农村公社,随后的几天里,我们参观了工厂和中山大学。一路上的交谈中并没有太多新鲜的东西。在大学里,主题还是赞扬"文化大革命",说"文化大革命"让教育"走上了正轨",并拒绝接受刘少奇的"反革命路线"。众所周知,在"文化大革命"开始的时候,有一些学生被害或者受伤,很多财产都受到破坏,但是学生们"从毛主席路线中接受了教育"之后,暴力停止了。1966年6月,大学关门了,尽管在1968年年中,一批工人入校了,但是直到1970年才有第一批毕业生,而且数量很少。那时,哲学系将政治学加到培训内容里。正像院系主任所说的,"在过去的两年内,我们坚持贯彻'政治挂帅'和'把理论和实践相结合'的原则"。所以,学生们不得不花三分之一的时间到校外工作。

　　1月6日，我们坐火车前往香港。到达香港之后，我们知道自己又回到了一个开放的社会——噪音、混乱和色彩几乎让人感到害怕。我们和其他人抢着打车，最后终于找到一辆。司机马上问我们："你们觉得中国怎么样?"我们只说了句"非常有意思"。他接着说道："我出生在上海，但是我再也不回去了。对观光者来说，那里还可以，但是，他们希望每个人都像他们一样支持毛泽东，但是我们不。每个香港人都这样认为。"可能"每个"在这里有点夸张，但是很容易理解为什么大多数人都更倾向于离开当时的中国。

　　我回到美国之后不久，一位英国侨民来到中国研究中心(Center of Chinese Studies)访问，他曾经与新中国共命运。他来美国是为了招聘英语教师的。我们进行了一次长谈，当我问他关于"文化大革命"的问题时，他的回答比较模糊——是为了保护自己还是因为他所了解的比较有限，我就不得而知了。但是，当我问他红卫兵的情况的时候，我得到了一个令人惊讶的答案。"哦，我的儿子也是红卫兵。他们很像童子军。"后来，我听说他曾经遇到过麻烦，并且被扣留过一段时间，但是他依然对那项事业很忠诚。

　　1974—1975年期间我又到中国进行过两次简短的会谈，20世纪70年代末又去过两次，第一次是在1978年6、7月间，第二次是在1979年3月。后来的这几年里，中国刚刚开始结束动乱年代，开始恢复，权力更迭很快，不安定的状态引起了很多麻烦。1973年，邓小平被恢复了官职，1975年1月，他被任命为中国人民解放军总参谋长和中央委员会副主席。然而他的主要支持者周恩来于1976年1月逝世后，4月初天安门发生了动乱，这一事件的后果是邓小平又一次被免职。

1976 年 9 月,毛泽东逝世。他生前已经把华国锋置于高位,据报道说,他曾经对华国锋说过:"你办事,我放心。"毛泽东逝世后的几个月里,曾经在他生前最后几个月里暂停的经常性冲突,升级到权力的最高层——党和军队之间。激进分子由所谓的"四人帮"——江青、张春桥、姚文元和王洪文——带领。他们的对手,由华国锋带领,都是上层的重要人物,包括军队的大部分力量。10月,大约在毛泽东去世后一个月左右,"四人帮"被抓,极"左"势力被打败了。

华国锋在叶剑英和李先念的帮助下,担任了领导职位,不过拒绝为邓小平推翻过去的指控。但是,经过广泛的协商和一些让步,邓小平于 1977 年 7 月中旬重新恢复了原来的职位。从那时起,他开始走向最高权力,尽管在此过程中不可能没有困难和挑战。进行大规模经济改革,机智地走在过度地赞美和毛后期时公开的批评之间,邓小平在 1978 年中巩固了他的地位。邓小平和陈云、胡耀邦等于 1979—1980 年间开始实施重大改革,包括农业、商业、法律和对外政策各方面。在各项事业不断发展的过程中,经济特区开始推行,这是中国要加强对外部世界开放的信号。1978 年我又去了中国,这一次的行程中听到的都是对近期发生的事情进行的广泛讨论。对"四人帮"的尖锐批评成为政治生活的主导,知识分子们的批评尤为强烈。"四人帮"被指控把教育者当成敌人对待,鼓励学生反抗,使"文化大革命"后重新恢复大学研究和教学工作受到了阻滞。在我访问的地处杭州的浙江大学里,学生的数量是4000 人,而"文化大革命"前这里的学生数量是 11000 人。不过,入学登记的学生数量在增加。尽管人们都批评过去,但是大家还是小心翼翼地不去诋毁毛泽东,对华国锋和邓小平的态度也很谨慎,这应该是受到了过去政治领域变化异常带来的不确定性的影响。但是,邓小平地位上升的迹象还是很明显的。此外,爱国主义占主导地位,民族主义也得到了壮大。

从城市街道中能够看出城市的生活条件有了改善,供给足够但不是很充裕。穿着最好的是人民解放军的士兵。至于其他人,衣服都很整洁,看上去还比较新,只有一小块褪色或是打了一块补丁。在城市中心附近较富庶一点的乡村,人均年收入大概是110元,其中一半的收入都花在买食物上;剩下的收入用于住房,如果够幸运的话,还可以买件衣服或者买一辆自行车。此时,中国想要从过去的阴影中完全走出来,还需要一段时间。

对外国的态度主要集中在两个对手——苏联和越南身上。对苏联的态度是很消极的。苏联被描述成已经放弃了马克思主义,现在正表现出修正主义的特征。还有,它正在寻求统治整个世界,希望中国和其他国家成为他的卫星,并企图包围中国。中国对苏联的敌意从未间断。越南被说成是一个决心要首先控制印度支那,继而控制东南亚地区的国家——这与十年前的观点大不相同。

1979年春天我再去中国的时候,在国内层面上,政治上似乎更稳定了。邓小平的地位上升很明显,改革也在快速进行。邓小平后来的一句话"允许一部分人先富起来"象征着一个新时代的开始。但是对待国内问题的态度还是很谨慎的,大多数言论都表明很多事情都依赖于经济发展。在那次行程中,我还私下会见了钱端升教授,这是他离开哈佛后,我第一次私下见他,这也象征着时代发生了变化。

在我一次去北大的访问中,副校长告诉我,前两年,学生的入学问题不再隶属教育部管辖范围,入学考试恢复了,因此招收学生的质量提高了。此外,大学开始寻找和海外接触的机会。已经有160名外国学生入住北大校园,大概有50名学生马上就要去美国。学校的权力部门已经写信给伯克利加州大学,邀请老师和学生访问。就像我将在以后提到的,这对我的将来产生了直接影响。

同时,对外政策和态度也深受近期发展的影响。2月份的时候,人民解放军开进越南,"为了回应其企图控制柬埔寨政权的行为,教训了越南人"之后,从越南撤军。同一期间,卡特政府也已经正式承认了中华人民共和国。《与台湾关系法》代表了一种矛盾性,正是这种矛盾性成为现在中美关系的一个特点。美国接受中国成为联合国安理会常任理事国,并断绝与台湾岛上的中华民国的一切正式交往。但是,它同意继续为台湾提供军事供给,并且表明它的立场是反对台湾独立,同时反对使用任何武力手段解决台湾问题。很显然,台湾问题依然是关键问题。

同时,对苏联的态度继续恶化,中国支持朝鲜的一部分原因是为了限制苏联在东北亚的地位。因此,尽管中国发言人声称不支持美国在韩国驻军,但他们却同意美日战略同盟继续存在,认为这样可以防止日本军国主义复活,也可以制衡苏联在该地区的势力。

总之,当20世纪70年代接近尾声的时候,中国似乎已经走上了一条新的道路,尽管这条路上依然还会有曲折和反复。最重要的是,普通的中国百姓希望结束残酷的政治斗争,结束那种不安定的状态。这种状态已经严重地影响了大多数公民的生活。政治态度仍然受到密切的监视,毛泽东仍然是一个公众的偶像。然而当邓小平表达了"毛泽东的功过是七三开"这一观点的时候,他打开了更加客观评价这个人的大门。中国有一些人想要推翻那些人物,尽管没有人在公开场合表达这种观点。不过,当时要实现在某种程度上更广泛地开放和更深入地探索外面世界的前景比过去任何时候都要好。

第六章
我与崛起的中国

1981 年春天,我再一次来到中国。我这一次看到的中国与之前每次旅行见到的中国截然不同。在邓小平的领导下,中国正进行着更多的改革。

我就是在这个时候来到北京的。1981 年晚春的时候,我被邀请到北京大学做了一系列关于美国和亚洲的讲座。讲座持续了三个多星期,每星期三次,给我指派的翻译是袁明,她是北京大学的一位年轻教师。袁明的丈夫韩启德,是学校里的一名理科教授[①],他们多年来一直是亲密的朋友,并且在学校里都获得了很高的地位。我的课

① 应为医科教授。——译者

堂上大概有 100 多人,包括学生、旁听的人,还有其他一些人,他们大部分都是北大的教职员工,可能也有一些官员。我的教案内容很详细,我讲得很慢,三四句话之后就停顿一下,好让袁明能够轻松地翻译。我在每次讲座结束后都会留下一段提问和讨论的时间,这在学校里是一种全新的形式。

开始的时候,学生们都很不情愿提问题。有一次,我讲美国和朝鲜半岛。讲的过程中,我说到朝鲜战争实际上开始于北方军队"入侵"南方。在提问环节,有一个年轻人站了起来,说:"斯卡拉皮诺教授,您说是北方挑起的战争。我们的政府说是美帝国主义分子和韩国傀儡政府共同发起的战争。谁是对的呢?"我在回答中引用了一些资料,最后引用的是赫鲁晓夫回忆录里的信息。我提到赫鲁晓夫并不是美国的朋友,他责备斯大林没有给北方提供更多帮助,但是他很清楚地描述了战争的起因。讲座结束后,我还没有离开讲台,这时,那个年轻人走了过来,俯身对我说,"我认为是北方先挑起的战争!"但是,最好不要在公开场合表达这种观点。

在我做讲座的几周时间里,我与很多学生和教师进行了私下的交流。他们都毫不犹豫地谴责"文化大革命"和它的发动者。许多人的人生规划都因此发生了重大的改变。人们广泛支持邓小平和他的改革开放政策,尽管对于中国何时能从 20 世纪 60 至 70 年代的灾难中重新恢复过来,人们各有不同的猜测。大多数人都愿意接受毛泽东作为开国领袖的地位,在合适的场合向其致敬,但是除了一些礼节上的表示之外,他已经不再是人们关注的中心了。

不久之后,我有幸见识了更广阔的中国。开始,我们想去西藏,但是,我们被告知这一地区还没有对外国人开放。所以,北大的讲座结束后,在袁明的陪同下,我们开始了在中国的旅行,我们去了中国的西北部和西部,最后在位于东海岸的海南,结束了我们的行程。我们到东北和内蒙古是坐火车去的,路上,我拿着毛巾擦车窗外面的行为,让几位铁路工人感到吃惊。我这样做是想在车厢里能够清晰地拍几张照片。路上的风景引人入胜,当地的百姓真的很有特点,尤其在内蒙古和新疆西部。大部分蒙古人都穿着传统服装,或者徒步走路,或者骑着骆驼或牦牛赶路,他们住在帐篷里——蒙古人称之为"蒙古包"。他们很友善,但是我们之间没有办法沟通。在西部地区,我们的第一站是乌鲁木齐,之后又去了喀什。我们又一次来到了中国一个完全不同的地域。那里的居民——包括维吾尔族、哈萨克族、塔吉克族和其他一些中亚民族——在语言、服饰和文化上与中亚地区非常相似。在那里,看不到太多汉人。我没有发现那里有秩序混乱或者骚乱的状况。但是,当地的居民很难融入到强大的中国之中,中国随后对分裂主义的担心也很容易理解。中国的优势在于中国的少数民族人口还不到总人口数量的 9%,并且少数民族之间彼此疏离,分布比较分散。

1985 年,经过多年的研究,我之前的一位学生于子桥(Goerge T. Yu)和我完成了一卷关于 1850 年至 1920 年现代中国发展的著作,这本书也在同年出版。同时,这一年的春天,我又回到北大举行了一系列讲座。与四年前相比,中国变化很大。政治上宽松了很多,尽管派系的区分还很明显。1982 年 9 月,在中共第十二次全国代表大会上,当时已经处于最高领导地位的邓小平主张继续加大中国向西方社会的开放程度,并强调在实现社会主义现代化的过程中,经济发展优先于意识形态。同时,他主张,要抵制外来的"腐朽思想",资产阶级自由化的生活方式不允许在中国传播。他的努力很显然是在不造成政治结构变化的前提下,支持进行重大的经济变革。

中央顾问委员会建立了,这样做的目的是考虑到已经年老的第一代革命家们能够有顺序地退休。当时,中国第二代(抗日战争)和第三代(1949年之后)的领导人正在进入政治高层,尽管有些第一代领导者还掌握着权力。1982年12月,修改后的宪法得以通过。它比以前的宪法更开明,但是同样重视加强"社会主义民主"和加强法律体系。军队当中也同样发生着变化,年长一些的将军退休了,军队中也采取了一些改革措施。

文化阵线上的重大创新也开始了,出现了不少新媒体、电影院和文学作品,他们大多受到国外作品的影响。另外,中国经济经历了飞速的变化。到1984年年中,很多对私人企业家的限制都已经取消或者松动,拓宽农村经济体的努力也在进行中。不过,农村人口开始大量涌入城市寻找工作,尤其是在中国沿海地区。城市化步伐正在加紧进行。当然也有一些不好的现象。腐败和犯罪率上升,这些在全国公民中引起了强烈不满。总之,一个全新的,至少是改变了的中国正在出现。管制和约束依然很多,但是,政治气氛改变了很多,不再像"文化大革命"时期那样一片混乱。

此时中国的对外政策集中在改善与美国的关系和提防苏联上,中国仍然把苏联看成是一个危险的敌人。但是,与推进国内进步相比较而言,对外政策是居于第二位的。"让中国富强起来"是当时的主旋律,新一代领导人希望从邓的理论中获益,充分利用他的话语和政策。毛泽东在政治中曾经有很稳固的地位,但是,现在,他已经变成纪念仪式的一部分,已经不再是政策的导航者。这种变化在我的课堂上能够感受得到。学生们更愿意批评某些官方政策,尽管他们还是不会去批评当政的领导人。此外,在与学生和教师私下里的谈话中,能够感觉出当时几乎所有人心中的愤怒和希望。

我的讲座结束后,我们又开始了另一次特别的旅行,同样还是由袁明陪同,这一次我们作为早期外国游客的一分子去了西藏。对袁明来说,除非有某种使命,要不然旅游对她来说没有太大的意义,所以,尽管学校已经获得批准,并做了安排,但是她对西藏之行仍有保留意见。在启德的帮助下,我们带了一瓶氧气。当我们的飞机降落在拉萨机场时,我们看到一个人正举着一个牌子,上面写着:"欢迎您,斯卡拉皮诺博士!"这时,袁明才放心了。

飞机场距离拉萨大概有 100 英里,开车进入拉萨的旅程很壮观,我们的背后是一条蜿蜒的河流和连绵的群山。拉萨本身是以宏伟的布达拉宫为中心的。那个时候,没有几个汉人在西藏,这一地区的居民大多数都是藏人。我们不需要氧气,但是有它备用还是让人觉得安慰,毕竟是身处在 14000 英尺的海拔高度,并且,我们后来去的地方,有些地方的海拔比这个数字还要高。从拉萨,我们向南到了日喀则,穿过美丽的山口,穿过具有传统风貌的村庄,遇见一些好奇但是友好的人群,他们大多数是牧民。这真是一次伟大的旅行——但是返回北京的想法还是让我们觉得精力更加充沛,更有动力。

20 世纪 80 年代和 90 年代末期,我到中国去了很多次,去那里参加国际会议或者做讲座。这一段时间对一个经历高速经济发展和政治上持续出现分歧的国家来说是至关重要的。到 1987 年中共第十三次全国代表大会的时候,参会的代表们已经不再是由具有强烈农村背景、接受教育不多的群众构成,大多数代表都是具有大学教育专业背景的人士。但是,最高领导层的分歧仍然存在。

1992 年 10 月,中共第十四次全国代表大会通过了一项决议,提出要建立社会主义市场经济模式。经济继续快速向前发展,这既帮助了改革人士,同时又带来了新的挑战,比如城乡居民收入差距加大,地区间收入区别增加,还有腐败问题。第一代领导人或辞世或退休,都退出了政治舞台。邓小平本人于 1997 年 2 月过世,享年 93 岁,但是他一直都是关键人物。不过,以江泽民为代表的第三代领导人很快成为主导政治力量的代表。但是,即使是这一代也在变老;1997 年时,江泽民已经 71 岁。

这些年来,我一直频繁地在中美之间奔波,参加国际会议、做讲座、参加私人会见。1992 年春,在成都参加完一个国际会议之后,我和迪伊一起去了四川南部地区。我们开始去的地方包括卧龙大熊猫保护基地,我们有幸当大熊猫在围栏附近的山上吃草的时候,可以抚摸它们。之后,我们参观了彝族的村落,彝族是当地的一支很有意思的少数民族,他们非常友好。

1997 年,我获得了北京大学名誉教授的称号,出席仪式的有很多老朋友和学校官员。两年后,也就是 1999 年,我在学校里最后一次做了系列讲座。我的新翻译叫曾林佳(Zeng Linjia)①,她

---

① 汉字为译者音译。——译者

是一名非常聪明的北大学生。她经常来我们的住处。我们住在朱兆吉（George Chu）家里，他以前是我的学生，现在是一名非常出色的国际商人。有人告诉我，如果我可以把我的讲稿写出来，学校将在讲座结束后用中英文出版。于是，我花了大量时间把讲稿整理出来并终于出版了，书中完整地展示了一个美国学者对当时很多事情的看法。①

　　1999年我做讲座期间恰逢美国飞机轰炸了中国在贝尔格莱德的大使馆。后来，《伦敦观察家》宣称一些匿名的北约官员承认轰炸中国大使馆的行为是蓄意的，在南斯拉夫与北约的冲突过程中，中国为米洛舍维奇总统提供了援助，这次轰炸是对此做出的回应。美国当局继续坚持这次轰炸纯属意外，当时的目标其实是南斯拉夫联邦军需供应采购局，距离中国驻南斯拉夫大使馆大约500米左右。不管怎样，北大校园里很快贴满了反美的海报，很多海报是直接指向克林顿总统个人的。有一副很醒目的标语用英语写着："莫妮卡，让比尔好好表现！"我向学生解释说那一定是一个意外，因为美国没有理由在这个时候与中国为敌，但是学生们并不相信我。"想想你们的技术有多么先进，这怎么可能是意外呢？"我的讲座暂缓进行，但是我在校园里到处走动还是没有问题的。事件发生的四天后，我坐出租车出去。出租车司机告诉我："这次政府的举措太软弱了。不让我们对这次犯罪行为做出回应。"他能够对一个外国人——实际上，是一个美国人——说出这样的话，这意

_____

　　① 此处作者谈到的图书是《美国与亚洲——斯卡拉宾诺北京大学演讲集》，北京大学出版社2002年版。——译者

味着中国的政治发生了多么巨大的变化。

我的讲座结束后,我们又一次去了西藏,这一次是与我们的女儿——莱斯莉和她的丈夫汤姆,还有我们三个外孙(女)戴安的孩子们——贾乌尔、迪伊亚和伊恩。出发去西藏的几天前,我们在北京会合,伊恩在此期间遇到了林佳。尽管用了氧气,但是伊恩还是觉得受不了西藏的高海拔,于是返回了北京。但是林佳却留在了他的脑海(和他的心)里。后来,他说服她来到了美国,他们结婚了。我的助教变成了我的外孙媳妇,几年之后,她给我们带来了第一位曾孙女,一个漂亮的小女孩——奥丽珍(Origin),2008 年我们又有了第二个曾孙女——欧西娜(Oceana)。

这一次的西藏之旅又是一次难忘的经历。拉萨有了一些变化,汉族人比以前多,还新建了一些大型建筑物。但是,西藏人仍然占绝大多数,很多农村居民成群结队地来到城市里兜售农产品。这一次,我们开了两辆路虎,从西藏南部穿过,一直到边境。然后,我们到了尼泊尔境内,当我们到达加德满都后,我们的旅程才画上了句号。一路上我们走得很辛苦,路过的山口最高可达 18000 英尺,道路也已经需要修整。然而,这次旅程对我们任何一个人来说都是难以忘怀的。

21 世纪初期,我每年都有一两次到中国的短期行程,或者在国际会议上发表论文,或者讲课,或者做其他事情。每次的行程时间都不长,经常安排得很紧张。但是我的中国朋友们总是非常热情,并且都很期待能够进行有意义的对话。这些年来,中国经济持续快速增长,这种稳健的增长带来了拥挤的交通、熙熙攘攘的市场和严重的环境污染,同时也出现了一大批中产阶级和很多富人。

此外,外国人变得很常见,不管是来旅游还是来做生意。

我一直努力,希望能够找出崛起的中国最根本的东西——它的优势所在,它的问题症结以及其诸多变化的方向。很显然中国国家决策中不得不越来越多地考虑到社会中出现的多元主义,以及随之出现的更加多样化的观点和利益。中国并不是我们定义中的"民主国家",至少在不久的将来,它没有可能成为我们这样的一个民主国家。民主要求给公民提供全面的自由,通过自由的、具有竞争性的选举选择领导人,并实行法治。在中国的政治精英以及很多公民,包括知识分子的脑海里,民主实际上是会带来不稳定的,甚至会在这个巨大又混杂的社会中引起混乱。

不过,政治的公开程度加大已经变得越来越明显了。随着新世纪第一个十年脚步的到来,言论自由和出版自由的范围在继续拓宽。我最近的几次旅程里,在我讨论复杂问题,获得不同观点的过程中,我没有遇到任何困难。当然,警戒线还是存在的,那些越线的人还是会遇到麻烦的。但是人们正在用各种方式来表达自己的观点。根据官方记载,2005 年内就发生了大约 87000 次事件,包括不同形式的示威。这些大部分都是农村居民进行的,基本上都是对一些政策或者措施表示不满而做出的反应,比如征收土地(建立公共设施或者搞类似的投资),税负过多,地方官员的腐败等不法行为。工资水平太低或者工作条件太差经常是城市居民抱怨的内容。所以,难怪现在的国家领导人非常重视处理中国农村问题——缩小城乡差距,实现工业生产现代化,向西部拓展工业,减小中国各地区间的巨大经济差距。几乎各种可能的渠道都在传播这些信息。

现在的一代国家领导人是实用主义者而不是意识形态论者。他们大多接受过工程师的培训或者其他技术领域的培训,具备很丰富的党内公职人员工作经验,他们不希望回到用意识形态作为武器进行残酷的政治斗争,几乎导致社会四分五裂的时代。另外,他们必须依靠他们的务实表现获得支持。中国领导人目前和在可预见的将来面临着三个难以克服的政治挑战。首先,集体领导能否有效发挥作用,避免出现可能导致长期不稳定且需要付出昂贵代价的分歧。尽管在权力分配上不可避免还会存在一定的领导层,但是今天的政治舞台上已经不存在像毛泽东或者邓小平那样的人物,而且也不会出现这样的一个人。因此,如果希望可以保持稳定和发展,必须在每个人之间,在民权和军权之间,进行权力分配。

第二个挑战是要更加注重中国落后地区的发展,尤其是在东北和西部落后地区。应该给这些地区增加投资,大力发展非国有企业,并且为他们培训更多的技术工人。同时,随着越来越多的汉人在西部定居,如果想要抑制分裂主义,那么一定要保护少数民族的权益。此外,更需要建立一个实际存在的或者法律上的联盟,在中央、省区和地方之间进行权力分配,并制定不同的政策。随着经济的快速发展,一些地区更需要根据他们的特殊情况来制定政策。目前,在乡村层面上,已经开始进行村官的选举,但是真正的选择权利还是有限的。不管怎样,城市官员在对影响本城市居民生活和利益的事情做出决策时变得越来越谨慎。在制度规定中体现这一现实是很重要的。中央必须在如下两种不同的政策之间找到一条道路:一种是允许省区和地方忽略重大国家政策的危险政策,另一种同样谬误的政策是否认这些地区具有最根本的主动性。

对现在和未来的领导人的另一个要求,是在寻求统一和公民支持的过程中要善于利用并控制民族主义。随着意识形态影响力的下降,民族主义的作用——作为促进对党和国家忠诚度的手段——正稳步上升。这一点也不奇怪。实际上,在所有的亚太地区国家里,民族主义情绪都在上升,包括在美国。民族主义不仅在早些时候提到的那些实例中有明显表现,而且在很多事情上都有所体现,比如,中日两国关系的紧张局势、过去和现在存在的领土争端问题,以及与少数民族的关系。

尽管存在这样那样的问题,但是中国的经济在过去25年中所取得的成就是非同寻常的。GDP平均每年增长率9—10%,人均收入也有大幅提高。贸易量和外国投资迅速增长,使本国成为邻国经济中不可或缺的一个因素,并且在国际舞台上也发挥着更加重要的作用。技术工人的数量显著增加,在像上海这样的几个地区中,已经不再需要产业工人了。然而,如前所述,当代的中国面临着一系列经济方面的挑战,其中任何一个问题都不是能够轻易解决的。城乡区域的经济差距还在继续加大,某些地区还处于经济极其不发达的状态。同时,貌似自相矛盾的一点是,经济过热和通货膨胀成了人们担心的事情。此外,尽管人均收入有很大增长,但是与世界先进国家相比,人均收入仍然处于中等水平。所以,如果有必要,中国的领导人仍然会说他们的国家是发展中国家的一员,还不是经济发达的国家。

同其他国家一样,中国的国内形势在制定对外政策的过程中起着主导作用。总的来说,现在的对外政策可以说是非常成功的,其中与日本的关系是例外,不过最近也有所改善。近年来最大的成就可能是中俄关系。边界争端解决了;经济交往在快速增长,俄罗斯的能源资源在中国的经济增长中成为愈发重要的因素;两国最近进行了联合军事演习。另外,两国在上海合作组织中都起着重要的作用。上海合作组织是一个多国集团组织,其目的是处理与中亚有关的经济、政治和安全问题。

1958 年之后的五十年里,中国的变化确实惊人。但是,我们也不能过度地渲染它的重要性。目前的中俄关系还不能构成同盟,而且,也不太可能成为同盟关系。两国在体制、文化和能够感知的国家利益上都有重大分歧。我在一系列的讲座期间曾经到符拉迪沃斯托克①呆过一段时间,在那里,我了解到,中国经济的扩展,以及随之而来的中国居民的涌入让东西伯利亚地区的居民很担忧。虽然如此,中国还是应该对它与欧亚地区最重要的国家之间的关系所取得的巨大改变感到满意。至于中亚地区的国家,通过双边协议和多边的上海合作组织,北京已经和它们改善了关系,并形成了从经济协议到反恐合作的一系列协议。对蒙古国,中国一方面与其建立经济联系,另一方面试图让蒙古人民放心,中国不会做任何试图控制这个国家的事情。

相反,中日关系在 21 世纪的开端这几年中一直比较脆弱。历史的阴影一直影响着两国关系,并且这种影响不可能轻易地消除,尤其是两国中老一辈人的态度不容易改变。尽管日本领导人反复对其国家在帝国主义阶段,尤其是在二战阶段的行为表示歉意,中

---

① 即海参崴。——译者

国一直都不满意。像小泉一样的领导人去参拜靖国神社,所谓学校教科书中对历史的错误陈述或者删节都使中国的反应更为激烈。但是,从安倍首相开始,日本领导人小心翼翼地改善两国关系。作为回应,中国政府开启两国间的高端会谈。2007 年 4 月,温家宝总理访日期间签署的协议为中日关系的新时代带来了希望。此外,随后又出现了更大的进展,包括 2008 年年中日本的导弹驱逐舰访问中国港口,这是自共产党执政以来日本军舰第一次出访中国,另外,双方还在 2008 年年中签署协议,商定在一些有争议的海域共同开发能源。同时,两国间的经济联系在稳步加强。2006 年,中日贸易额达到 2330 亿美元,日本在中国的投资额位居外国在华投资额第二位。然而,依然还有很多让人担心的问题有待解决。

早些时候,尽管存在一些异议,中国还是接受了美日战略同盟,因为中国认为该同盟可以使日本自身的防御项目得到控制。但是最近,随着日本不断地增加安全投入,并认为这些行为是对宪法的修正,进而允许完全自由的安全政策,中国开始越来越持批评的态度,控诉说复活的日本军国主义的威胁是真实存在的。

尽管中日经济关系不断突破前进,但是通向真正信任和建立东北亚地区合作关系的道路看上去可能还很遥远,并且偶尔还会有磕磕绊绊。这取决于两国政治的发展,以及像台湾问题和朝鲜这样的问题的走向。北京认为东京和美国一样以相同的方式试图分裂台湾,并且拒绝接受这一现实。另外,两国对朝鲜采取不同的政策,迄今为止,除了六方会谈外,两国间的合作很少。总之,中日关系仍然面对很多麻烦的问题,尽管双方都可能会从实际利益出

从莱文沃思到拉萨

发,致力于改善两国关系的努力仍在继续。

中国与美国的关系可以用一个词——"复杂"——来概括,现在如此,在可预见的将来也会如此。不管是有关经济、政治、战略还是文化方面的事情,积极和消极的因素总是共存,并相互竞争以占据主导地位。美中贸易额达到了 2300 亿美元,并且还在继续增长。另外,美国公司在中国的投资也达到了以前从未想象过的高度。美国消费者很喜欢质量好、价格相对低廉的中国产品,很多产品都是在美国巨额投资的生产厂家中生产的。此外,中国在美国证券市场上的大规模投资能够帮助美国抑制通货膨胀。

然而,可能引起摩擦的因素太多了。贸易严重不平衡,根据美国的数据,中国的贸易顺差数额巨大,从 2007 年起继续增长,因此,贸易保护主义者在美国国会和其他地区纷纷做出反应。中国政府不愿意放开人民币,不愿意让其根据市场情况波动的行为成为另一个引起争论的问题。中国官员很清楚这些问题,虽然有些时候也曾经试图解决它们,但是由于其中掺杂着不同的国家利益,因此这种争论还将继续下去。中美经济关系对两国来讲都是至关重要的,当然也非常复杂。

从政治上讲,中国和美国在反恐斗争、通过六方会谈促进朝鲜问题的多边谈判、共同参与像东盟地区论坛(ARF)这样的区域性组织等方面存在一定的共同利益。随着中国国内政治的更加开明及其对国外开放程度的加深,官方和非官方的多边对话正在进行,对话范围的广度之大,从未有过。文化交流也达到新高。总之,两个社会之间相互交流的程度比历史上任何时期都要广泛。同时,美国人,无论是政府官员还是别的人,都毫不犹豫地批评中国政府，认为它的行为中存在大量违背人权的事情，并且其法律体系仍然存在缺陷。作为回应，中国政府宣称美国自己同样存在违背人权的行为，不管是国内还是国外，比如美国在其对外政策中践行单边主义，对其他国家的内政进行干涉。中美之间在很多问题上都存在不同程度的不同意见。

中美在安全政策上的合作正在推进，中国军人参观了美军的军事设施，两国还进行了联合军事演习。同时，美国当局批评中国的军事项目，包括其预算，都缺乏透明度。"中国威胁"是在某些区域里提出来的，悬而未决的台湾问题始终威胁着两国关系。在中国方面，"美国威胁"是一个经常提及的主题，尤其在军事界。中国如此努力地试图改善与包括印度在内的周边国家之间关系的一个原因，是要为能察觉得到的美国的包围建立一个实际存在的缓冲区。

尽管存在很多尚未解决的问题，但是中国继续崛起成为国际重要角色的可能性将会使一些事情恶化，但是，对于中美关系的未来，我们尚可持谨慎的乐观态度。两国领导人，尽管面对复杂的国内问题和大量需要巨大投入的国际承诺，但是仍然会尽可能去寻求一种总体上乐观的两国关系。此外，非官方的交流在范围上和程度上都会增加，这使两国的很多公民能够彼此理解。实际上，在很多领域内的文化融合将会增加——比如音乐、DVD 影碟、烹饪方法和体育运动。

同时，中国还必须对付一些被证明很难对付的小的毗邻国家。如前所述，中国希望朝鲜半岛无核化，实现和平发展，虽然依然分裂。朝鲜是韩美同盟的一个很有用的缓冲地带。朝鲜如果突然失败了,那么会有大量难民涌入中国东北地区,这会使那里已经很困难的局势变得更加复杂。另外,如我所说的,它还会让韩国及其同盟美国,抵达中国边界。因此,中国会继续为朝鲜提供关键食物、肥料和能源也就不足为奇了。同时,中国对朝鲜也并不满意。由于存在很多变化和未知,所以朝鲜半岛问题的未来无法预测,但是现状肯定不能一直持续下去。因此,中国仍然至关重要,并且要更深地介入。

同时,目前的中韩关系是历史上最好的。经济往来迅速增长,中国现在是韩国最重要的贸易伙伴,韩国在中国的投资增速很快,尤其是在东北附近地区。从政治上看,两国都克制着不去批评对方,高层次的会见经常发生。此外,旅游者数量也在急速增长,尤其是两国的经济都在不断发展。还有,韩国文化的很多方面,尤其是音乐、戏剧、动画片正在深深影响中国观众,尤其是青少年。因此,除非朝鲜发难,否则中韩之间的关系在可预见的将来应该能够继续积极地发展。

中国与东南亚国家的关系在某种程度上讲,更加复杂。从经济的角度来看,中国对大多数东南亚国家来说,既是一个机遇又是一个挑战。中国的贸易和投资已经帮助该地区从衰退中复苏,出现了让人满意的增长,年均 GDP 的增长率为 6%,但是老挝和缅甸仍然处于经济发展的最底层。而中国的经济渗入也对新加坡这样的国家带来了问题,使其竞争力受到威胁。另外,由于在印度尼西亚、马来西亚和泰国等国里,当地的华人一直是经济领域中的主导力量,越来越多的中国人进入这些国家引发了一些担忧。尚未解决的领土之争集中在附近水域里可能存在着石油和天然气储备的几个小岛和礁石上,这些争端加剧了与各国关系的复杂性。各国间存在和平解决这些争端的协议,也可能达成妥协,但是大多数问题的最终解决目前还没有看到希望。

因此,大多数东南亚国家希望美国可以在该地区有军事存在,从而起到平衡作用,就不足为奇了。这并不意味着它们希望美国驻军或者建立基地,而是希望美国在这一地区有战略存在,其形式是海军和空军能够在这一地区开展活动。越南的这种愿望还是很强烈的,尽管几十年前越南与美国有过军事冲突。中国出兵过越南,对于这样一个强大的国家处于它的边界上,越南私下里一直都有担心。

在南亚,中国为缓和与印度的关系做出了很多努力,因为印度是这一地区最重要的国家。同时中国又与其传统的同盟国巴基斯坦,保持着紧密的联系,这一政策与美国实行的政策很相似。在今后的几十年里,不管短期内会付出什么代价,几乎可以肯定的是,印度会不断进步成为一个拥有国际地位的大国。中印关系根本谈不上同盟关系,但是大多数边界问题都已得到解决,西藏问题的重要性在一定程度上减弱了,而经济关系虽然在某些方面一定存在竞争,但是正在不断向前拓展。同时,中国正在向全世界扩展影响,它与中东地区,尤其是与非洲各国之间的关系正在迅速扩展。这样做的根本原因是资源需求,尤其是能源需求,有了资源才能够满足国家的快速发展。但是,这样做同时也有重要的政治和战略寓意。几乎没有人怀疑,不管中国国内出现怎样的危机,未来几十年内,在国际舞台上,中国都将起到更重要的作用。

2007年夏初,我又开始了一次为期六个星期的旅程,其间也去了中国,这次行程让人久久难忘。我的外孙贾乌尔陪着我,我的第一站是在首尔做讲座,然后,作为美国外交政策全国委员会代表团成员,我在台北、北京和东京各开了三天的会议。之后,贾乌尔和我启程去西藏。可是,贾乌尔突然胃疼,当我们到了拉萨,他已经需要去看医生了。我们被送往医院,医生诊断说他得了阑尾炎,需要马上动手术。我猜想没有几个外国人在西藏做过手术。幸运的是,手术很成功,在医院住了 5 天后,贾乌尔就飞回家了。

现在就只有我一个人孤独地旅行了,不过我还有一位导游和一名司机。我们计划穿过西藏西部,最后到达新疆境内的喀什葛尔。一路上的风景美不胜收,途中遇到的人,包括一些游牧民,都很有魅力。广阔的平原上,牦牛、绵羊和山羊吃草的景象到处可见。远处的群山,有些被白雪覆盖,隐约可见。我非常喜欢呆在那里,但是受不了那里的海拔,还有沙尘暴。当我们到达西部萨嘎小镇的时候,我的导游请了一名医生。他坚持让我们带上一只充满氧气的大橡胶球,并说我应该返回拉萨,到一些海拔相对低一点的地方去。我们往回开了三天,在一个城市里住了一夜后,继续向西藏东部走,那边海拔相对低一点。我看到了美丽的寺庙,其中一些建在山顶上。为了去其中一个看看,我骑了一只牦牛,这一段旅程算不上平稳。

三天后,我们回到了拉萨,我飞到乌鲁木齐,然后去了喀什葛尔。在附近地区参观了几个塔吉克人的帐篷之后,我乘车向南到了中国和巴基斯坦的分界线红其拉甫山口(Khunjerab Pass)。一到山口,我们就发现大雨已经冲毁了道路,如果想继续向前走的话,我必须要爬山,从另一侧下山。我决定继续走,于是我的导游

雇了两位身强力壮的中国人帮我,每个人拽着我的一只胳膊。上
山的路几乎是直上直下的,路上仅有的几位旅行者看到"一位老
人"跟着他们一起爬上来,都很惊讶。我们最后成功登顶、顺利下
山,车在山口的另一侧等着我们。接下来,我们穿过了罕萨河谷
(Hunza Valley)①,和西北边境省,最后到达白沙瓦市(Pesha-
war),然后,开车到达位于阿富汗和巴基斯坦边界的开伯尔山口
(Khyber Pass),但是没有穿过它。我很清楚这一地区的伊斯兰极
端主义者很危险,但是直到我回到家之后才清楚那里发生的暴力
事件的严重程度。当我们到达伊斯兰堡,这一次的行程才告结束。
两天后,我飞回了乌鲁木齐,然后飞回北京,最后飞回家。伟大的
旅程啊!

　　当我回想我与中国近大半个世纪的交流的时候,我仍然会为
这个国家着迷——它的历史,尤其是近几十年来它经历的巨大变
化以及未来岁月中仍将继续出现的变化。尽管中美两国有本质的
不同,并且这些不同在未来将仍然是两个国家的特点,但是我希望
两国之间的关系依然是为建设一个和平发展的世界而并肩努力。

---

　　① 又译"洪扎"河谷。——译者

第七章

北朝南韩
——一个分裂民族的传奇故事

我对朝鲜的兴趣始于朝鲜战争,当时我在日本讲学。不过,直到 1957 年我才第一次访问韩国。那时,二战结束后发生的事件已经对朝鲜半岛两方产生了永久性影响。因此,我有必要对朝鲜战争前后的那些年月做一概括总结。

二战期间,美国在亚太地区的军事活动主要是通过空中和海上部队的协同作战,攻占太平洋岛屿逐步孤立日本。在太平洋的最后一场主要军事行动是冲绳战役。美国军方对亚洲大陆的承诺极为有限。因此,美国没有做好在战后朝鲜地区发挥突出作用的准备,这并不奇怪。盟国之间早前达成的宽泛协议是在朝鲜具备独立能力前将其置于托管之下，但是二战结束时，该协议的规定和条件都显得过于模糊。

在几近尾声之际，苏联加入太平洋战争。苏军通过满洲进军朝鲜半岛北部，而最近的美国地面部队在冲绳。苏联当时渴望在朝鲜问题上与盟国特别是与美国和谐共事，因此同意苏美两军暂时以三八线为界分占朝鲜。苏联曾希望在日本实现类似的分治，由它统治北海道，但没能实现。

1945年12月，主要大国在莫斯科会晤并批准了一项长达5年的朝鲜托管计划，由苏联、美国、英国和中国（当时的国民党政府）分管。托管期间，朝鲜人民需要努力获得自主管理的能力，然后通过选举组成统一政府。现在回想起来，人们恐怕会怀疑这种计划能否成功，苏联和美国的政治条件如此不同，而且朝鲜南北方的转型时间如此仓促。

无论如何，绝大多数的朝鲜人民拒绝托管，许多朝鲜共产主义者甚至表达了严重的担忧。但是，苏联施加强大压力让共产党支持这项计划，多数人只得默许。1946年初，苏联当局推翻了自由民族主义者曹晚植在北方的领导权，因为他反对莫斯科协定。1945年10月，年轻的游击队领袖金日成在苏联的支持下进入朝鲜北部。1946年2月，他成为北朝鲜的重要领导人物，并将保持这一地位48年之久，直到1994年7月逝世。金日成出生于一个贫穷的家庭，在中朝边境地区长大，1932年和1941年之间曾在满洲集结小规模的队伍抵抗日本。1941年春，在极大的压力下，他和他的队伍到苏联海参崴附近接受了培训和武装。因此，他被苏联当局看做是担任北朝鲜最高职位最理想的人选。

　　南方的政治条件更不稳定，这预示着一个脆弱的民主秩序。尽管美国人还持有疑虑，李承晚于 1945 秋天执政，直到他于 1960 年被迫辞职，当然过程充满挑战。随着两种完全不同的政治制度在北方和南方的出现，和平统一的前景变得更加遥远。边界冲突时有发生，但是是金日成"解放"南方的决定触发了朝鲜战争。不幸的是，美国方面的政策令这一决定看上去更为可行。苏联军队从北方撤离后，美国军队也已经撤出了韩国。此外，在 1950 年 1 月，国务卿艾奇逊表示，美国在亚太地区的安全承诺是针对大陆周边岛屿的，也就是说，韩国不属于该承诺的一部分。这一悲剧性错误使金日成坚持对斯大林和其他人说，美国不会介入任何"解放战争"，即使美国进行干预，也已经来不及了。斯大林有些犹豫，但最后同意了，然后通知毛泽东。由此，1950 年 6 月下旬，朝鲜战争开始了。

　　一开始，北朝鲜发起大规模进攻，差点就占领了整个半岛。不过很快美国就集结盟国力量，联合国在苏联缺席会议的情况下批准了保卫韩国的计划。随后，美军进一步采取巧妙策略，部队在汉城附近的仁川登陆，迅速打败了北朝鲜，联合韩国，往北开进。美韩越过三八线的决定因为北朝鲜的行为而变得合情合理，这带来致命性的后果。中国不希望在其边境看到一个受韩美控制的统一的朝鲜。因此，当美韩军队挺进鸭绿江边时，中国参战。结果是中方伤亡惨重，但以微弱的优势把对方军队逼退。达成停火协议时，三八线附近再次成为分界线。美韩军队在朝鲜战争中既没胜利也没失败。艾森豪威尔发出的可能使用核武器的威胁起到了作用，使得共产党愿意接受回到原状。1953 年 3 月，斯大林逝世和继承者的悬而未决也可能有影响,尽管我们对此并不确定。无论如何,金日成回到了平壤,在北方重新建立起原来的秩序。在南方,李承晚恢复绝对权威。当时没有达成结束这场战争的正式和平协定,因此,停战一直持续到现在。

1957年我第一次到韩国时,情况已经如此。我的研究生李钟石大大激发了我对朝鲜的兴趣。李钟石要求我拓展朝鲜研究,并建议我访问韩国,见见他的一些亲属。1957年夏天,我短暂访问汉城,第一次亲见韩国首都。我当时住在长老教会宾馆,可以在山上俯瞰部分城市,并与李钟石原本住在北朝鲜的叔叔交流。

那时韩国仍然饱受朝鲜战争遗留的苦难。汉城大部分地方都是废墟或处在重建的初期。多亏了外部援助(主要来自美国),人民才能够应对困难,但基本上情况还是很严峻。在跟我们使馆官员交谈时,我得知韩国政治局势也不稳定,总统李承晚太以自我为中心,在推行新政方面能力有限。因此,我回国时有些悲观。

两年后,在准备《康伦报告》时我回到韩国。在一周多的时间里,我与韩国各界人士广泛交流,包括政府官员和社会其他领域人士。我负责的那部分《康伦报告》率先提出了这样的观点,即虽然韩国象征着自由世界合作对抗共产主义"侵略",但韩国政府面临着日益严重的政治危机。这种威胁并非来自左翼政治力量。因为战事的缘故,共产党及其盟友在韩国支持者极少。然而,李承晚政府的独断专行和衰退的经济导致了社会动荡。

我注意到,韩国经济仍然严重依赖美国援助。日本留下了一个南方农业、北方工业的产业布局。自朝鲜战争以来,韩国取得了重要的经济进步,本应进入一个更加快速的经济发展阶段。但是,韩国仍然存在许多问题。通货膨胀仍然构成威胁,而随着部分新工业结构的推进,技术工人和现代企业家人才稀缺的情况与普遍的裙带关系和腐败问题同时存在。与战时的苦难相比,生活条件得到了改善,但韩国人民仍然贫穷,多达75%的人口从事农业和渔业。

与此同时,韩国的民主制度那几年取得了进步,实行两党制,形成激烈的竞争。然而,民主前途岌岌可危,政府随意滥用警力,反对派频频发出恐吓。李承晚的声望下降,军警两股势力在韩国政治斗争中的作用提升。因此,未来政局难以预测。当时我不相信韩国的文官治理会像其他国家那样被军事统治所取代,但也不排除这种可能性。在这一点上,事实很快证明我错了。最后,我判断,美韩同盟可能会继续下去,因为,韩国被大国包围,且这些大国有不时侵入朝鲜半岛的纪录。然而,重要的是,美国应该让韩国政府确信,实施镇压手段会损害它在美国和其他地方的形象,同时,美国也应扩大与韩国广大民众特别是与年轻一代的文化和政治关系。

我报告中有关韩国的部分收到了不同的反应。在美国,大多是肯定意见。然而在韩国,褒贬与否取决于政治立场。后来,韩国某著名的大学校长告诉我,报告出版后,他接到李承晚总统的电话。"你认识斯卡拉皮诺这家伙吗?"李承晚问。在得到肯定的答复后,李回应道:"那么,你为什么不告诉他事实真相?"

随后,动荡和变化接踵而至。1960年,在无数次示威游行后,李承晚被迫下台并流亡夏威夷。不久,韩国举行了选举,反对党民主党大获全胜。8月23日,张勉成为政府首脑。但张勉政府只持续了 8 个月。1961 年 5 月 16 日发生了军事政变，张被推翻，朴正熙将军上台。朴从此担任总统近 18 年，直到 1979 年被暗杀。我曾有机会在他就任总统后不久与其第一次见面，当时是一名在伯克利加州大学共事过的韩国军事学院教员引荐的。

起初，我觉得朴正熙是一个相对简单的人，有传统的政治信仰。他实行个性化的政治，确保权力最终掌控在自己手上，严格控制所有反对派。他最初在日本人手下接受军事训练，上台前他结交的大多是军方人士。不过，朴在任职初期就有一个坚定的承诺：使韩国经济强大。因此，他利用私营部门和政府职能，集中精力推动经济发展，韩国由此迅速向前迈进，虽然在接下来的几年并不是没有遇到周期性的困难。正是出于这个原因，一些韩国人把朴正熙视作 50 年代后的卓越领袖。

我与朴之间一次难忘的会晤是在 1973 年年中。那次，他对我说："你们美国人将从越南撤军，然后，你们也许会撤出亚洲。你们必须给我时间来为此做好准备。"我坚持说，我们不会撤退，至少不会撤出亚洲，但我没能说服他。他有自己的看法，认为美国不会向越南扩军的原因之一是，尼克松总统在报告中指出，美国打算减轻在越南的安全负担，希望盟友能负起更广泛的责任。朴启动《维新宪法》并大幅收紧政治管制正是"在做准备"的表现。

朴被他的情报部长金载圭暗杀后，1979 年 10 月 2 日，另一名军人全斗焕将军继承了总统职位，其间社会普遍动荡不安。1980 年 5 月的"光州大屠杀"就是这一时期的恐怖事件之一，许多年轻平民因此被军方杀害。1987 年，面对多数人的抗议，全斗焕同意启动宪法修订和民主化进程。在随后的选举中，另一军人，卢泰愚获胜,并且执政5年。紧接着,20年来第一个文官总统金泳三上台。金泳三担任总统一直到1998年著名的自由主义者金大中继任。

早年间,我跟钟石开展了广泛的合作,进行研究和采访,在1972年出版了有关朝鲜共产主义的两卷著作。1973年,美国政治科学协会授予我们伍德罗·威尔逊基金奖,该奖用于奖励当年发表的有关政府的最佳著作。同时,我继续同知识分子和官员(包括军方人物和反对派领导)频繁见面。我还在韩国许多大学发表演讲。1989年8月,韩国政府向我颁发"修交勋章·兴仁章",卢泰愚总统到场致辞。早前,在1983年,我已获得韩国外国语大学名誉教授。1990年又获得庆熙大学政治学名誉博士。后来,梨花女子大学也聘我为名誉教授。

那些年,我主要关注社会的严重分裂以及政治机构和实践之间的巨大差距。韩国虽然地域相对较小、文化同质性程度高,但仍存在着显著的地区差异。因此,既定的候选人可能会在他的势力区域获得80%—90%支持率,在其他区域却只能获得5%。此外,军方领导人虽然口头承诺实行民主体制和政治开放,却很少允许自由和公正的选举进行,往往无节制地残酷镇压民众游行或骚动。

许多大学校园内的气氛躁动不安,对政府支持有限,到处都是各种不满。有时,这些情绪转化为反美主义,因为美国支持政府。但是,我本人从未被骚扰或威胁过,我班上的学生表现出想要了解外面世界的热切渴望。另外,人们表达批评意见时往往很少考虑后果。

我早在1973年年中在日本第一次见到金大中。那时金恰好流亡在日本。他从其他地方得知我的名字,并打电话约我共进午餐。我们进行了长时间的交谈,其间,我说:"金先生,如你所知,在流亡期间的政治运动很少会取得成功。你是否想过回国?"金的答复是:"是的,但我的朋友告诉我这样可能有危险。我会被逮捕,甚至被杀害。"几周后,我在西贡拿到一份报纸,上面说金大中已经回到汉城。起初我以为他采纳了我的建议,但继续读下去才知道他是被朴氏政府绑架的,在美国当局的干预下才得救。美警告韩国,如果金受到伤害,后果将很严重。不过,后来他还是处于被监禁状态。那个时期,我两次前去探望他的妻子,以示我对他的支持。

1993年,随着宪法的修订、政治更具竞争性以及文官政府的成立,韩国人民的政治权力扩大,民主试验再次开始,这主要得益于持续的经济增长和活跃的中产阶级的队伍扩大。21世纪初期,大韩民国可被列入民主国家之列,具有完全的国民自由和竞争性的选举,并在总体上实行法治。自由派总统金大中和卢武铉分别上台,开始改变对北朝鲜政策,但韩国与美国的同盟关系得以维持。金大中和卢武铉相信,朝鲜半岛走向和平和最终统一的方法是要扩大与北朝鲜的经济和文化关系,从而逐步将那个隐遁的社会带进现代化的世界中。于是,他们果断实行所谓的"阳光政策",虽然历经了许多挫折。

同时,两位总统都大力支持与美国的同盟关系。在这方面,我应该指出一个重要的历史事实。无论从古代还是从近代历史来看,朝鲜在保护自己的独立性时有三种选择:孤立政策;与周边国家保持平等友好关系;与一没有威胁的强国保持紧密关系。过去,朝鲜常采用孤立政策,从而赢得"隐士王国"的称号,甚至当代的北朝鲜仍试图使用这种方式。然而,在如今全球化的时代,这是不可行的。与邻国保持平等、平衡的关系一直值得称道,但不幸的是,总是归于失败。因此人们可以了解,在20世纪初,朝鲜国王为什么要努力争取美国的支持来抵御日益上升的来自日本的威胁。对朝鲜而言不幸的是,那时或者之后,美国没有卷入朝鲜事务的打算。只是在1945年后的时代,尤其是朝鲜战争时,美国的承诺发生了变化。在此背景下,金大中和卢武铉都寻求结合第二和第三个方法,并且取得了巨大成功。

这方面,在金大中跟我的两次私下交流中,他告诉我,2000年他与金正日会晤时,他对金正日说,即使在朝鲜半岛统一之后,从朝鲜安全角度考虑,保持与美国的联系都是有价值的。"我同意。"金正日说。金大中这么跟我说是不是为了表达亲密和真诚尚不肯定,但不管朝鲜半岛未来如何,与美关系问题仍将是极为重要的。

尽管美国两党领导人一致坚守美韩同盟承诺,但某些具体问题使得两国同盟关系在21世纪头几年变得脆弱。对朝鲜政策上的分歧(直到最近)和军事问题困扰着两国关系。此外,反美主义逐渐上升,尤其是一些韩国年轻人在朝鲜僵局问题上指责美国。"同一个朝鲜民族"的主题饱含情感诉求,因此,离散家庭的互访和朝韩联合组团参加亚运会、奥运会引起许多韩国人的共鸣。金刚山旅游项目和开城工业园区两条建立起来的经济纽带在继续运作。在金刚山项目上,成千上万的韩国人参观风景秀丽的山区,给朝鲜政府带来大笔现金;2009年初,72家韩国公司在开城经济开发区建立了业务,雇用了大约3万朝鲜工人。朝鲜在2006年7月5日的导弹试射,以及随后10月9日进行的核试验给阳光政策带来危机并且造成韩国选民和卢武铉政府态度的某些转变。然而，两个项目仍在运作，政府间对话仍在继续，并在 2007 年有了重大进展。

2007 年 10 月，六方会谈第六次会议达成一项协议，朝鲜将在年内拆除宁边核设施并公开所有核活动，其他国家将提供能源等经济援助，并采取新的政治步骤。同时，卢武铉和金正日于 10 月 2 至 4 日在平壤举行首脑峰会，双方同意扩大经济、文化合作并开展许多具体项目。

虽然出现了新的希望，但未来仍然不明朗。朝鲜没有如期完成拆除宁边核设施和履行公布所有核计划的承诺，但美国当局认为取得了进展并且正在进一步观察。然而，有关活动缓了下来，朝鲜抱怨美国没有充分履行互惠援助等有关义务。与此同时，韩国已经派第一艘装有重油的轮船前往朝鲜。此外，开往开城工业园区的跨境列车通车，南北高层对话频繁展开。后来，2007 年 12 月，温和保守派李明博当选韩国总统，他承诺将继续努力扩大南北关系，但坚持完全互惠，要求朝鲜尊重自己的承诺。李执政初期，进展曲折，但最近美朝关系发展充满希望，这一趋势当然也影响着韩国的政策。

与此同时，韩国和朝鲜无论从哪种角度衡量都存在着极大的差异。多年来，韩国的经济情况令人鼓舞。20 世纪 90 年代末以后 GDP 平均增长速度在 4.5%—5%，韩国对外贸易和投资（尤其是对华）十分活跃。实际上，2006 年，中国已经成为韩国第一大贸易伙伴。2007 年底，韩国的贸易总额超过 7 千亿美元，已经签订了 4 个自由贸易协定，其他自由贸易协议正在谈判中，其中包括与美国的自由贸易协议。但韩国经济并不是没有问题,包括政府与大型企业的勾结、腐败问题、研究和开发的进度不平衡等。

在政治上,韩国在此时可算是真正的民主国家,2007 年 12 月 19 日的总统选举充分证明了这一点。卢武铉总统的声望锐减,他的党在立法选举中失败。在这种情况下,反对党大国家党领导人李明博票数大幅领先,政府接受了选举结果,这是公平和自由的体现。毫无疑问,韩国的民主,和所有民主国家一样,未来将面临挑战,但它已经在较短时间内向前跨进一大步。

现在让我谈谈朝鲜半岛的北部,把我个人的经历和某些一般性观察结合起来谈。在过去和现在,朝鲜民主主义人民共和国向整个亚太地区的政府以及寻求洞悉这个神秘政府的结构和政策的学者们提出了挑战。在当今世界,像朝鲜这样隐遁的国家即使有也寥寥无几。这个政权结构的性质是什么?它如何做出决策?该假定高层意见高度统一,还是不时会出现政策方面的意见分歧?如果有的话,会如何表达和解决这些分歧?政府决策的基本考虑是什么?决策容易改变吗?最后,政权是否稳固?是否有证据表明在精英或平民阶层存在不同政见者或潜在的叛乱?

在对上述问题和相关事宜发表意见前,让我先谈谈我个人与朝鲜的接触。在 1989 年夏天我第一次访问朝鲜前,我已经在国际会议上与一些朝鲜人有过交流。在夏威夷举行的一场会议上,两位来自朝鲜裁军与和平研究所(外交部的附属单位)的代表邀请迪伊和我访问朝鲜。我们在那儿待了大约两个星期,从平壤北上到一处度假胜地(金日成撤退时曾经到过),因此,我们有机会看到部分朝鲜的乡村景象。

我曾多次与几位朝鲜研究美国的专家长谈,其中一次讨论持续近 7 个小时。朝鲜人表达的主题并不出人意料。那时他们的主要兴趣是得到美国的承认以及各种经济援助,而对发展与韩国关系兴趣不大。对外关系方面,朝鲜跟它主要的援助国苏联最为密切。我对朝鲜的印象是一个与周围世界严重脱节的社会。人民生活简朴,食物匮乏,衣着简陋,证明并不富裕。即使在平壤也很少有人开小汽车。(后来我说,我认为朝鲜有一点很好,不会塞车!)我们的东道主很友善,没有恶言相向。但是,在街上,人们避开我们,好像不希望与外国人接触或者不愿被人见到这样的接触。这是一个奇怪且明显隔离的世界。

这之后的一次访问朝鲜是在 1991 年,当时我率领一个小型学者代表团。由于东道主似乎明显有兴趣改善与西方尤其是与美国的关系,我们的交谈为这种希望提供了一些基础。然而,该国的状况似乎没有多大变化,而且还不清楚朝鲜准备采取什么措施来推动双边关系。然而,苏联解体后俄罗斯在朝韩政策上的变化所造成的创伤十分明显。在那个情况下,我们走访了平壤附近的几座城市,看到那些地方的经济情况差强人意。

大约一年后,于 1992 年 10 月,我第三次访问朝鲜。这次是在美国亚洲学会挑选的代表团担任团长。我们团里有许多精英,都是各领域的领军人物并且政治见解各不相同。我们被提前告知此行将与伟大领袖见面,需要带礼物给他。于是我买了一个价格不高但精巧别致的盘子。到达平壤后,我们先与一些文官和军方精英进行讨论,我方毫不犹豫地提出有关朝鲜经济政治体制、外交政策等核心问题。

访问几近尾声，裁军与和平研究所的代表告诉我，很遗憾，金日成因为其他事情无法与我们会面。我猜想这个决定是因为代表团表现太张扬，可能使金日成难堪。团员们知道这个消息后迅速召集会议，并决定要求退还已经交给东道主的礼物。我反对，说这样的要求会招致恐慌并给此行带来负面影响，但代表团成员们坚持意见。在跟裁军与和平研究所会面时我提出了退礼要求，对方像遭到电击一样惊呆了。在随后的紧张讨论中，我们的东道主说："我们可以送你们礼物。"我回答道，那样解决不了问题。既然我们没能见到伟大领袖，那么送礼就不合适。最后，礼物退还回来了。我猜想我们恐怕是唯一有此经历的代表团了。

虽然我们偶尔的交谈暴露出两个国家之间的深刻分歧，但他们已经可以比过去更广泛地关注当下的问题，因为在我们这次访问期间，美朝关系出现重大发展。其一，南北关系充满希望地向前迈步，1991 年 12 月 13 日签署关于和解、互不侵犯与合作的联合协议。此外，1992 年初，朝鲜与国际原子能机构签署了《核安全协定》，并且在签署《核不扩散条约》的六年后允许其核设施接受外界检查。

然而，尽管事非我愿，此行后不久，情况陡转直下。1993 年 3 月，朝鲜宣布退出《核不扩散条约》。在美朝零星协商的过程中，紧张局势进一步加剧。美国甚至考虑采取军事行动。不过，1994 年 6 月美国前总统卡特访问平壤，并与金日成会晤，似乎打开了双方达成妥协意见的前景。一个月后，金日成的去世致使计划推迟，框架协议最终于 1994 年 10 月达成。作为朝鲜放弃其核计划的交换条件，日本和韩国将作为主要出资方，在美国主持下为朝鲜修建两座轻水核反应堆。"朝鲜半岛能源开发组织"（KEDO）因此而成立。朝鲜重新加入《核不扩散条约》，并允许国际原子能机构代表进行检查。

因此，1995年我第四次访问朝鲜时，国际紧张情势大大缓解。这次行程由美国亚洲基金会赞助，我是该基金的董事会成员。这一次又与朝鲜各界人士展开许多讨论，还访问了金日成大学等许多机构。总的来说，讨论气氛友好，但很难看出僵化严苛的政治制度有何变化。我们跟金日成大学的教授会晤时有限地了解到一些高校的情况，知道课程领域拓宽了，开始招收留学生，还有大学特别重视与大国的关系。

亚洲基金会总裁曾要求我了解有关我们在朝鲜的赠书项目情况。亚洲基金会开展了向亚洲国家赠书的项目，尤其是那些属于"发展中"的国家。因此，当我跟裁军与和平研究所的主要代表同乘一车时，我抓住机会向他了解上述问题。"噢，这非常重要，"他说，"所有的科学技术类书籍你们能送多少我们就需要多少。"我说："那社科类书籍呢？""那也可以。我们会把书给大学。"我又问："是的，但是任何人都被允许阅读这些社科书籍吗？"他的答案令我大吃一惊："噢，是的。我们的工人和农民不懂英文，所以没有问题。"

那时的经济条件似乎略好于1993年，但我们离开后不久，天气变糟，加上化肥短缺等问题导致农业产量下降。据各方报道，朝鲜进入了衰退期，许多人因营养不良、饥饿和疾病而丧命。因此，20世纪90年代中后期代表着一段深刻的痛苦时期。然而，即便如此，朝鲜的经济和政治制度仍保持不变，始终围绕两个主题：军事第一和自力更生。

1990 至 1991 年，苏联解体以及莫斯科承认韩国并结束对朝鲜的经济援助，这些都产生了负面影响。1991 年我在海参崴参加莫斯科的东亚研究所带头人叶夫根尼·普里马科夫组织的国际会议。与此同时，俄罗斯外交部长正率代表团访问朝鲜。访朝代表团回国后我们的会议仍在进行。当时，我站在台上要按原计划宣读下一份报告，外交部长被领进来并被介绍给在场观众。稍后，在会间茶歇时，我在后台跟他交谈起来。我对访朝情况一无所知，于是问："你是不是想说服朝鲜人对我们微笑呢？"他语气强烈地回答道："不，我忙得顾不上让他们对我微笑。"后来，从他的几名同事那里我了解到更详细的情况。当我问其中一人访问进展如何时，他回答说："简言之，一场灾难。"他说，朝鲜对莫斯科的行为非常愤怒，尤其是对俄承认韩国以及改变过去对朝鲜的经济援助政策。因此，原定与金日成会晤被取消，朝鲜发言人猛烈攻击俄罗斯的政策。

随后几年，朝鲜转向中国，以获取原从苏联得到的支持。20世纪 60 年代后的 20 年里，国际共产主义社会的裂痕逐步扩大，以中国为首的亚洲共产党势力日益壮大。中国的援助不仅流向朝鲜和越南北部，还延伸到东南亚。只有南亚特别是印度的共产党，基本上免于中国的影响。

与此同时，在 21 世纪初，朝鲜的经济状况略有改善，这部分得益于 2002 年年中推行的经济改革：政府允许更多的市场经济，赋予农民更多权力销售一定数量的自家农产品。此外，为平衡过度的通货膨胀，政府采取了激烈的措施提高薪资和商品价格。但朝鲜仍然贫穷,高度依赖食品、化肥、能源等外来援助。

这些情形都是在我 2006 年 7 月再次去朝鲜之前发生的。那些年,我经常通过国际会议和朝鲜驻纽约联合国总部代表团与朝鲜人接触。后来,2001 年秋,朝鲜外务省告诉我,如果我能召集一些前美国驻韩国大使访朝,那么我将应邀率领此代表团前往平壤。预定的访问时间是 2002 年 2 月第 1 周。我联系到六位符合条件的人,其中四位同意前往。那年 1 月份的最后一周,就在我们准备的最后阶段,布什总统在年度国情咨文中发表他著名的"邪恶轴心"论,把朝鲜与伊拉克和伊朗相提并论。朝鲜取消了我们的行程。

还有一次行程也被终止。2003 年,中国国际问题研究所组织了一场东北亚关系研讨会。与会人员为非官方背景,主要是来自中国、美国、俄罗斯、韩国、朝鲜等六国的学者们。会期临近时,朝鲜决定退出。中国的主办方问我们美方参会者是否愿意到北京参加中美双边会晤。我们同意了。在会议中,中方研究所所长突然被秘书打断,说是平壤打来电话。他抱歉离去,约 15 分钟后返回。"(朝鲜)裁军与和平研究所想知道美国代表是否仍在北京。如果在,他们想邀请你们到平壤去。你们去拿护照然后交给我,我去朝鲜驻华使馆领取签证。"我们感到很惊讶,但表示同意,然后所长去了朝鲜使馆。

约一小时后,他回来了,显得非常生气。"这些朝鲜人!"他说,"使馆的人说他们对此事一无所知,所以不给你们发签证。"从这个插曲我认识到,在朝鲜信息传播是垂直式而不是水平式的。虽然我们没有去成朝鲜，但作为中国的客人我们去了中国东北，在白头山①上瞥见了朝鲜。朝鲜声称这座边境山脉是金日成的出生地。边境城市丹东是中朝两国经贸关系的见证，众多的朝鲜族商人纷纷到此做合法或非法的生意。

我再次去朝鲜是在2006年7月。那时我是七位非常聪明的美国青年学者的导师，他们主要研究中国，我们计划在北京、上海、温州开会。计划完成后，我写信给朝鲜驻纽约联合国总部代表团的联系人，询问是否可以在中国之行结束后访问朝鲜。令我惊讶的是，4天后我就收到回复，说朝鲜政府很高兴邀请我访问，如果愿意，我还可以带上几个同事。于是，我与早前担任东亚研究所助手的南宫（Anthony Namkung）和犁头基金会（总部设在旧金山的慈善基金会）的保罗·卡洛尔（Paul Carroll）一同访朝。

随着朝鲜发射导弹的传言不断蔓延，我想，这次行程应该会被取消，但这次却进展顺利。7月4日晚，我们降落在朝鲜，仅仅5个小时之后这个国家发射了7枚导弹。回美国后有几个朋友问是不是我发出的命令！我们跟朝鲜外务省副相金桂冠和资深的美国专家李根（Li Gun）交流。谈话冗长但亲切，正如预料的那样，话题围绕朝鲜发射导弹及其主要目的。

东道主表达的基本主题是，作为一个主权国家，朝鲜有权力发射导弹并在其他方面加强对美国威胁的军事准备。朝鲜准备与美国进行对话，但首要的议题必须是金融制裁，朝鲜认为美试图以此推翻其政府。显然，要在关键问题上达成协议会很困难。最后一

① 中国称"长白山"。——译者

150

晚,我们设宴款待金和李,那天恰巧是李根60岁生日。我告诉他,因为我有三个女儿,其中两个年纪比他大,而且没有儿子,所以我要收他当我的儿子。全场哄堂大笑,那晚一切顺利——但在关键问题上没有进展。

10月9日,朝鲜进行核试验,全球纷涌抗议,在中国和俄罗斯的同意下,联合国安理会通过强烈的负面决议,朝鲜从来没有被外部世界如此孤立过。接下来的几周,制裁进一步扩大,中国和韩国也加入其中。有消息称中国停止或严格限制其油轮前往朝鲜,这对朝鲜经济有着致命影响。在与朝鲜的对话中,俄罗斯也试图让其节制过激行为,重新回到谈判桌上,虽然俄能给的胡萝卜不多。朝鲜的行为显然沉重打击了阳光政策,卢武铉政府实施了制裁,虽然仍继续支持金刚山旅游项目和开城工业园区。

10月底,发生了另一件值得注意的事情。朝鲜原本声称联合国安理会10月份的行动无异于"宣战",而且既然朝鲜已经是一个核国家就不会屈从于那样的压力,结果却突然改变了路线。10月31日,朝鲜突然宣布将不带任何先决条件地重回六方会谈。不过,据报道,美国助理国务卿克里斯托弗·希尔在北京与金桂冠会晤时曾指出,六方会谈重新召开时美国愿意讨论解除金融制裁等事宜。包括总统布什在内的美国官员赞扬中国在让平壤重回六方会谈一事上起到的关键作用。无疑,中国的压力是使朝鲜同意重开谈判的关键因素,但美国新近表现出的灵活性可能同等重要。

因此,在长时期的僵局之后,2007年初,六方会谈重新开启,并达成一些新的承诺。在北京举行的六方会谈过程中,2月13日达成了一项比以前更具体的实质性协议。朝鲜同意在60天内关闭并封存宁边核设施,并允许国际原子能机构核查人员重返朝鲜开展监督和查证,朝鲜还同意与其他国家讨论它的整个核计划。作为回报,朝鲜首先将得到 5 万吨重油。在第二阶段,待所有核设施都已摧毁并通过核查审定后,朝鲜将得到价值 2 亿 5 千万美元到 3 亿美元的 95 万吨重油或者价值相等的经济和人道主义援助。

此外,各方同意建立 5 个工作组,讨论经济、政治和安全问题。其中一个美朝两方都有参与的工作组在 3 月初举行会议,美国财政部也参加,会议达成了一项协议,将被冻结的朝鲜在澳门汇业银行的资金通过北京的中国银行汇到朝鲜。克里斯托弗·希尔称,朝鲜同意把这笔资金用于"人道主义和教育目的"。然而,随后,资金的转账因所谓的"技术原因"而停止,因此,朝鲜拒绝参加 3 月中旬的六方会谈。与此同时,另一个由日本和朝鲜参与的工作组也因负面的结果而暂停。日本要求朝鲜合理处理绑架问题,但朝鲜方面坚持认为它已经公布了所有事实。

与此同时,朝鲜和韩国的会谈重新开始,双方达成协议将继续推动朝韩离散亲属互访以及长期搁置的跨境火车试行项目。4 月 22 日,韩国同意赠送朝鲜 40 万吨大米,5 月底开始第一次运输。虽然援助没有捆绑附加条件,韩国代表团团长声称,大米的运输取决于朝鲜是否履行 2 月份的协议。同时,在联合国希望确保其资助不被朝鲜政府私吞的要求遭到拒绝后,联合国开发计划署暂停了其在朝鲜的计划,这一决定影响到约 20 个项目共计 440 万美元的预算。

2 月 13 日协议规定的拆除核设施的 60 天期限已经过去,朝鲜没有履行承诺。不过,2007 年夏天,协议的执行终于有了进展。

经过长期的僵持,澳门银行的资金最终汇到了朝鲜。随后,7月份,朝鲜关闭了4个在宁边的核设施,在现场核查的国际原子能机构小组对此予以确认。作为回报,韩国送去5万吨重油,100万吨或相当价值的经济援助承诺的第一期得以兑现。此外,美朝双边会晤于8月初在北京举行,关于裁军的工作组会谈随之展开。据报道,会谈取得了"积极成果",但并没有在关键问题上达成协议。朝鲜要求美国取消所有制裁并正式承认朝鲜。

2007年秋天发生了几件有意义的事,即在10月初达成的几项协议。然而,进展再次停止,美国声称朝鲜并没公布它所有的核活动,而朝鲜坚持表示它没有浓缩铀计划,也没有对叙利亚等外国提供核援助。不过,2008年初,在新加坡举行的双边会谈上,美朝又达成一项前景光明的新协议。朝鲜同意继续对宁边的怀设施去功能化,允许美国进行持续的监测,如果美国和其他国家履行2007年10月协议中的承诺,朝鲜将继续弃核进程。双方达成的共识进一步指出,朝鲜将承认美国对其浓缩铀设施及朝过去对叙利亚核援助的关切,但不承认有这些行为。这代表了美国的重大让步,美此举还招致一些批评。不过,支持者认为,目前唯一的核威胁是宁边核设施,浓缩铀计划还没有达到可以制造核武器的程度,而援助叙利亚也已经成为历史,以色列已经摧毁了叙利亚的核设施。

因此,2008年年中,朝鲜局势再次出现谨慎的希望,这一点在4月中旬我去东北亚短暂访问时就有所显现。此外,6月28日,外国观察家亲眼目睹摧毁宁边冷却塔也点燃了希望。然而,根据过去的种种经验,重点始终应放在谨慎上。有两个具体问题仍然是至关重要的:充分和完全地验证朝鲜已经放弃所有的核武器计划,并公开所有的武器(如果有的话);双方对这些行动的时间安排和所有有关方的反应感到满意。前进的道路可能是漫长的,有时会有停滞或倒退,就像过去一样。但是,鉴于各方对缓解紧张局势和逐步增强积极互动的共同需要,我们可以期待朝核问题的解决已经开辟了一条真正有意义的新道路。

与此同时,朝韩两国在经济和政治上就好像南北两极那样。近年来,韩国已经成为东亚地区第三大经济体,虽然步伐放缓但经济还会持续增长。出口增长强劲和国内需求的稳步上升为该国经济的发展奠定了基础,而且这种势头很可能会持续下去。李明博新政府注重商业,承诺提高韩国经济增长速度,这是一项艰巨的挑战;随着韩国继续开放其市场,为外国公司提供更多机会,与美国签订自由贸易协定(目前还不确定是否能够生效),该国的经济气候将继续鼓励国际主义的发展。

相反,尽管出现过一些积极信号,朝鲜仍是东亚最贫穷的国家之一。最近的专家评估指出,朝鲜人均收入只有韩国的 1/13。该国仍然高度依赖来自外部的食品、能源等援助,而且没有迹象表明这种依赖会很快结束。因此,李明博关于如果朝鲜完全放弃核计划则帮助朝鲜人均年收入提升到 3000 美元的承诺应该具有一定的吸引力。然而,不管朝鲜怎样努力,它对于开放会带来政治性后果的担忧似乎限制了政策的变化。

在政治方面,朝韩也差异明显,而且近期内似乎不会发生太大的改变。韩国历尽艰辛之后,已经实现了相当有效的民主制度。高度的政治自由、真正的政治竞争和自由选举都是例证,法治也得到加强。最近的选举使政局产生了明显的变化却没有导致激烈的动荡。当然,也存在危险。韩国近年来的历史反映出领导能力问题和主要政党间的严重分歧,从而妨碍了政策的有效性。但是韩国应该会保持文官政府和民主制度。过去的事情看来已经过去了。

朝鲜政治目前显得稳定,但未来不甚明朗。尽管经济条件不好,也没有迹象表明精英阶层存在深刻的分歧或高层倒戈的情况。也没有明显的大规模骚乱,至少在表面上如此。在"军事第一"和"自力更生"原则下,政府保持绝对控制权。然而,如前所述,朝鲜政治存在许多未知因素。没有人敢肯定地预测其未来。在任何情况下,几乎可以肯定朝鲜的传统政治会在某些时候受到挑战,尤其是如果经济持续发展的话。

同时,在外交政策方面,朝韩两国也面临复杂的问题。经过一段与美国关系的困难时期,韩国找到了一条通过两国国内的发展来润滑韩美双边关系的道路。即使在双边关系更为脆弱的时期,美韩同盟也没受到严重威胁,未来即使韩国可能要奉行更具独立性的政策并承担更大的战略责任,美韩联盟也将保持强劲。在其他主要大国的关系方面,韩国将继续寻求积极的关系并发展经济关系。因而,韩国与中国和俄罗斯发展关系将比较顺利,与日本的关系也将随着历史问题的逐步缓解而得到迅速改善。

如我所说,朝鲜的外交政策反映其国内政策,具有严重的缺陷。在朝鲜 2006 年核试验之后,该国几乎陷于完全的孤立,连它唯一的盟友中国也对其大加抨击并威胁减少援助。现在看来,朝鲜未来的对外关系取决于其是否能履行 2007 年协议的义务、是否会放弃其传统的孤立主义并在某种程度上借鉴韩国的经验。

　　我对朝鲜半岛的事态发展保持着强烈的兴趣。2008 年 1 月，我和另外 7 名美国人在首尔与当选总统李明博进行了一次有趣的会晤，我希望将来能继续访问韩国。我也希望很快能再去朝鲜访问，寻求事态平息的前景。我的许多朝鲜朋友，包括过去的学生，如政治上和学术上都很成功的韩升洲、杰出的学者李钟石和成功的商人崔圭善，他们给我带来的极大安慰也是我职业生涯的重要收获之一。

第八章
探索东北亚的边缘地带

    介绍完我对东北亚的经验和看法后，接下来让我谈谈其边缘地带，即往北、往西至蒙古、俄罗斯远东地区和中亚，南至台湾地区。我从20世纪七八十年代起开始研究这些地区。

    对我而言，蒙古始终是一个迷人的国度：遥远、辽阔、人口稀少并且大多过着游牧生活，随季节迁徙，畜牧养殖，骑着骆驼等动物，住在蒙古包（蒙古人对帐篷的称呼）里。1985年，我第一次有机会去领略这片土地，那时我作为美国—苏联联合学者团的代表应邀出席在蒙古首都乌兰巴托举行的一场对话会。那个时候，蒙古绝对属于苏联监护下的卫星国。和苏联的政治体制一样，蒙古推崇马克思列宁主义，保持着共产党一党执政和

157

全面控制,实行社会主义经济。虽然社会上普遍期待更大程度的独立,但许多蒙古人仍然欢迎苏俄取代中国的支配地位。蒙古政府要求国际上承认其独立国家地位的努力也取得了一定的成功。1961年,蒙古成为联合国成员国,到20世纪80年代许多大国已经承认其独立国家地位。

在1985年的对话中,我碰巧把朝鲜和韩国人拉到一起。在一次中场休息时,由于之前没有机会见到朝鲜人,我欲同朝鲜代表团团长交谈,但是我们语言不通。这位朝鲜代表马上请站在旁边的一位会说英语的韩国人帮忙翻译。这是此次会议朝韩双方第一次接触。我促成了双方的碰面,但是沟通是否继续、结果如何,这些我都不知道。

我们的对话活动相对简单,我对蒙古的想法或其机构的运作不甚了了。不过,我在开始的时候就被问到为什么美国不承认蒙古,而且不同的人多次重复同样的问题,包括外交部的代表。我说,我不知道,但会去了解情况。回到北京后,我从美国使馆工作人员那儿获悉,是因为在谈判中蒙古一直坚持美国使馆不能使用美国军警。我们的回答是,我们在所有的驻外使馆都设有警卫。华盛顿认为是苏联让蒙古人施加障碍,因为他们不想美国在这个时候承认蒙古。无论如何,回国后,经与国务院商议,我与蒙古驻纽约联合国总部大使共进午宴。当他提出承认的问题时,我问警卫的事是否可以商量。"什么都好商量!"他说。几个月后,1987年1月,我们与蒙古人民共和国建立了外交关系。多年以后,2000年1月20日,因为我对美蒙关系所作的贡献,我被蒙古政府授予友谊勋章,由蒙古国总统那楚克·巴嘎班迪致颁奖辞。

同时,80 年代末,苏联内部的变化也对乌兰巴托产生了一定影响。共产党资深领袖尤睦佳·泽登巴尔已经被非正统政治派别的代表姜巴·巴特蒙赫所取代。1986、1987 年蒙古推行了一定的经济改革,苏联开始减少驻扎在蒙古的军队。此外,由于北京和莫斯科寻求积极改善彼此关系,之前停滞的蒙古与中国的关系突然取得进展。1987 年,我又短暂回到蒙古参加另一个会议,鉴于上述进展,我决定邀请一组蒙古代表在东亚研究所的资助下到伯克利与美国学者见面。这次会面在 1987 年 12 月中旬得以实现。我们是第一个邀请蒙古代表团到美国的机构,双方的讨论颇具启迪意义。蒙古人显然希望在与苏联和中国的关系上寻求平衡,同时与其他国家发展关系,尤其是与美国。

苏联的日益动荡和最终解体对蒙古产生了出人意料的深刻影响。1990 年 2 月 18 日,第一个反对党成立,7 月,公开竞争的选举拉开序幕。蒙古人民革命党这个长期的共产主义执政党继续保持它的支配地位,但是反对党第一次发出了自己的声音。此外,在东欧局势的影响下,蒙古出现了针对经济和政治条件的公开抗议,政府当局承诺进行改革。

我于 1992 年再度访问蒙古,参加国际会议。是时蒙古正在发生的变化意义重大。1 月,蒙古颁布新宪法,6 月,举行了第二次公开选举。人民革命党仍然是政治主导力量,赢得了 71 个立法机构议席,反对党仅获 5 席。然而,人民革命党宣布摒弃马克思列宁主义,实行根本的改革计划。该国经济当时深陷泥潭,但是,向市场导向经济体制的转变已经开始。与此同时,政府正从外部寻求支援以补偿俄罗斯方面急剧减少的援助。会后,我和迪伊第一次走出乌兰巴托,乘车往西到达喀喇昆仑——成吉思汗时代的古都。这是一段美妙的行程,我们有机会看到蒙古游牧民族的生活。我们被请进好几个蒙古包,但语言障碍使我们无法与居民们交谈。

从 1997 年到 2000 年,我每年都前往蒙古。那些年里,我目睹了那里发生的剧变。在 1996 年 6 月的大选中,反对党民主联盟赢得了惊人的胜利,从蒙古人民革命党手中夺走大权。可是,在随后的时期,民主联盟受到内部分歧、严重的腐败和政治瘫痪的困扰。在接下来的几年里,蒙古相继成立了四届政府并先后倒台。因此,在 2000 年的选举中,蒙古人民革命党重新执政,赢得议会 76 席中的 72 席。在经济领域,市场化进程和向外部世界开放得以继续,国内生产总值的增长速度令人满意。但蒙古仍是一个贫穷的国家,估计有三分之一的人口生活在贫困线以下。

1998 年,我们和女儿莱斯莉、女婿汤姆共度了一段难忘的旅程。我们乘坐一辆小蓬车,从乌兰巴托向南穿过茫茫戈壁到达靠近中国边境的达兰扎德嘎德。从那里,我们往西往北开,参观了乌兰乌勒和巴彦洪格尔,再到车车尔勒格,最后回到乌兰巴托。戈壁景色蔚为壮观:视线所及之处皆是平坦沙地或砂岩,偶有绿色沙洲和边界山脉。人口稀少,但我们遇到了一些牧民在照顾他们的牲畜,主要是绵羊或山羊。他们也有骆驼,用来运人和物品。我们停下脚步,同他们和骆驼合影。很难想象在这种环境下长期生活,但牧民似乎很满足而且身体健康。这种特殊的村落是该地区的传统,极少有现代科技的痕迹,但有很大的市场供村民在那儿卖自家农产品。

有一次,路消失了,我们只是在沙漠里行驶。我开始担心,对司机说:"我们走丢了吗?"他回答道:"在蒙古,你永远不会走丢。只要一直往前,最终就能到那儿。"我不明白这话的逻辑,但几个小时后,我们回到了路上,此后不久,达兰扎德噶德映入眼帘。这是一个中型城市,我们住的饭店条件可以接受。但是有一个问题,就是缺了电梯。因此,两个蒙古青年得把迪伊一直送到我们在二楼的房间。回乌兰巴托的路线要再往西开一段,也很迷人,虽然途中有时不太舒适。

1997年,我被授予蒙古东北亚研究所名誉教授,后来几年,我在那儿举办过几次演讲。2000年9月,在乌兰巴托逗留一个星期并有机会观看精彩的蒙古歌舞晚会之后,我和迪伊进行了另一次难忘的旅行,这次是去蒙古东部。我们走访了温都尔汗,接着去了巴彦敖包,成吉思汗的家乡。他的巨大石雕肖像矗立在中央公园。途中,我们在几个农村聚居点停留,观察蒙古包内的生活。人们都很友好,尽管他们对从没见过的"奇怪陌生人"突然到访感到好奇。返回乌兰巴托的途中,我们偶遇几个家庭一起在外面吃饭。我被邀请加入,享受了一些刚做好的羊肉和蔬菜。后来,当我亲眼目睹了屠宰羊并在地上切肉的过程之后,我开始有点担心我吃过的饭,好在没有生病。

我最近的几次访问蒙古是在2004年12月和2008年5月。前一次是去参加由亚洲基金会发起的会议,会见了一些蒙古领导人。2008年,我率领一个伯克利加州大学的学者小组,会见了当地官员和学者,其中部分学者隶属于一些有政府背景的智库。目前,综合考虑所有因素,蒙古是放弃共产主义后在相对短的时间内实现政治和经济大踏步前进的代表性国家。经济上,国内生产总值年增长率在刚刚过去的几年保持在 6—8%。此外，政府降低 25—30% 的税率并减少行政开支。蒙古还有尚未开发的丰富自然资源，吸引了许多外国矿产公司和其他投资者。当然，这个国家的经济也不是没有问题，包括广泛的腐败、高额公共债务、农村地区普遍贫困。250 万国民中有 40% 仍过着游牧生活，住在蒙古包里，随季节迁徙并且饲养牲畜。然而，蒙古的经济开放似乎不可逆转。对于一个受苏联监护达 70 年之久的国家而言这些成就实属惊人。

蒙古的教育普及程度高达近 99%。此外，人们对外语的偏好明显从俄语转为英语，年轻一代普遍不再关心俄罗斯。政治上，自由选举继续进行，蒙古人民革命党再次在 2005 年选举中获主导地位。2000 年到 2004 年间任总理的那木巴尔·恩赫巴亚尔后来当选总统。然而，不稳定一直是蒙古政坛的令人担忧的突出特点，执政联盟经常破裂。

在外交政策上，蒙古保持与俄罗斯关系和对华关系的平衡，同时稳步与其他国家保持接触，特别是与美国，它有时还把美国称作"第三个邻居"。2005 年，国防部长拉姆斯菲尔德和小布什总统访问该国，布什成为第一位在任期间访问蒙古的美国总统。2003 年起，美国和蒙古开始进行联合军事演习，美国提供约 2000 万美元用以升级蒙古的军事装备。蒙古还曾派出小队士兵前往伊拉克。乌兰巴托还设法保持与朝韩两国的平衡关系，并改善同日本的关系。因此，虽然未来无疑仍会有紧张关系和未决问题，蒙古在过去的 16 年取得的进步是显著的。

蒙古北边是俄国的远东地区。我第一次前往这一地区是在 1974 年。那次是苏联科学院美国和加拿大问题研究所邀请迪伊和我过去访问,该所所长是乔治·阿尔巴托夫。我们与研究所学者和其他人展开系列对话,话题主要是关于亚洲和美苏两国的亚洲政策。有一次,我正和乔治讨论南千岛群岛(北方四岛)问题,他声称,苏联不可能把这些岛屿归还给日本,因为许多周边国家会因此要求苏归还有争议的土地。然后,我回复道:"为什么不把这些岛屿卖给日本呢? 这样就不会开什么不良先例了。"但我接下来犯了一个可怕的错误,我继续说道:"总之,就像你们卖给我们阿拉斯加一样。"乔治立即回答,"是的,那是我们有史以来所犯的最严重错误!"

在莫斯科开完会并赴列宁格勒短暂访问后,研究所安排我们坐西伯利亚铁路穿过苏联赴日本访问,还给我们安排了一个向导来帮忙,我们在途中经停过几个站,首先在新西伯利亚,然后到哈巴罗夫斯克,最后在西伯利亚海岸的纳霍德卡港下车。西伯利亚的城市与苏联西部城市有着显著的差异,那里有许多传统木屋,街道上有大规模的开放市场。还能见到相当多的军人,这反映了西伯利亚作为军事行动中心的事实。那儿的农村地区人口稀少,展现了大地广袤、绿树成荫之美。

近30年以后,2003年秋天,我第二次前往俄罗斯远东地区,这次是去海参崴的远东国立大学讲学。我有100多名学生,包括从邻国来的留学生。有一次,我讲到美国和朝鲜。在提问时间里,一个坐在后排的年轻男子说:"斯卡拉皮诺教授,您说错了,不是朝鲜攻打韩国,是你们攻击了朝鲜。"我立即注意到他戴了金日成徽章。在我给出跟之前在北大给出的同样回答后,我说,如果他愿意,他可以跟我私下交流。会后,他和三名朝鲜同事来到我的房间。我们交谈了 30 分钟,没有人改变立场。那时,我说:"你们年轻人看到了一些外面的世界,应该设法说服政府进行经济改革。"他们中的领导回答说:"可是我们百分之百拥护我国政府。"我怀疑这四人是朝鲜政治精英的孩子,但无法证实这一猜测。

我们在海参崴逗留了约三个星期,几次乘车参观周边地区。20 世纪 70 年代以来的变化很大。这时,俄罗斯远东地区正在努力适应俄罗斯经济政策的重大转变和该地区军事、生产人员的大幅裁减。那里有民族聚居区,特别值得注意的是朝鲜族社区,多数 20 世纪 30 年代末被斯大林从当地赶到中亚的朝鲜人都回来了。政治条件也在不断变化,苏联解体后曾一度开始了分权进程,但后来普京总统决心重建中央的控制权。与邻国中国的关系仍然微妙,尽管经济互动不断增加。西伯利亚人毫不犹豫地告诉我,他们担心大量中国人涌入该地区。人们的恐惧是因为西伯利亚受经济情况的影响人口正在减少,该地区居民还不到 800 万。

同时,有关发展该地区巨大能源资源的讨论正在进行。因此,从库页岛到中国和日本(途经纳霍德卡港)的管道和铁路建设计划正在考虑之中。俄罗斯远东地区迟早会成为环绕东北亚的重要自然经济区。但是目前,俄罗斯在东亚地区还未达到其领导人所寻求的主要大国地位。此外,虽然近年来俄罗斯与中国的双边关系已显著改善,但由于悬而未决的南千岛群岛问题,俄日关系到 2007 年仍然停滞不前。不过后来随着日本外交政策的调整,俄日关系出现了改善的希望。俄罗斯与朝鲜的关系跟 1991 年的最低点相比已经有了进展,与韩国的关系令人满意,但在与朝韩两国的关系中俄罗斯远不是主导力量。

　　与此同时,莫斯科争取重建先前全球地位的努力呈现出复杂的结果。在南亚和中东,俄罗斯已经相当成功地建立或重建了与印度、伊朗等主要国家的关系。在与伊朗的关系中,俄依靠自身能力帮助伊朗建设核电设施(虽然俄罗斯曾于 2007 年初暂停援助)。但是,在与西方的关系上,俄罗斯遇到了困难,从经济问题到政治安全考虑都存在争议。与美国的关系更是一团迷雾,两国既有相互批评又有共同合作,尤其在俄罗斯出兵格鲁吉亚后这一特点更明显。美国将在捷克斯洛伐克和波兰部署反导系统,而俄罗斯又宣布计划加强其军事部队,双方相互指责。或许梅德韦杰夫总统能带来一些改善。无论如何,考虑到这两个国家所面临的国内和国际挑战,他们回到冷战时代的可能性极小。

　　现在让我简略地谈谈与东亚(更确切地说是与中国)接壤的部分中亚地区,即哈萨克斯坦、吉尔吉斯斯坦和塔吉克斯坦。1978年我曾访问过中亚,80 年代又曾三度前往,每次都跟莫斯科的东亚研究所开会有关,该所所长是普里马科夫。如前所述,伯克利加州大学的东亚研究所与普里马科夫达成协议,每年举行一次讨论亚洲问题的双边会议,由美方和苏方轮流主办。普里马科夫希望把苏联主办的会议安排在中亚,以此强调苏联本身就是亚洲一部分的事实。

　　普里马科夫和我总是在开幕当天单独共进早餐,讨论议程和有关事项。我很喜欢在这种场合抓住机会与他私下交谈有关苏联政策和美苏关系的各种事情。1978 年,我们在阿塞拜疆巴库举行第二次会议。普里马科夫刚刚结束了他第一次对朝鲜的访问。那时苏联是朝鲜民主主义人民共和国的主要援助者和重要盟友。

"您觉得朝鲜怎么样?"我问。"很奇怪的国家,"普里马科夫回答道。他显然没有留下好印象。随后,我们被带到离市区几里远的朝鲜族居住区。如前面提到的,因为担心可能会与日本开战,斯大林曾命令朝鲜人迁移出苏联的远东地区。这个完整的朝鲜族社区令我大开眼界,那里还有乐手和舞者身着朝鲜族传统服饰在剧场里表演。

几年后,会议在哈萨克斯坦首都阿拉木图举行。那是一次难忘的经历,我和该地区的哈萨克长官交谈,参观这座独具亚洲特点并有众多人口的中亚城市,它跟俄罗斯西部大不相同,但是却有相似的政治和经济特点。会谈结束后,我们被带到了位于北边的集体农场,午宴上,有一道菜是煮羊头。我被告知要把羊耳朵切片,然后分给现场我们代表团成员每人一片。那些表现不好的要吃最大片!幸运的是,我没被要求吃羊眼睛,这是有可能发生的。

近年来,哈萨克斯坦已经取得了显著的经济进步,远远领先于所有其他中亚邻国。这得益于哈萨克斯坦受到良好教育的劳动力和丰富的自然资源,特别是天然气和石油资源。它的1500万公民现在享有较大的政治权力,民主建设也很成功,尽管有说法称最近的选举中存在腐败和舞弊的现象。截至2007年,在1991年苏联解体时上台的纳扎尔巴耶夫总统已执政16年。2005年总统大选中,他轻易打败了弱势的反对党。尽管外界指责选举有不当行为,但此次选举还是证明了纳扎尔巴耶夫受欢迎的程度。他以"要发展,不要革命"为口号,由于他具有维持政治稳定、促进经济增长和提高人民生活水平的功绩,在国民中拥有广泛的支持。外界大都称赞他具有超凡魅力和敏锐的政治洞察力。因此,在2007年8月举行的立法机构选举中,纳扎尔巴耶夫领导的"祖国之光"人民民主党赢得 98 个席位中的 88 席。外国观察家称,选举虽然没能达到某些标准,但也标志着哈萨克斯坦向民主迈进了一步。不过,先前在议会拥有一个席位的反对派宣称这次选举不公正。

在外交政策方面,哈萨克斯坦目前努力维持与俄罗斯和中国的平衡关系,同时积极与美国等其他国家发展关系。该国与俄罗斯的共同边界长达 4000 英里,与中国的共同边界也有约 1000 英里。此外,哈人口中还包含较多的俄罗斯族。在经济上,近年来其最大的发展与中国有关。中国现在是哈萨克斯坦的最大贸易伙伴,并把哈看做是"能源的心脏地带"。通向浙江省的运输管道已在建设之中。然而,哈萨克斯坦的最大投资者是美国,1991 年以来美国对哈投资总额超过 80 亿美元。

中亚其他国家的政治和经济状况远比哈萨克斯坦困难。吉尔吉斯斯坦于 2005 年 2 月举行选举后,在 3 月底爆发了所谓的郁金香革命,针对裙带关系、腐败和政府管理不善的示威游行和媒体抨击层出不穷。总统阿卡耶夫曾希望举行全民公投以延长他的任期,结果被迫逃亡。巴基耶夫在 2005 年 7 月总统选举中大获全胜,但政治局势仍然微妙,动乱的表现之一是议会领袖被暗杀。此外,经济持续疲软。塔吉克斯坦的情况也是如此,要从早期的内战中恢复过来很困难。拉赫莫诺夫总统看来是决心要巩固自己的权力,已经对反对派和媒体施加限制。有评论称,只有那些为援助组织和贩毒分子工作的人才能生活美满。那里的许多民众都希望回到过去苏联的时代,认为那时社会稳定,生活条件也更好。总之,中亚大多数国家都在艰难地寻找通向政治稳定和经济增长的道路,目前只有哈萨克斯坦是个例外。在俄罗斯,民主已被证明在多数情况下并不可行,人们偏好强有力的领导者采取果断措施提高生活水平。因此,未来显然都不明朗。

最后,让我谈谈台湾,这是一个位于东北亚南部边界的地区,也是未决问题扰乱地区和谐的象征。从 1952 年第一次访台起,我一共访问过台湾约 15 次,最近 10 年的访问频率越来越高。从第二次世界大战结束后国民党在台湾掌权起直到 20 世纪 80 年代,那里的政治局势可以总结为"一个人、一个党、一项事业",以及蒋介石希望重新统一中国、转败为胜的唯一目标。那时,不存在"一个中国"的辩论,因为国共两党对此意见统一,双方的分歧在于谁来统治中国。1949 年,当蒋介石和他的残余部队撤往台湾时,台湾人和大陆人之间存在很深的裂痕,因为在 1947 年发生的"二·二八惨案"中,国民党军队杀害了大批台湾示威群众。国民党实行严格的政治制度,取缔反对党,约束公民权利,蒋介石一个人独揽大权。

然而,国民党却无法掌控局面,它没能在与中华人民共和国的竞争中赢得国际承认。在台湾的"中华民国"逐步失去绝大多数国家的承认,也丧失了在联合国等国际组织中的会员国身份。最严重的打击也许是在 20 世纪 70 年代,美国和中华人民共和国展开正式对话并于 70 年代末建立了正式的外交关系。美国国会通过的《与台湾关系法》意味着美国正式有意识地对台湾实行模糊政策。美国接受一个中国原则,但没有定义。美国断绝了与台湾的正式"外交"关系,但在台北设立了一个非正式的代表处。美国又进一步清楚地表示支持"和平统一",反对使用武力或任何一方宣布独立。同时,美国同意向台湾提供防御性的军事装备。这就是今后几十年复杂关系的基础。

值得关注的是,台湾代表了发展中社会在演进过程中最成功的形态:权威的领导人,推行基本务实的经济政策,演化的进程最终产生了政治影响。1974年蒋介石去世时,他的职位立即由儿子蒋经国继承。蒋经国一直掌权直到1988年去世。到那时,台湾已经获得了惊人的经济发展成果:当年外贸总额超过1千亿美元,GDP增长7%以上,人均收入接近5000美元。与中国内地的贸易已经合法化并且正在迅速发展。

毫不奇怪,在蒋经国执政的最后几年中,进一步的政治变革已经开始。1987年7月,在国民党仍然掌握全面控制权的同时,戒严令暂停,新的政党成立。这些政党虽然尚不合法,但得到获准可以谨慎地运作。其中最显著的是民进党,它最终成为一股主要的政治力量。此外,媒体发出的声音越来越多。1988年蒋经国去世以后,他的位置由"副总统"李登辉继承。李登辉是台湾人。此外,1988年年中选举产生的新一届国民党中央委员中,成员的平均年龄从70岁下降到59岁,"新内阁"总共25名成员中有11名为台湾人。台湾的本土化进程已经开始。

李登辉执政初期,经济发展迅速,政治局势稳定。国民党内部保持团结,当时是由我以前的学生宋楚瑜担任秘书长。台湾与大陆的政治关系仍然僵持不下,但双方经济交往迅速发展。到1991年,台商在大陆投资总额超过20亿美元,比美国或日本都多。此外,在1987年至1991年间,约有240万台湾人访问大陆,这种访问已经合法。不过,大陆居民去台湾的访问人数只有2万2千人。

台湾岛内政局仍在国民党专政和经济快速发展的基础上保持总体稳定。民进党在这时期倒是因为内部分歧有些麻烦,出现了更激进的派系"新潮流系",公开鼓吹"独立"。在 1991 年 12 月的"大选"中,国民党获 71% 的选票和 254 个"立法院"席位,而民进党只得到 23.9% 的票数和 66 个席位。20 世纪 90 年代,更大的政治竞争和政治上不稳定因素的增加等迹象开始出现。比如,在 1993 年 11 月的县市长选举中,虽然国民党赢得了 23 个地区中的 15 个,但是民进党的得票率上升到 41%,而国民党则下降到 47.5%。也许这样的变化缘于经济增速的放缓,尽管 GDP 增长仍保持约 5%,贸易额也在继续扩大。而且,台湾对内地的经济依赖性也在不断上升,其外贸顺差和整体经济扩张都与两岸经济关系更紧密地联系在一起。1993 年,两岸在新加坡通过半官方渠道重新开始对话,但没有达成协议。

20 世纪 90 年代末,台湾的政治发展趋势更加复杂。1997 年夏,国民党联合民进党修改了"宪法",对"总统大选"作出规定。那一年,民进党在地方选举中赢得了重大胜利,得票第一次超过国民党。接下来的一年,两岸恢复对话,北京悄悄地放弃了原有的三大对话条件,即接受大陆对一个中国的定义,承认台湾是中国的一个省,台湾放弃所谓"务实外交"和"重回联合国"的目标。然而,这次对话依然没有达成基本协议。而且,李登辉"总统"于 1999 年 7 月宣布,两岸的关系是"国家与国家的关系",北京作出愤怒的回应,中止了两岸对话并在台湾海峡加强军事演习。

这几年的选举结果比较复杂,国民党和民进党各自赢得了一些选举,双方实力差距缩小。最后,在 2000 年 3 月"总统大选"中,民进党的陈水扁赢得了那场激烈的竞争。宋楚瑜在国民党候选人选举中输给连战后宣布以独立参选人身份参选。最终的投票结果显示出明显的差距,陈水扁获 39.3%,宋楚瑜 36.8%,连战 23.1%。选举结束几天后,宋楚瑜成立了一个新的政党——亲民党。更大的不稳定因素在于,立法机构仍在国民党控制之下。2000 年 5 月陈水扁上任,在其任职初期,政治斗争和政策僵局问题突出。在随后的几年中,两大联盟逐渐成形:由国民党、亲民党和新党组成的所谓泛蓝阵营,占"立法院"114 席;由民进党和李登辉刚刚建立的台联党组成的泛绿阵营,占 110 个席位。

自从北京把陈水扁看做"台独"分子开始(这并不是没道理的),两岸政府间关系冻结。不过,北京成功地把早前的威胁和施压政策转变为向"反对党"领袖和广大台湾民众寻求支持。国民党和亲民党的重要人物应邀访问了大陆,提出了许多建议,其中包括赠送一对大熊猫(但被陈水扁拒绝)!尽管大陆与台湾重要人物之间未能达成任何根本性协议,但各种声明具有明显的积极意义。另一方面,由于陈水扁修改"宪法"和修改台湾名称、放弃"中华民国"等举动,大陆对陈水扁的态度仍然十分负面。有时,华盛顿对陈的动作感到困扰,有一次还对其进行惩罚,在陈飞往中美洲途中拒绝其在美国大陆着陆,后来美国又取消了禁令。美国经常重申其基本立场,即提倡和平统一,反对双方任何使用武力或者宣布独立的行为。

近来,台湾岛内政治变得更加动荡不安。陈水扁在 2004 年再次当选,但票数领先不多。在 2005 年 5 月的"立法院选举"中,泛绿得到 129 席,泛蓝获得 117 席。陈水扁的妻子和女婿卷入腐败案,令陈处境更加艰难,陈本人也被认为受到牵连,尽管他在任职期内不能被审判。要求陈水扁辞职的呼声越来越高。2006年,大规模示威游行爆发,"立法院"内部出现争斗。罢免陈水扁的多次努力都没有成功。不过,他最终被迫宣布,如果法庭判定他的妻子有罪,他将辞去"总统"职务。与此同时,一些著名的民进党成员退出了该党。然而,民进党还是获得了高雄市长选举的胜利,在台北的选举也输得不算惨。此外,国民党党主席、前台北市市长马英九不久后也惹火上身,被指控腐败,此案随后被法院驳回。在2008年3月的总统选举中,马英九以明显的优势击败民进党候选人谢长廷。此外,陈水扁推动的台湾"入联公投"也惨遭失败。

马英九上台后承诺推进与内地的经济和文化关系。他早就为海峡两岸直航通机和扩大大陆赴台旅游设定了时间表,还承诺实行"三不"原则:不统、不独、不武——这一立场与马英九承诺与之改善关系的美国意见相近。两岸高层会谈随后展开,北京似乎准备搁置当下备受争议的政治问题。然而,有一个棘手的问题就在面前,即"国际空间"问题。虽然台湾似乎准备要削减对"邦交国"的财政支出,但它有强烈的愿望要以"中华台北"等类似名义加入世界卫生组织等国际机构。中华人民共和国是否愿意调整以往政策从而接受这样的情况呢?这个问题可以促进两岸关系,也可能阻碍两岸关系的发展。不过,目前紧张形势已经缓解,尽管事实上在可预见的将来任何形式的统一都不太可能出现。

21世纪已经到来,但台湾的前途仍不明朗。近年来,民众对主要政党的支持有所波动,社会存在对政治不满的气氛。这并不意味着民主在台湾失败了。人们对民主基本原则的信仰依然强烈,绝大多数台湾民众也希望保持现行制度。最近的民意调查显示,有80%的受访者支持维持现状,只有少数人希望现在正式宣布独立或统一。同时,未来几年的经济似乎会保持4—5%左右的适度增长,其中政治发展趋势是重要的变量。几乎可以肯定,台湾与内地的经济关系将继续扩大,在大陆长期或短暂居住的台商人数也会持续增加。因此,无论是台湾的岛内局势还是与内地的关系以及与其他国家尤其是与美国的关系将对亚洲其他地区造成重大的影响。这也是我希望与我原来的学生宋楚瑜和吴瑞国等保持密切联系的原因之一。

可以看到,在我们迈向21世纪之际,东北亚的边缘地带仍然存在着某些脆弱性和不稳定性。许多方面的进步同时伴随着持续的问题,在某些情况下与邻国的关系并不安宁。该地区进一步的发展需要集中的努力。不过,造成区域紧张的两大问题——朝鲜核计划和台海两岸关系最近出现进展的迹象。此外,出于国内和国际的原因,发生在东北亚的大规模冲突似乎也不会把该地区所有国家都牵涉进来。

第九章

印度支那
——个人经验、回顾过去和展望未来

　　鉴于我对印度支那的研究和接触主要集中在越南,请让我从分析该国在战中和战后的发展来开始本章的内容。我第一次接触越南是通过间接渠道。当时我在为关于日本共产党的新书收集资料,应来栖三郎大使的邀请,我于 1950 年采访了3 名前日本共产党员。这些人中有一个曾在越南服役,他主要是和我的同事卫斯理·费舍交谈。

　　我自己对印度支那尤其是对越南的兴趣是在20 世纪 50 年代增长起来的,部分是因为我想将该区域与东南亚一起纳入我的本科课程,专门讲授亚洲政治和国际关系。1954 年是特别重要的

一年。5月8日至7月21日期间,主要大国与印度支那各政府在
日内瓦举行会议,结果达成《日内瓦协议》。法国等关键推动者积
极推动签署了这一极为不切实际的协议。事后回顾起来,人们不
禁要问,怎么可能会有人对此采取认真的态度。协议规定了十七
度线附近越南南北的临时分界线,并划定了非军事区。无论北越
还是南越都不能干涉对方内政。协议签署后的头两年,南北越都
将举行向所有政党开放的无记名投票和自由选举,以此推动统一
进程。与此同时,新的部队、武器和基地都被禁止,但现有的部队
和武器可以替换更新。所有的越南独立同盟会军队(共产党背景)
和法国军队将从老挝和柬埔寨撤回。此外为了强制执行停战协
定,还成立了三国国际管制委员会。

由于当时共产党控制着北方,所有的对手或逃亡在外或被各
种手段控制,自由选举的想法是荒谬的。而在南方,考虑到社会分
歧和不稳定,至少在短期内,这有可能是最好的前景。但战场上的
对手几乎不可能遵守这种安全规定。胡志明领导的一方认为,法
国人被击败后,他们解放南方的机会到了。就在日内瓦会谈的同
时,法国军队在越南独立同盟会军队的大规模进攻之下,惨败于奠
边府。种种迹象明确显示,法国在印度支那的时代结束在即。无
论是美国还是越南南方政府都没有签署日内瓦协议。不过,两方
都表示,他们将避免进行威胁或使用武力破坏停火,但会严密地关
注北越未来任何新的侵略性行为。

这时,南方出现了多样化和不团结的局面。首先是天主教和
佛教之间的分歧,而且两派内部还分裂出多个团体,特别是在佛教
内部。后者约占南越人口的70%,而相比之下天主教徒仅占

10％。另外，还有高台教、和好教、平川教等其他教派。此外，还有本土的共产党人与在南方的北方势力一起组成的越共游击队。

1954 年 6 月末，日内瓦谈判正在进行之中，末代皇帝保大要求吴庭艳掌控"全部权力"。那时，吴庭艳是一个天主教民族主义者，坚定地支持独立的非共产主义的越南共和国。他具备"强势领导者"的许多素质，既具有坚定的决心，又果断地大力追求他的目标。他在许多方面专制独裁，只相信忠诚于他的人，尤其是他的家人。

保大皇帝和吴庭艳很快产生了分歧，1955 年秋天，皇帝企图推翻吴庭艳。作为反击，吴庭艳发起全民公决以决定是否罢黜保大，结果是多数赞成罢黜。10 月 26 日，成立了以吴庭艳为总统的越南共和国。随后，1956 年 3 月 4 日，举行议会选举，选民投票率达 85％。结果政府获得压倒性的胜利。当时有许多关于政府镇压反对派的指控，但选举仍然在和平中进行。此外，7 月份，政府颁布了新宪法。

那些年，反对吴庭艳政府的势力不仅来自越共，也包括高台教和平川教，这两股势力不时地从事军事活动。然而，整个 20 世纪50 年代，吴庭艳成功地保持了相对稳固的控制权，至少在中央其权威无法挑战。在南越广大的农村地区情况则有所不同。

同时，1954 年以后，北越对南越采取了双重政策。一方面，共产党领导人多次表示愿意与西贡当局讨论选举、削减部队等问题。另一方面，他们继续通过人员渗透和物资供给壮大越共的部队。南越则一直消极回应北方的谈判要求，提出在进行任何对话之前，北越必须恢复人民的基本自由并且将国家利益置于"共产帝国主义"之上。

那几年,南越不时陷入困境。1963 年初第一次重大危机爆发,吴庭艳总统卷入一场与佛教势力的冲突当中。尽管试图妥协,双方关系破裂,暴力和隔阂加剧。在危机的过程中,美国政府决定放弃吴庭艳,转而与越南主要军官磋商,准许其实施政变。1963年 11 月 1 日,吴庭艳和他的兄弟被推翻并立即惨遭暗杀。我认为,美国纵容推翻吴庭艳是一个影响广泛的严重错误。吴庭艳肯定有他的不足,但恰当的处置方法应该是视他对美国政策建议的接受程度而对其予以不同方式的支持。虽然我们曾多次敦促吴庭艳采取某些行动,我们没有让他确信不执行需要付出何种代价。美国直接参与推翻吴庭艳的行为产生了几点影响。首先,美国在特定圈子内的诚信度受到质疑。第二,美国被更深地卷入越南政治与安全的未来,而美国政府还没有做好扮演这种角色的准备。第三,由于没有任何明确的继任安排,南越陷入持续数年的政治动荡之中,而美国则在一旁袖手旁观。军界人士继位后,政治上缺乏经验,政权更迭频繁,两年中 4 位领导人和 9 个内阁倒台。直到1966 年年中才恢复了一些秩序,重新向制度化的开放政治推进。尽管我对我们的政策有一定疑虑,但我继续支持美国对非共产主义南越政府的承诺。因此,1965 年年中,当麦乔治·邦迪邀请我在他和康奈尔的乔治·卡辛关于越南问题的电视辩论中发言支持他时,我欣然接受。

两年半之后,越南又发生了一件大事。越南农历新年攻势于1968 年 1 月 30 日开始。约 7 万越共士兵在北越的支持下进攻 32个南越人口密集的中心区域,他们的目标是同时打败南越和美国军队,从而引发大起义推翻南越政权。最终结果极为矛盾,即越南共产党在军事和政治上惨败,但在美国那儿赢得了政治上的巨大成功。南越军队高效作战,越共伤亡惨重,没能夺取任何重大目标。此外,与共产党的期望相反,平民起义并没有出现。在南方的越共遭受重创,以至于再也无法在斗争中发挥突出作用,这一作用转而由北越部队承担。到 1968 年底,据报道称 75% 的日常战事是由北越的越南人民军(PAVN)发起的。

然而,北方的一位名为长征的重要战略家,不久之后就发现了一种适合针对河内的战略。他断言,时间站在越南民主共和国(北越)一边,立即把美国赶出越南是不切实际的,但美国军队可能会败在时间上,持久的拖延、持久的等待、持久的消耗就能击败美国军队。美国的疲劳迹象其实在 60 年代末已经显现出来。在农历新年攻势中,共产党冲击西贡的美国大使馆的戏剧性场面,对公众产生强烈的影响。而且,当时许多美国的新闻记者用悲观的语言描述那些场景,媒体正在发挥越来越重要的作用,他们暗示美国不可能赢得这场冲突。

在越南南方,美军数量急剧上升。1965 年 2 月,美国部队在编 2 万 3 千人,两年后总计约 45 万人,到 1968 年底达到 55 万人。自然地,伤亡人数也在攀升,虽然基本上是南越在战争中起主要作用。美国较早遇到的一个障碍是对南越以外地区的轰炸或其他攻击形式的限制。虽然在战争中美军确实对北越实施过空中打击,但一些主要的地区和人口聚集区域因为处在边境附近而幸免于难,在另外一些地区越共获得了中国人的援助。同样地,多数情况下,北越在柬埔寨和老挝几乎畅行无阻。美军的这些自我限制主要是担心主要共产党大国的直接介入，朝鲜战争的阴影一直笼罩着美国。

如何从越南撤军的问题逐渐成为美国政坛的主要话题。约翰逊总统受到越战的困扰和削弱，已决定放弃争取连任，麦戈文和尼克松的竞争是强烈反战的民主党和承诺光荣撤退的共和党之间的较量。基辛格和北越进行的谈判证明，"光荣撤退"的前景不明。河内认识到美国政治趋势对其有利，在谈判中仅作出了微小的让步，具体实施时的让步则更小。与此同时，美国军队加速撤退，尽管南越在最后的战斗中顽强奋战，但由于意识到美国决定放弃战争，南越上下士气大减。

1974 年我第三次访问南越，其间，位于大叻的越南国家军事学院邀请我前去演讲，我十分勉强地接受了邀请。那时发生的一段插曲至今仍然在我的脑海中浮现。在演讲后的答问时间，一名年轻男子站起来说："我不理解美国人。你们在最初的犹豫之后，迅速到来，让我们没法适应。现在，你们又离开得如此之快，让我们无法适应。你怎么解释？"虽然我指出了美国的政治环境，但我的解释远不能让他和他的同事们满意。

1975 年 4 月，阮文绍总统辞职，他强烈谴责美国放弃盟友的行为。此后不久，共产党军队赢得胜利进驻西贡。美国帮助空运和船运了大批南越民众，难民总数最终达约 100 万人。那些被认为曾错误地支持过南越政府而又没能逃脱的人被送到劳教营里接受改造或受到惩处。相比而言，柬埔寨在红色高棉上台后的事态发展则更加可怕，我将在稍后对此进行讨论。

最后，我将用自己的经历来描述一下战时的越南，那是战后不久发生的事情。我招的越南学生不多,一位名叫隆(Long)的学生在 20 世纪 60 年代末是我的研究生,他于 1971 年拿到博士学位并返回越南,在西贡的佛教大学——梵汉大学获得教职。共产党进驻西贡时,隆决定留下,他相信自己可以适应变化。他并不是共产党员,但作为坚定的佛教徒,他曾大肆抨击吴庭艳,并参加过各种示威游行。然而不久,他发现,他没法适应变化。当新政府发现他拥有美国的博士学位时,他被剥夺教职并受到监视。

1978 年年中,我收到一封来自布鲁塞尔的陌生越南人的信。"我是您的学生隆的邻居,"他写道,"他想知道你能否帮他逃出越南。他很绝望。"信中还说:"如果你能帮上忙,请给个信说舒(Thu)女士的婚礼将在今年举行。如果不能帮忙,就送个信说舒女士的婚礼已经推迟。"我不知道如何帮人逃出越南,于是打电话给我的朋友、当时的副国务卿菲尔·哈比卜。菲尔告诉我:"我不知道如何才能帮助越南人逃出来,而且你务必不要给他传信。如果你传了信并且署上你的签名,他们会召开中央政治局大会!"

我写信给那位在布鲁塞尔的男人,告诉他我无法帮助隆,而且认为送信息也不合适,但如果他有一个安全通信的渠道,请他告诉隆,如果隆逃脱了,我会提供经济支持直到隆能够自食其力。一年后,我收到红十字会的消息说,隆和他的家人搭船到了印度尼西亚沿海的某个岛屿。我寄去一些钱,不久,他们一家到了旧金山——丈夫、妻子和两个孩子。隆很希望得到一份大学教职,但他英语不太好,所以不可能。他一开始找到一份在旧金山教育委员会当越南难民儿童咨询顾问的工作,后来在洛杉矶开了一家园艺公司,随后成为一个大型国际出口公司的主管,负责东南亚贸易。与此同时,因为之前处境艰难,他的家庭解散了。

隆后来写信告诉我,他曾经有三个生活目标:成为一名教授,没实现;有一个幸福的婚姻,没实现;变得富有,实现了。他之后还再婚过两次!后来在 80 年代中期我问他如何与越南做生意,他回答说:"现在与越南做生意,你必须有聪明的头脑和肮脏的手!"

越战后,我曾五度访问越南。第一次是在 1993 年,我被邀请参加由越南社会科学院主办的一场会议。会议开幕时,一位在澳大利亚教书的美国学者,曾经的激烈反战分子,站出来大声说,越南人应该知道斯卡拉皮诺支持过越战和南越政府。我立即回应到,我的确曾支持过南越而且我也不感到抱歉。但是现在战争结束了,重要的是建立美国与越南之间在学术层面和政府层面的联系。从会议期间他们对我的友好程度判断,越南人似乎赞成我的回应。会议结束后,越南社科院院长让我到他办公室跟他会谈。走进办公室后,他问我:"美国怎么输掉了越南战争?"我的回答是:"我们输掉了在美国的战争。"他默默点头。

在这次会议和我接下来在 1997 年秋季和 1998 年 11 月参加的会议期间,讨论大致是开放的,不同的观点也得到了表达。显然,越南与会者急于改善与美国的关系,这主要是出于对中国的深切担忧。如前所述,在越南入侵柬埔寨后,中国于 1979 年出兵越南,"给越南一个教训"。这件事情以及越南与这个北方的大国不时陷入困境的关系深深印刻在越南知识分子的心里。

我最近两次访问越南是在 2005 年 10 月前往河内参加亚洲基金会安排的一场研讨会并作报告,还有 2006 年 9 月出席越南东北亚研究所和北京大学东亚研究中心、日本大阪的亚洲研究所主办的题为"迈向东亚共同体——挑战和前景"的国际会议。2005年作完报告后,我和我的孙子贾乌尔到河内北部的下龙湾短暂旅行,2006年会议后我跟女儿莱斯莉和女婿汤姆到位于越南腹地的少数民族村庄旅行两周并欣赏了许多乡村风景,此行往南到达胡志明市。因此,近年来我有机会看到越南的很多地方。

战后的越南社会一直复杂多变。起初,领导人试图在政治和经济上全面推行严格的列宁主义政策。70年代末,国内生产总值骤降2—2.3个百分点,估计人均收入仅为150—200美元。这一趋势在80年代初继续持续,占财政约47%的军事开支是其中强烈的负面因素。在柬埔寨的军事行动和最终造成的与中国的紧张关系成为影响越南国内方方面面的因素。1978年底,河内政府决定入侵柬埔寨以推翻波尔布特,越南将其视为自己的对手和中国的"帮凶"。约有15至20万越南部队开进柬埔寨。作为反击,1979年2月北京向越南北部派出大批部队,但在"教训了越南"之后的一个月内撤军。

在此后的几年中,越南国内政治局势依然严峻,越南共产党独揽大权。虽然1981年制定了第三部新宪法并进行了国会选举(538个议席中只有75个公开竞争),战争时期的老一辈领导人掌握绝对权力。80年代初期变化很少。据统计,多达12万公民留在"劳教营"。此外,政治局元老们的地位稳固,1982年时74岁的黎笋担任总书记。不过,年轻化、知识化的官员在此期间也开始登上政治舞台,这预示着一场新老力量的交替。越南继续占领柬埔寨,约18万越军驻扎在该国。此外,越南对苏联援助和支持的依赖依然广泛。

到了 1983 年,经济复苏迹象显现。政府推行更加务实的经济政策,私营企业蓬勃发展,即使在没有经济开放历史的北方也是如此。虽然仍存在一些经济问题,包括通货膨胀、公共债务、腐败、农村普遍贫困等,但越南经济已经开始改善。80 年代,发展在波折中前进,尽管有一定的矛盾心理,但政府支持对外开放政策,试图结束国家经济的孤立境地。

在政治方面,新老交替进展缓慢。许多年迈的人物直到七八十岁仍然把持着权力。但到 80 年代末,新生代力量更加突出,特别是在地方层面。然而,政治制度高度集权的性质没有改变。1989 年,越南最终从柬埔寨撤军,但同时明确表明,金边应向河内寻求安全和支持。

20 世纪 90 年代,政府干预的减少促进了经济的增长。农业继续占经济比重的 85%,因此粮食生产至关重要。农民在如何处置作物问题上拥有了更大的自由,而且,城市中心的市场经济更加稳固。虽然专门技术的缺乏、农村的贫困和腐败等问题依然存在,但人民生活水平得到提升。到 90 年代中期,国内生产总值增长率超过 8%,使越南成为仅次于中国的亚洲经济增长模范。受经济危机影响,经济增长率在 90 年代末降至 4—5%,但务实的经济政策继续盛行。

越南在政治上仍保持强硬的集权主义,但部分领导人谈到了法治革新,年轻一代和倾向务实的人物与保守派之间的竞争逐渐增多。因此,90 年代末,越共内部出现分裂,黎可漂的领导能力受到挑战,抗议示威高涨,特别是在官员腐败和土地问题严重的农村地区。但是,没有出现严重的政治动荡。与此同时,越南与中国和美国的关系得到改善,苏联解体后,俄罗斯的影响力有限。

最近,越南国内生产总值恢复了快速增长,高达8%以上。目前已经出现了新的中产阶级和少数富人。越南进一步融入全球经济,美国、日本和中国成为其主要出口市场。世界贸易组织成员国地位为其提供了更多的机会,当然也有了新的责任。国有企业数量缩减、结构重组。通货膨胀问题依然存在,并引起劳工骚乱,涌向城市的农民工寻求更加平等的地位。

概括说来,越南在政治上仍是高度集权,但当前越南共产党领导人高度重视依法治国和处理官僚、腐败问题。此外,中央委员会选举已变得更具竞争性,在争夺第十届中央委员会160个席位的选举中,175人得到共产党正式认可,有120名候选人不是经由共产党提名。如预料的那样,第一、二代领导的更替已近完成,更加年轻、更偏重技术型的领导人正在掌握权力。然而,政治稳定仍是政坛高层的重要关切,没有任何迹象显示越南的一党体制趋向衰弱。经济和社会演变到什么时候才会使政治变革不可避免呢?尽管我注意到有些与会人员越来越愿意公开谈论挑战和问题,但没有人批评共产党、领导人或是国家体制——这越过了红线,最近涉及批评政权的具体案件已经明确揭示了这一点。

与近年来频繁前往越南相反,我只访问过柬埔寨三次,第一次是在1974年12月,之后分别在2005年和2006年。1974年,我和迪伊住在美国驻柬埔寨大使约翰·迪安那里。可以想象,那时局势很不稳定。美国从越南撤军,波尔布特领导的红色高棉势力迅速上升,各类官员和其他人都在寻求庇护。1975到1978这三年间,柬埔寨目睹了现代史上最悲惨的局势。波尔布特及其同党决定实行"完全的社会主义"政策。除了被监禁或处以死刑的人之外，金边和其他城市的居民被疏散到乡下，他们在那里被分派去完成农作任务或干体力劳动。因疾病、营养不良、虐待和死刑造成的确切死亡人数不得而知，但国外专家后来指出，死亡人数很可能接近170万。

正如前面提到的，波尔布特政权和越南的关系在1978年底破裂。1979年初，由韩桑林领导的新政府在金边成立。就在红色高棉被驱逐出首都之前，西哈努克亲王从软禁中被释放，并获准前往中国。西哈努克亲王在中国公开谴责波尔布特是希特勒式的人物，然后北上赴朝鲜。金日成以真正帝王的方式来问候他，后来还为他兴建了华丽的隐居之地。共产党人并不都站在一起！当中国攻击越南并援助波尔布特时，主要目的不是支持波尔布特的共产主义，而是要打击试图控制印度支那的越南。

20世纪80年代早期，金边政府内部政治派系分歧严重，与红色高棉之间的斗争也持续不断。红色高棉当时虽被赶出了首都，但仍活跃在全国许多地区。在越南监护下，柬埔寨成立了共和国，出台了宪法，国民议会举行选举。柬埔寨人民革命党控制政府，宾索万担任总书记，之后韩桑林继位。然而，与此同时，西哈努克做出新的转变，他邀请红色高棉中地位仅次于波尔布特的第二领导人乔森潘到平壤。几个月后，1982年6月，西哈努克宣布他与宋双、乔森潘组成联合政府，以此挑战占据首都的韩桑林政权。显然，政治局势处于持续的动荡之中，受到军事动向的极大影响。自然地，经济状况又受到政治动乱的不利影响。到80年代中期，局势已经恶化，据国际权威估计，每年需提供约1200万美元的粮食援助才能满足民众的最低需求。联合国还称,柬埔寨超过二分之一的青少年营养不良。

在 20 世纪 80 年代剩下的年月里,柬埔寨的政治和经济状况始终不稳定。实现一个容纳多数(哪怕不是全部)派系以组成广泛的联合政府的努力宣告失败。1989 年越南的撤军似乎带来了希望,但在当时由洪森领导的政府内部,派系分化问题严重,当时政府 70% 的官员都是前红色高棉成员,他们在早期斗争中的矛盾为分化埋下了种子。那几年,经济改革范围扩大,自由化明显扎根。然而,战争、天灾和内证成为发展的阻碍。那时,泰国正在成为经济舞台上日益重要的角色。

20 世纪 90 年代,西哈努克的政党"争取柬埔寨独立、中立、和平与合作民族团结阵线"(FUNCINPEC,即奉辛比克党)力量得到壮大。1991 年 11 月,西哈努克本人返回柬埔寨,由洪森首相护送。各派达成了政治妥协,西哈努克同意担任全国最高委员会主席。柬埔寨人民革命党(曾由波尔布特领导,此时由谢辛率领)宣布放弃共产主义并更名为柬埔寨人民党。第二年,西哈努克的政党由他的儿子拉那烈王子领导。在 1993 年的选举中该党获得 45% 的选票,人民党获 38%,宋双的小党获 3%。虽然非法的红色高棉极端分子的暴行仍在继续,建立一种两党体制似乎成为可能。到 1995 年,由西哈努克任国王、拉那烈和洪森担任政府领导的两党政府成立。经济状况得到改善,谨慎乐观的基调显现。1996 年 10 月,我在金边发表了一些演讲,并且很荣幸地被柬埔寨合作与和平研究所授予"杰出研究奖"。

两年内,在另一场斗争中,洪森试图清除拉那烈。1998 年柬埔寨政治再显和解希望,这两大重要人物再次同意组成联合政府。此外,波尔布特于 4 月逝世,是年年中,除塔莫之外的所有红色高棉领导人均向政府投诚。在当年大选中,洪森所在的人民党赢得 64 个国会席位,拉那烈的奉辛比克党获得 43 席,桑兰西的政党获 15 席。国内外的观察员均认为这是一次公平且自由的选举。随后,洪森被任命为总理,拉那烈任国民议会主席,桑兰西被排除在外。

那时,经济发展非常缓慢,估计年增长率仅 2%,1150 万人口中超过三分之一生活在贫困线以下。柬埔寨离经济大发展还很遥远,21 世纪到来后情况仍然令人担忧。国内生产总值增长率曾达 4.5%,但亚洲开发银行称其人均收入只有 270 美元,三分之一人口处于贫困线以下,他们中的 80% 生活在农村地区。此外,62% 的柬埔寨人为文盲。

目前的政治和经济趋势中有许多熟悉的情况,也有些新的特点。近来,柬埔寨的政治仍然充满跌宕起伏,各类权力斗争和结盟层出不穷。经过长期的分裂后,2004 年新政府成立,洪森与拉那烈之间迁就融合,桑兰西则因为曾诬告这两位领导人不得不逃亡在外。然而在 2006 年,桑兰西返回柬埔寨并与洪森达成妥协,他们促使国民议会修改宪法,规定政府成立只需获得半数以上而不是三分之二以上的票数。拉那烈愤然辞去国民议会主席的职位。不仅如此,后来奉辛比克党决定盖博拉斯美取代拉那烈任党主席之职。之后,拉那烈流亡海外,他后来被发现涉嫌贪污,回国存在问题。这些事态的发展确保了洪森目前的地位,使他成为近几十年来柬埔寨最强势的领导人,他已清楚表示他决定在不确定的将来继续留任最高领导职务。

洪森的权威得益于经济发展的良好势头，农业生产大幅提高、服装制造业发展、旅游业激增，这些都是柬埔寨目前经济增长的来源。过去几年，虽然柬埔寨农村中的许多人仍然非常贫穷，但其国内生产总值增长率已达到9—10%。柬埔寨在经济方面越来越依赖中国，并且把中国作为制衡邻国越南的平衡手段。不过，洪森、新国王西哈莫尼、西哈莫尼的儿子等人纷纷出国访问老挝、越南、朝鲜，并与泰国进行经济谈判，这些都表明柬埔寨正努力地以积极态度对待邻国。与此同时，柬埔寨也在争取得到世界银行、亚洲开发银行等国际机构以及日本、美国等国的援助。作为回报，美国取消了对资助柬埔寨的禁令，但仍继续批评柬埔寨政府"糟糕的人权记录"。总之，尽管政治上仍存在不确定性，经济状况尚未改善，柬埔寨应该已经走上了一条更加稳定的、有前途的道路。但是，以此得出太过肯定的预测也是不明智的。

下面轮到印度支那地区最小和最弱的国家老挝。我只访问过老挝两次，一次是在1973年，当时越南战争还在继续，第二次在2006年，我和女儿林恩以及外孙本（Ben）同行。第一次去老挝时，我有一段难忘的经历。当时我被要求到老挝中部农村调查驻扎在当地的一个救援机构的项目。我在那儿待了几天，然后到了最近的机场，乘坐一架仅有三个座位的飞机返回万象。另一名乘客是一位印度商人，飞行员则是法国人。我们在空中仅过了15分钟，我就注意到飞行员一直望着窗外而不是仪表盘。由于我不会讲法语，我请商人问飞行员是不是出了什么问题。他照做了，飞行员的回答令人害怕：仪表都不转了，他也跟地面失去了联系。我们都开始向窗外看!飞行员明智地决定越过万象,在泰国平原上下降,然后再从那里小心谨慎地回到了老挝首都。那次,我还会见了苏发努冯亲王,他将在 1975 年就任国家主席(主要是荣誉性的),直到 1986 年秋辞职。很清楚,如果共产党赢得越南战争,老挝将受到来自越南的广泛影响并建立相应的政治制度。

战争后的几年,老挝成立了一系列联合政府,形成了正统的共产主义政治体制。与此同时,严格的社会主义措施推行失败后,老挝开始实行更加务实的经济政策,从而实现了 80 年代初的经济复苏。这其中,来自越南和苏联的援助发挥了突出作用。1983 年,老挝人民革命党(LPRP)总书记凯山·丰威汉确定了政府的重要任务:加强政治团结,提醒公民警惕"中国和美国的伎俩",把国防放在优先地位,采取适当的经济政策。80 年代中期,老挝经济持续适度增长,但问题大量存在,其中包括人才短缺、资金有限、农村落后等。

20 世纪 80 年代末,老挝仍是人治而非法治国家,老挝人民革命党掌握绝对权力。然而在经济方面,在名为"新经济机制"的政策引导下,权力开始下放,市场进一步开放,对海外特别是泰国的经济兴趣日益上升。此外,除与越南和苏联保持紧密关系外,政府当时已改变对中国和美国进行批判的政策,并开始寻求改善与上述两国的关系。

进入 20 世纪 90 年代,老挝仍然处于人民革命党的严密统治之下,凯山·丰威汉成为其长期的领导人直至 1992 年 11 月去世。之后,其他第一代年迈人物占据了最高级职位。不过,一些年轻的面孔也出现在该党中央委员会中。90 年代初,尽管老挝经济发展,但人均国内生产总值估计只有 180 美元,使老挝成为东亚最贫穷的国家。而且,农业人口占该国总人口的 85%。老挝与越南保持了紧密的关系,但泰国和中国在经济上的重要性与日俱增,1992年美国重新在万象设立大使馆。

20 世纪 90 年代,老一辈领导人慢慢退休或逝世。1998 年,坎代·西潘敦当选国家主席,西沙瓦·乔本潘成为总理。这一时期,老挝经济遭受亚洲经济危机的不利影响,因此政局不稳定性增强。在唯一合法的政党——老挝人民革命党内部,新老势力之间争权夺利,经济改革派与保守派之间在政策制定上争论不休。然而,一党制仍然牢固。在 2002 年 2 月的议会选举中,166 名候选人中只有 1 名不是老挝人民革命党成员。当时,老挝已经出现了一些经济复苏,国内生产总值增长率达 5%,但并没有进行结构性改革。

目前,老挝的政治制度是单一的中央集中制,信奉共产主义的执政党老挝人民革命党完全掌握权力。高层官员随着退休和死亡保持着更替,坎代·西潘敦将军被另一个元老级将军朱马利·赛雅贡取代。曾在苏联受训的政治经济学家波松·布帕万成为新总理。军队通过高级职位和中央政治局职位对政治产生重大影响。此外,2006 年 4 月的议会选举也有力证明了老挝政治体制的连续性。老挝人民革命党赢得 115 个席位中的 113 席,另 2 席由"独立人士"获得。而且,第一代领导人下台后,他们的位置通常由子女和受他们关照的人继承。

相对于政治秩序,经济政策继续表现出相当程度的自由主义,但仍然存在严重的官僚主义、资金有限和人力资源匮乏等问题。然而,在出口的支撑下,最近老挝的国内生产总值增长率从 5%升至 7.5%，外商投资也越来越多。在最近的联合国开发计划署全球人类发展指数中，老挝仅排在 177 个国家中的第 133 位。但是，目前该国正从与所有邻国以及美、日等主要经济体的积极关系中受益。

因此，这个弱小的内陆国家应该会——至少在不久的将来——延续几十年来一直稳固的政治和灵活的经济，逐步走出去参与多边机构的活动，并加强与其他国家的双边关系。这是一个稳定而温和的模式，但进步相对缓慢。当这个社会发展到一定阶段，拥有相当数目和影响力的中产阶级和受过良好教育的青年时，这个国家会发生什么呢？现在还不能回答这个问题，至少在不久的将来也回答不了。正如可以看到的那样，印度支那各国的现代历史不仅充满了冲突，历尽艰难，而且存在不同类型的集权主义。当代幸存者们现在寻求重建自己的生活，尽管仍有许多问题，但目前经济发展的良好势头令人鼓舞。

越南在经济上是领头羊，但政治集权根深蒂固。该国的实践似乎证明了这样的论断，即在社会经济发展的特定阶段，社会向前发展的最大希望可能在于集权政府的出现，它能严格保障政治稳定，同时推行务实的经济政策。

柬埔寨的政治气氛则代表了另一种选择，其政治具有相对的开放性和竞争性，并在发展到一定程度后实行法治。目前，该国正推行务实的经济政策并努力与广大国家交好，这都是令人鼓舞的信号。政治动荡能否得到控制从而使得社会和经济政策能够继续朝着积极的方向推进，现在还不得而知？目前柬埔寨是由洪森领导下的有限威权主义，如果此状况能长期持续，就能为稳定和发展奠定基础,就像以前的韩国那样。

与此同时,老挝总体上将继续沿着越南的路径向前发展,通过允许极少公民权利的一党体制实现严格的政治控制,但在经济上增加灵活性。越南和老挝提出了一个有趣的问题:亚洲式的马克思列宁主义之后将会是什么?

第十章
深入东南亚腹地

在过去的半个世纪中,我曾访问过除文莱之外的所有东南亚国家。每个地方我都去过多次,主要是出于工作的原因,但有时也纯粹为了游玩。我将重点介绍我的主要行程,也将对该地区各个国家的形势做出评估,先从菲律宾开始。

我第一次前往菲律宾是在冲绳战役之后,第二次大战即将结束。当时我和菲律宾人的接触很少,但我与林何塞建立了深厚的友谊,我们俩的情谊保持了几十年,直到他去世。1953 年,我第二次去菲律宾。如前所述,当时我的家人还在日本,我提前前往该国,在那里停留了 10 天,与马尼拉的学者和官员进行了讨论,还有机会会见了位于棉兰老岛的三宝颜市市长。我们深入探讨了伊斯兰暴动问题,随后,他提议我们一起去附近的海滩游泳。在我们游泳时,我惊奇地发现,4名武装警卫正在海滩上巡逻。那个年代真的就是这样。

几年后,我第三次来到菲律宾,再次前往该国南部。这次去的是最南端的苏禄群岛中的乔洛和塔威塔威岛。在乔洛的时候,我对穆斯林的不满情绪有了一些了解,有位教师对我说:"我们并不反对马尼拉派天主教神父来这里,但他们为什么不允许我们邀请巴基斯坦的伊斯兰神职人员来这儿呢?"不过,更基本的问题是菲律宾南部普遍贫困。虽然当地矿产资源丰富,又有重要的农业和海洋产品,但该地区的许多地方贫困率都超过50%。那里信息闭塞,缺乏现代企业,而且腐败泛滥,结党营私。地方领导人将马尼拉拨付的资助款项分发给他们的支持者,而不是普通民众。人们对此极为不满,因此转而支持伊斯兰反叛组织。

菲律宾南部存在3个主要的穆斯林反叛组织:摩洛伊斯兰解放阵线、摩洛民族解放阵线和阿布沙耶夫。其中又以阿布沙耶夫最为暴力,发动了很多起恐怖袭击事件。多年来,菲律宾政府领导人一直寻求与前两个组织达成和平协议,允许该地区享有某种程度的自治权。双方曾经初步达成协议,1989年,棉兰老穆斯林自治区得以成立。之后,菲德尔·拉莫斯总统又在1996年与摩洛民族解放阵线达成进一步的和平协议,但他的继任者约瑟夫·埃斯特拉达对摩洛伊斯兰解放阵线进行了军事打击。虽然新总统格洛丽亚·马卡帕加尔·阿罗约努力重启和平,暴力活动依然时有发生。与此同时,摩洛民族解放阵线和摩洛伊斯兰解放阵线虽然在1976年走向分裂,现在又重新联合起来。然而,各方都可以接受的解决方案现在尚无法达成。局势已经变得更加复杂,近几十年来,大批信奉基督教的居民从北部迁移到棉兰老,信仰伊斯兰的摩洛人在当地已经成为少数。因此,究竟阿罗约总统的承诺能否兑现,摩洛民族解放阵线和摩洛伊斯兰解放阵线能否接受和平协议,阿布沙耶夫组织能否得到控制,都还有待观察。

与此同时,菲律宾的整体政治和经济形势仍然喜忧参半。我近几年多次前往该国,通常都是参加会议或发表演讲,认识了不少朋友,特别是在学术圈内。不过,近来的行程大多限于马尼拉及附近地区。近年来,菲律宾的经济平均增长率在 5% 左右,2006 年曾经因政府扩大开支上升到 7.3%,但近来又有所下降。菲律宾输出的海外劳工规模在世界上首屈一指,劳工们从海外赚得的大量外汇为该国做出了很大贡献。然而,虽然经济有所增长,但菲律宾的贫困率仍超过 30%。阿罗约总统已承诺减少贫困,在 2010 年将贫困人口缩减到 17%—20%,这项任务将十分艰巨。作为世界上最大的大米进口国,大米价格上涨给该国造成了负面影响。此外,与其他地方一样,菲律宾腐败盛行,政府过度举债,社会公平难以实现,这些都是该国面临的主要问题。

该国的政治还有很多不确定因素,这可以用我个人经历的一个事件来说明。在 20 世纪 80 年代中期,当时我是东亚研究所所长,我收到贝尼格诺·阿基诺发来的一条消息,这位反对派领导人当时在美国流亡。阿基诺问我,他是否能够在伯克利加州大学做一年的"访问学者"。他说,他会自己负担有关费用。我说我欢迎他来。然而,几个星期后,阿基诺写信给我说,马科斯的健康状况不好,有传言说马科斯很快会下台,所以,他决定返回菲律宾。因此,他去了马尼拉,而没有来伯克利。但是,阿基诺刚下飞机就被枪杀,其政治前程也宣告结束。

不过,尽管叛乱持续不断,各种实际和潜在的军事政变层出不穷,民主制度却得以生存下来。公民可以享有广泛的政治自由,参加竞争性的选举,而且总的来讲,法治已经占据上风。对这些方面而言,美国统治留下来的遗产似乎对菲有所裨益。与此同时,菲律宾的政治又以持续的纷争为特征,政党之间、个人之间的矛盾导致该国局势长期不稳定,因此无法进行必要的改革。和其他许多亚洲社会一样,菲律宾人一直在"强势的"领导人和自由的体制之间挣扎。我见到过的领导人中,也是"强势"和"弱势"都有。费迪南德·马科斯属于前一种类型。在我和他进行讨论的时候,我看得出此人具有浓重的军队背景,而且非常看重自己在菲律宾人民中的威望。

20世纪90年代末的约瑟夫·埃斯特拉达总统,则是另一种类型的领导人。他首先宣布自己是"改革者"和"穷人的朋友"。他开始进行各项改革,预言进步的时代即将到来。然而,90年代末的金融危机给菲律宾和其他东南亚国家造成了不利影响。埃斯特拉达的声望下降,特别是在城市地区,同时,政府当局又被指控贪污腐败。随着他在民间和军队中的支持率下滑,埃斯特拉达于2001年下台。

2001年上台的阿罗约总统面临同样的挑战。示威游行不断增加,指控政府腐败和治理不力。2008年初出现有关暗杀阴谋的报道,但对手对此予以否认。然而,之后军事政变真的出现,所幸马上被平息。在最近的选举中,阿罗约的政党表现也不尽如人意。

此外,尽管政府与摩洛伊斯兰解放阵线在 2003 年达成停止敌对行动的协议,最近双方又发生了冲突。因此,正如过去的历次经历那样,菲律宾现在处于政治不确定性不断上升的时期。然而,民主仍然发生着效力。而且,这里有必要提及菲律宾文化中一个有趣的方面,这一点在东南亚地区的其他地方并不存在:许多菲律宾人对自己的亚洲人身份存有异议,他们会对亚洲保持一定的距离,尽管这并不一定意味着与西方的密切联系。该国长期接受美国的统治,早前受到西班牙的支配,加之岛上亚洲大陆移民的数量极为有限,这些因素都有助于这一心态的形成。

我和印度尼西亚的接触始于 1952 年,当时有一群伯克利学生成立了一个名为"加州—印尼"的组织,致力于促进与印尼学生之间的联系。我被聘为该组织的教员顾问。他们筹募资金,帮助位于日惹的卡渣玛达大学成立学生会组织。在福特基金会的小额资助下,我和 4 名学生于 1954 年年中前往印度尼西亚,亲自到当地进行演示。这次访问令人难忘。由于资助极为有限,我们搭乘的是火车的三等车厢,住的是学生宿舍。一开始因为火车上没有空位可坐,我站在拥挤的通道上。突然,我意识到有人正在掏我的口袋,我抓住他的手,发现是个年轻人掏了我的钱包。问题是,他已经把钱包传给了别人。在当时的情况下,我除了对他大骂一通之外(他也听不懂我的话)无计可施,最后只得松手放了他。我们到达目的地后,我赶紧打电报给银行把我的信用卡注销。幸运的是,我的旅行支票放在别的地方。

我们在卡渣玛达受到了热情的接待,与学生之间的讨论也很有意思。然后我们前往位于爪哇东岸的泗水。在那里待了一天之后回到雅加达。我派一名学生去火车站安排下一段行程。那名学生带回来一个令人惊愕的消息："车站已经为你预留了苏加诺总统的车。"我们来到车站，车站站长已经收拾好行李，他接到通知将伴我们同行。我们一下子从地狱升到了天堂。车厢宽敞，里面有大转椅，还有雪茄供应。不过，回来的路上，我深感忧虑。心想一定是哪里搞错了，我们从来都没有遇到过苏加诺，他把车派给我们的决定也有些蹊跷。回到雅加达之后，我马上打电话联系我们的使馆，解释事情的经过。一小时后，使馆领事打来电话说这事没出什么问题。印尼交通部长不久前访问了美国，曾经前往伯克利校园，他在那里受到了很好的招待。回国后，他听说有一个伯克利的团正在印尼，就问属下我们所在的地方。当他得知我们在泗水的时候，就说："总统的车就在那里，而且正好要回来，把他们带上吧。"看来天上的馅饼不是平白无故掉下来的。

我们经过讨论之后，决定前往苏门答腊。我们坐火车到沿海的孔雀港，然后乘船到苏门答腊的一面。我们从那里坐巴士经过该岛的中部前往巴东。有一回，公共汽车的轮胎瘪了，在换胎的时候，我们下了车。我打算沿着路往前走几步，但司机追上来说："不要离开巴士，这里有很多老虎！"我马上转身回到车旁。

不久，发生了一件更为严重的事情。巴士没有玻璃窗，窗户只是用薄薄的帘子挡着。窗帘的底部坠着一小根木棍，好让窗帘贴着车身。我坐在靠窗的地方，正和一个学生聊着天，有辆公共汽车从对面驶过。那辆车的窗帘连带着木棍都被吹了出来，其中有一枚先是打到了我们的窗帘上，然后就打到我身上。等我醒来的时候已经躺在巴士的地板上了，有人用布敷在我的额头上。幸运的是,前面不远的地方正好有一个德国人开的急救站,车子马上开到那里。医生给我包扎了伤口,然后我们就又出发了。到了巴东,我们住的小酒店只有两个单独的房间。由于我们一行是四男一女,于是有一个人睡在椅子上,另外三人身体躺在床上,脚都在地上。那一晚可真没怎么休息好。去了巴东之后,我们又去棉兰,最后到达新加坡。那次旅行令人难忘。

几年以后,我率领一个美国代表团与印尼战略与国际问题研究中心(CSIS)一起开会。会议是在巴厘岛举行的,内容丰富,讨论结束之后,战略与国际问题研究中心的负责人尤素夫·瓦南迪(Jusuf Wanandi)来和我说:"鲍勃,这次会议之后,我们会带你去东帝汶,看看那里正在发生什么。"那时,印尼正与东帝汶争取独立的力量发生严重冲突。此后不久,我们就坐直升机前往东帝汶首府帝力。到达后,办完酒店的入住手续,同团的一个同事来到我房里,低声地说:"我安排了一位葡萄牙神父今晚午夜的时候过来,告诉我们这里的真实情况。"我默允。午夜时分,我们集合在一起,听那人叙述了他对印尼的控诉。第二天早上,我们一组另一个有印尼背景的商人找到我说:"鲍勃,今天早上这里的印尼指挥官打电话来,他说,'如果你们想见那位神父,请公开行事,我们一直跟踪着他。'"后来,我们被带到帝力附近的几个村庄,但获得的信息并不多。

几年以后,迪伊和我在印度尼西亚经历了另一次不同寻常的旅程。那回我们到达了印尼伊里安查亚省(新几内亚岛的印尼管辖部分)。在雅加达的时候,我们一直住在美国大使那里,他帮我们安排了行程。我们飞到比亚克岛,然后被一名教会飞行员约翰·米勒(John Miller)接往他在瓦伊门那(Waimena)(该省中部农村地区)附近的家中,他的妻子科拉·娄(Coral Lou)出门迎接。这是一个真正的传统地区。男人们除了葫芦套(套在阴茎上的葫芦)外一丝不挂,妇女只在腰际裹一层短布。在该地区漫步就好像回到了几百甚至几千年前。后来,约翰用飞机载我们到位于阿卡特(Agats)的印尼政府所在地(伊里安查亚省南部)。我们对那里的情况有了大致了解后,就前往上游地区的一个典型村落。看到那里的人们都带着武器装备和长矛,我们的导游都被吓到了。后来,我们终于发现了原因。那天晚上,我们回到总部后听到外面吵闹的骚动,第二天早晨,我们听说昨晚是村民们到下游来了,见到印尼要员并对其表示,除非帮助他们解决与邻村的争端,否则他们将发动攻击。我们离开的时候还不清楚后来会发生什么,是战争还是和平。

另一次迷人的印尼之行是在 1977 年,在巴厘岛开完会后,我和迪伊来到了西加里曼丹。到港口城市马辰后,我们乘船 8 小时沿明达威(Mindawai)河而上前往印尼内地偏僻的村庄。迎接我们的地方行政长官和宗教领袖说:"美国是个强大的国家。它努力维持世界和平。美国人去了月球,现在也来到我们村 Bukit Riti。你们回国时一定要带去我们的问候,让美国人民知道这个遥远的地方。"后来,一位村民看到迪伊用拐杖走路,就问她说:"是不是所有的白人妇女都用棍子走路?"

1993 年,我应邀在印尼战略与国际研究中心成立 25 周年庆典上做主旨发言。在雅加达的会期结束后,我和迪伊应邀前往该国另一个偏远地区尼亚斯岛,我们的好朋友克拉拉·约埃沃诺

(Clara Joewono)同行。爪哇南部海岸人迹罕至。我们感受到当地人民的友善和别具特色的乡村风情。在某个村庄,一名青年男子向我们展示了他跨越大石柱的本事。我拍了好多照片,捕捉了许多他人在半空的画面。

还有一次,我们前往苏拉威西岛,并于 2008 年初在雅加达开完会后到达婆罗洲(印尼人称加里曼丹岛)的猩猩栖息地。我因此而有机会亲眼看到了这个非凡国度的许多地区。在谈论对印尼过去和现在的看法之前,先让我提供一些一般性知识:印尼作为东南亚人口最稠密的国家,拥有世界上最多的伊斯兰人口,幅员 3 千英里,大小岛屿多达数千个,因此它注定必须与地域、民族多样性以及宗教分歧相抗衡。该国的伊斯兰教以及其他宗教内部都存在着明显的派系分裂。如何处理好这些问题长期以来都是难题。历史上,首先是荷兰,随后是印尼领导人推行了以爪哇为中心的统治,允许非常有限的地方自治权。近年来,该国已经在某种程度上允许更高程度的自治。然而,中央和地方的关系未来如何发展仍然至关重要。

我第一次跟印尼政治领袖、学者和其他民众展开广泛的讨论是在 1961 年底雅加达会议之后。那时已经执政 16 年的苏加诺仍然是该国的政治领导核心。政见不一的人们对苏加诺的评价相似,都认为他是一个想通过中央集权实现国家高度团结的领导者,同时又兼具爪哇老亲王的许多特点。苏加诺承诺实现"指导式民主",提出要结合民族主义、宗教以及共产主义。具体而言,他试图在军队和共产党之间保持平衡,但是也要确保这两股势力都支持他。正如他的某位亲信所说:"总统希望把所有人都纳为家庭的一员。"

1961 年 12 月我访问印尼前，该国已经实施了一些加强苏加诺权力的政治举措。1959 年 7 月，他通过总统令重新确立 1945 年宪法，次年 3 月，他解散了国会，由其任命的议会取而代之。此外，一些对总统的忠诚遭到质疑的军官和文官被解雇。过时的金融体系和堆积如山的企业债务等经济问题同时存在。有人指出，许多城市居民心情抑郁。贫困率高，政府在坚持声称高度关注人民福祉的同时并没采取促进经济现代化的措施。然而，苏加诺在包括贫农和工人在内的平民中仍然很受欢迎。在人们普遍的传统观念中，一位强势的领导人代表着家长的形象。

20 世纪 60 年代，即 1963 年春、1966 年 12 月、1969 年 3 月，我曾在印度尼西亚进行了 3 次大范围采访。60 年代后期，印尼政局动荡不安。60 年代初，苏加诺的政治立场曾进一步"左"倾，宣布他支持激进的土地改革，并声称自己在青年时期就已经是个马克思主义者。此外，一些重要官员在表示反对印尼共产党后遭解雇或调职。然而，突然间，情况发生了重大变化。

1965 年 9 月 30 日晚上，6 位反共的高级将领在一场铲除"谋害"左派的阴谋中被绑架并谋杀。军方迅速对此做出反应。由苏哈托少将领导的军队此前长期默许苏加诺的政策，现在他们与各种民间团体一起发动了反对共产党及其同盟的大规模进攻。到 1966 年年中，据估计，有 25 万至 50 万人牺牲，其中包括华人。

起初，苏加诺似乎得以在剧变中幸存。然而，1966 年 3 月 17 日，在压力之下，他颁布法令将权力交给苏哈托以恢复和平与秩序。1967 年 3 月 12 日，他被免职并遭软禁。1970 年苏加诺去世，享年 60 岁。

直到 1998 年 5 月下台,苏哈托将军在执政的 32 年里同样实行独裁统治。这一次上台执政的同样是一名强权者,严格控制所有反对党特别是左翼人士。1998 年 5 月苏哈托政权被推翻时和 2008 年初他去世时我都在雅加达。苏哈托被推翻是当时经济和政治条件下社会动荡加剧的结果,我曾亲眼目睹了动荡前期的大规模学生游行。90 年代末亚洲金融危机对印尼冲击十分严重,那时苏哈托及其家族还大肆腐败。2008 年 1 月 27 日苏哈托死后,公众和个人对他执政时代的评价有褒有贬。他因显著的经济成就(包括开放外来投资和对外贸易,使 60 年代中期至 90 年代中期国内生产总值平均增长率高达 7% 等)受到赞扬。在这方面,曾经在伯克利加州大学接受过经济学培训的人士组成的小团体,即所谓的"伯克利黑手党",发挥了重大作用。人们还赞扬苏哈托恢复政治稳定和严格控制左翼的功绩。但是,如前所述,苏哈托的家族腐败和严酷独裁广受谴责。

近年来,印度尼西亚的政治制度更加开放,经济取得一定的进步。苏西洛·班邦·尤多约诺于 2004 年当选总统,他实行了谨慎的经济和军事改革。带着仇恨的政治派系分裂仍在继续,登记注册的政党数量庞大,大多规模极小。但是,主要的伊斯兰组织保持温和态度,与亚齐的地区冲突已经解决。经济增长率在 5.5% 到 6% 之间,但是通货膨胀率、不良贷款和贫困(据说贫困人口比重为 18%)等挑战仍然存在。尽管如此,我在 2008 年初访问印尼后对这个国家充满了希望。在任何情况下,印尼作为东南亚最大的国家,其尝试民主和开放经济的实践具有重大意义。

　　紧挨着印尼的是城市国家新加坡,人口450万。我去过新加坡好几次,有不少新加坡朋友,跟其中一些人的友谊已经持续几十年之久。我曾在亚洲研究中心担任顾问并在新加坡大学讲学。我与新加坡前总理李光耀见过几次面。有一次,我们在一个国际会议同台发言,当我们一起走向讲台时,我示意总理走前面。"不,"他说,"老者优先,靓者随后。"然而,我最喜欢的关于李光耀的故事是他走遍亚洲各地向各国领导人讲授治国韬略的事迹。据说,有一次他在中国讲给邓小平听。45分钟后,邓小平说:"极有先见之明。我们应该让你当上海市长。"虽然这个说法的真实性有待考证,但还是挺有意思的。

　　长期以来,新加坡一直是一个有效率、半集权的国家。第二次世界大战后英国恢复了对新加坡与马来西亚统一体的统治。然而,渐渐地,新加坡获得自治,并于1959年脱离英国统治实现完全独立。是年5月,李光耀当选总理,并于6月5日正式就任。李光耀所在的人民行动党最初曾与亲共人士站在同一战线,但1961年出现分裂。当时新加坡和马来西亚仍为联合体,马来西亚总理端古·阿卜杜勒·拉赫曼与李光耀在当年达成合并的协议,但该计划没有得到足够的支持。1965年8月9日,新加坡正式成为主权国家并于6周后加入联合国。

　　此后几十年,新加坡政治保持稳定,经济增长速度喜人。人民行动党仍保持主导地位,李光耀一直担任总理直至1990年底。那时,吴作栋出任总理,李光耀的儿子李显龙被任命为副总理。此外,李光耀仍然是公认的政治支柱力量。2004年8月12日,李显龙出任总理并任命他的父亲李光耀为内阁资政。

那些试图挑战人民行动党或者该党领袖的人必须非常小心，以免被指诽谤、被控告或是被监禁。没有人怀疑权力集中在李氏父子二人身上。然而，公众似乎对国家的政治秩序感到满意，社会保持稳定。经济增长无疑是保障这一政治稳定的主要原因之一。近年来，新加坡国内生产总值增长率已居东南亚地区前列，年增长率在6%到8%之间。一个有趣的问题是，在李氏父子离任后新加坡的命运会如何呢？

邻国马来西亚的政治历史与新加坡有某些共同之处。我多次前往马来西亚，到过该国大部分地区，有机会见到各种各样的政治领袖和大学教员。我曾在马哈蒂尔总理任期内跟他见面，但会面的地点在旧金山而非马来西亚。他那时到美国来促进贸易和投资，考虑到他备受指责的反美倾向，这次访美任务显得有些奇怪。

马来西亚代表了另一种一党专政的政体。马来民族统一机构（UMNO，简称巫统）领导的联盟"国民阵线"自该国独立以来一直保持执政地位。此外，马哈蒂尔担任总理长达22年，直到他于2003年底退休。同年，巴达维接任总理，第二年，他的政党联盟在选举中取得压倒性胜利。起初，巴达维在海内外树立了良好的形象。外界普遍认为他比马哈蒂尔更温和，他也宣称马来西亚应该向世界展示"伊斯兰民主的典范"。除了倡导温和的宗教原则外，他还承诺广泛推行改革。

然而，到2007年，巴达维政府已受到越来越多的压力。尽管马来西亚有相当好的经济增长势头（年增长率4.5%到6%），但通货膨胀和腐败增加，有意义的改革没有推行。裙带资本主义盛行。马来西亚曾是一个能源资源保障下的出口导向型经济体。然而,来自中国、印度和越南的竞争日益激烈。最严重的问题是,马来人与占人口比重25%的华人和占8%的印度人之间不断加剧的种族紧张关系。国家对马来人的政策倾斜使这些族群的民怨逐渐增加。

在2008年3月的选举中,巴达维政府遭受严重挫折,国民阵线自1969年以来第一次失去了2/3席位的国会控制权,获议会222个席位中的139个,而反对党获82个席位,跟2004年选举结果相比执政党席位显著下降。马来西亚的政治是否会向更具竞争性的方向发展?未来尚不确定。

国际方面,近年来马来西亚与邻国的关系有所改善:与新加坡和泰国的历史纷争基本结束;与老挝、柬埔寨、越南的关系跟与印尼、菲律宾的关系一样令人满意;再远一点,与美国的关系也得到了改善;与中国和印度之间尽管经济竞争加剧,但双边关系积极,跟日本的关系也是如此。因此,马来西亚的挑战主要来自国内。

现在说说泰国,我走遍了这个魅力国度的每个地方并且留下了美好回忆。这些年里,我到过泰国北部,从清迈走到清莱,当时租了一辆汽车跟迪伊一起享受了自驾游;在泰国东部,我造访过乌隆;在南部,到过素叻他尼和普吉岛。当然,每一次去泰国我都要在曼谷呆一阵,或是开会,或是讲学,或是跟泰国官员、美国驻泰国大使馆工作人员以及众多学者进行私下的讨论。我跟普密蓬·阿杜德国王的女儿十分熟络,后来她还来到我们在伯克利的家中做客。我跟泰国国立朱拉隆功大学的一些教授也保持了多年的联系。

泰国的历史在东南亚国家中是独一无二的:在欧美殖民主义

时代,它成功地保持了独立,在法国和英国的殖民地之间担当缓冲器。而且,1932 年,该国在一场没有流血的革命后建立了君主立宪制。可是后来,军事政变频繁发生。到 80 年代,该国经济逐步增长,政治保持稳定。

泰国民族构成相对单一。6600 万国民中 89% 是泰族人,95% 是佛教徒。然而近年来,南部地区的穆斯林活跃分子出现暴力行为。阿杜德国王是团结人心的凝聚力,他于 1946 年登基,到 2008 年时年逾八十,受到泰国人民的普遍爱戴。

与此同时,泰国看似已经成功移植的民主在 2006 年突然遭受挑战。泰国总理他信在 2005 年选举中获胜,但是由于受到多方势力的挑战,他在次年又举行临时大选,这次选举遭到反对党的抵制。当时紧张局势加剧,他信失去了政治支持(尤其是在中心城市地区)。他和夫人被多次指控腐败。2006 年 9 月 19 日,泰国发生军事政变,他信下台,戒严令颁布。陆军统帅颂提·汶耶拉卡林将军领导建立了君主立宪体制下的民主改革委员会。此外,还任命了一个主要由军人组成的 250 人议会。军方承诺,等把政府内的污浊势力清理干净后,他们会在君主立宪体制下将权力归还给人民。虽然大多数观察家怀疑这一承诺,事实证明它确实兑现了。2007 年 8 月,军方制定了新宪法,随即废除戒严令,并允诺于 12 月 23 日举行公开选举。选举结果是人民力量党(他信的支持者)大胜。人民力量党党魁沙马·顺达卫就任首相并组成了 6 党联盟,从而保证他在议会中占据多数席位。他信结束流亡回到曼谷,但声称他无意重回政坛。

泰国民主的前途仍不明朗。近年来,尽管军队在逐渐让步,但它仍然是一股强大的力量。此外,沙马政府面临一系列政治和经济挑战。沙马本人也不是有很高声望的领导者,似乎是在准备着充当他信的代理人。在新政府尚未解决的问题中,南部的分裂主义叛乱持续造成双方人员伤亡并且没有出现解决的迹象。在经济方面,政府批准了一揽子刺激经济方案以促进经济增长,据报告,2007 年泰国经济增长率为 4.8%。这个数字与前几年的国内生产总值增长率形成鲜明对比。1985 年至 1996 年间,年度经济增长率将近 9%。亚洲经济危机期间泰国经济受到严重损失。从 2002 年起泰国经济恢复增长,年度增速达 5% 到 7%。40% 的泰国劳动力仍然从事农业,东北乡村是最贫困的地区,也是他信最受欢迎的地区。

因此,未来泰国将成为检验亚洲民主前途的重要试金石。该国有许多优势,包括人民相对团结,资源丰富,君主是重要的凝聚力的象征。是否会有新的、更年轻的领导力量出现,带来革新观念并有能力实现廉洁政治?裙带资本主义是否能被更现代的企业精神和削弱的政府管理所取代?相关问题的答案对泰国及其周边地区都至关重要。然而,这些愿景在短期内不太可能实现。

现在让我谈谈缅甸(Myanmar),其英文国名原为"Burma"。我第一次访问缅甸是在 1974 年,同时也去了该地区的其他国家。在仰光,我们见到了年轻的美国学者约翰·巴德利(John Badgley),他说服迪伊和我跟他一同前往缅甸中部和北部要地。我们把三个孩子留给仰光的教会招待所照料,然后乘两辆吉普车从仰光出发开始为期 10 天的旅程。首先前往曼德勒,然后到北部的八莫,后来沿一条邻近中国边境的公路往下开,最后到达二战中有名的滇缅公路。途中，我们经过西格雷夫医生（Dr. Seagrave）的医院。西格雷夫医生是英国人，几年前他设立了这家医院，跟他探讨当地情况十分有趣。后来，我们离开茵莱湖后，吉普车突然出现严重故障。我们在山间小镇跟一个印度商人商量想请他载我们去曼德勒，但他提出一个条件：我们必须同意带上一只他打算拿到曼德勒市场去卖的小老虎。迪伊一路上照看小老虎，她抱怨说它根本不像小猫，爪子太锋利了！后来约翰到伯克利加州大学做了我的博士生，我们保持了多年友谊。

近 6 年后，我于 1980 年第二次访问缅甸，这次只是在仰光参加会议并接受采访。10 年后，我短暂访问缅甸首都，那时我被邀请到昂山素季（缅甸早期领袖昂山将军的女儿）的政党——全国民主联盟的集会上讲话。有趣的是，那时刚刚取得政权的军政府竟然允许此会召开，可能是因为美国使馆曾帮助全国民主联盟跟我取得联系的缘故。我在会上讲完话后，听众的提问体现了一定的开放性，但在有些问题上显得小心翼翼。

后来，在 2006 年，我跟林恩和孙子本（Ben）一同到这个当时已处于独裁的国度旅游。我们在曼德勒、茵莱湖地区以及缅甸中部的其他地区，一路上畅行无阻。与该国的绮丽风景和悠久历史相比毫不逊色的是宏伟的寺庙和神祠，以仰光的瑞光大金塔为代表。同样充满魅力的是缅甸变化万千的地貌——山峦、丛林、湖泊、溪流——的确是蔚为壮观的自然景色，与绚丽多彩的多民族文化交相辉映。在缅甸约 5 千万的总人口中，68% 是缅族，9% 是掸族，7% 为克伦族，还有许多其他的少数民族。宗教方面，缅甸社会89% 的人信奉佛教，其余主要信仰伊斯兰教和基督教。

几十年来,军事独裁是缅甸政治的特点。1948 年 1 月 4 日该国从英国统治下获得独立。经过几年的动荡,1962 年奈温将军发动政变上台。他禁止反对派参政并宣布实行"缅甸式的社会主义"政策。在 1987 和 1988 年,大规模反政府示威游行遭到国家法律和秩序委员会(SLORC)的严厉镇压,当时统治国家的重要军方领袖为丹瑞将军和貌埃将军。1989 年,缅甸将国名从"Burma"改为"Myanmar"。1990 年 5 月选举获准举行,但是,当全国民主联盟赢得惊人胜利后,军方不承认选举结果并加强了军事统治。此前几年昂山素季已经被软禁,从那时起直到 2008 年的 18 年里她总共被软禁的时间长达 12 年。

尽管国家和平与发展委员会(SPDC,现缅甸军政府的名称)管制严格,在某些场合该政权的分裂迹象已经显现出来。2004 年 10 月,被认为自由主义倾向相对更浓的总理钦纽将军被控贪污并被赶下台。严厉的军事统治仍在继续。2007 年 10 月,总理梭温去世,登盛将军执政。此前一个月,学生和佛教僧侣领导的大规模示威游行,抗议当时的物价特别是燃料价格飞涨、贫穷、腐败和镇压等问题。据报道,抗议示威高峰期,示威者达 10 万人之众,由佛教僧侣打头阵的游行在仰光街头持续数日。政府面临两难困境,因为严厉镇压僧人势必会给佛教社会留下深深的伤痕。此外,政府希望避免来自东盟、中国等组织和国家的压力。然而,示威者还是遭遇了武装镇压。据报道,有数千名示威者被捕,30 人丧生。与此同时,在泰缅边境的种族骚乱仍未减弱。

2007 年示威活动后,缅甸政府宣布了一些温和的让步措施。2008 年 5 月全民公决前,政府成立了一个宪法起草委员会,不定期地召开会议,对新宪法提供建议和计划。2007 年秋季公布的宪法草案保留了军方的强权地位。新议会中 25％的席位由军队任命,军方领导人被委派担任重要部门的部长,在紧急情况下军队可以执掌政权。然而,一些批评现行制度的人士强调,关于未来举行选举的承诺具有进步性。国家和平与发展委员会采取的另一个行动是支持昂山素季与政府高级官员展开讨论,但此类讨论尚未取得任何进展。

与此同时,缅甸最近经济困难。据称,2007 年通货膨胀率飙升至 35％,经济受到投资和商业信心匮乏的负面影响。根据国际货币基金组织的预测,缅甸中期经济前景悲观,2008 年经济下滑4％。目前该国的人均国内生产总值约 250 美元,远低于邻国。此外,2008 年的台风和洪灾造成巨大的破坏和伤亡。随后几个月,军政府阻碍国外援助的行为进一步损害了缅甸的国际声誉。

因此,无论从何种指标衡量,缅甸都是目前东南亚最为麻烦的社会之一,而且它也不可能马上采取补救措施。缅甸的外交关系也大多负面。最近,来自其他东盟成员国以及主要大国的压力越来越大。

最后再谈一谈东南亚。我经常打算重返该地区,因为现场调查和深入对话是其他方法所无法取代的。显然,东南亚的未来将继续呈现出多元的画面,一些国家会取得进步,另一些国家将倒退或遇到障碍。考虑到人口众、资源多以及作为大国之间平衡器的角色,东南亚地区将会继续具有重要意义。我们只能希望,在未来的岁月里,该地区的积极因素能够大于消极因素。

第十一章
探索南亚的岁月

我第一次访问南亚是在 1959 年，当时我和家人搭乘火车从加尔各答横穿印度中部到达该国西海岸的孟买。此行之前我们是在日本休假。我们在印度几座主要城市一窥究竟，还绕道参观了印度最宏伟的建筑泰姬陵。不过，当时在我脑海中留下的深刻印象是，这个新兴的独立国家真是人口众多。

后来，我又多次前往印度。有一次，我和迪伊从斯里兰卡出发，乘船越过大海，在印度最南端租了汽车，驱车向北穿过喀拉拉邦到达孟买。还有一次，我和我的同事利奥·罗斯一同前往印度达兰萨拉，与年轻的达赖喇嘛交谈。之后，我前往印度中部，看到了海得拉巴附近的农村地区。再后来,我又来到了印度的主要野生动物保护区。我骑上大象,离老虎只有咫尺之遥,我家放电视机的房间里还挂着它的照片呢。因此,多年来,我有幸走遍了这个幅员辽阔的国家。

从一开始,印度的政治就给我留下了深刻印象。包括共产党在内的每一个印度政党都拥护民主制度,包括公民的充分权利,自由和竞争性的选举,以及法治。因此,尽管有时印度会出现政治动乱,但像军事统治那样的体制性变革并没有出现过。这确实是独一无二的,尤其是就印度这个国家的规模、多样性以及经济发展阶段而言。这似乎与一系列因素相关,其中最主要的是印度长期受英国监护的历史背景以及独立后第一代政治领导人的不懈努力。

截至 2008 年,印度人口达到 12 亿,其中以两大族群为主:印度雅利安人占 72%,德拉维达人占 25%。在宗教方面,80.5% 为印度教徒,13.4% 的人口是穆斯林,基督教徒占 2.3%。此外,种姓制度仍然存在。宗教、种姓和语言是影响政治的关键因素。该国还具有区域多样性的特点,中央政府一向允许地方政府享有相当广泛的权力。印度 70% 的人口居住在乡村,而且经济条件各不相同。另外还有一个事实值得注意:2008 年印度人口平均年龄为 25 岁,十分年轻化,是一个劳动力仍在不断增长的社会。

印度的当代历史引人入胜。它于 1947 年 8 月 15 日宣布独立,从此脱离了英国的统治,1950 年 1 月 26 日颁布了宪法。有两个人在当时的印度政治中发挥了关键性的作用,即莫汉达斯·甘地(圣雄甘地)和贾瓦拉哈尔·尼赫鲁。甘地提倡非暴力哲学,全身心致力于印度的独立,他成为印度反对英国统治的漫长斗争的代表人物。在印度国民大会党(国大党)的领导之下,独立运动终于在 1947 年中期取得成功,尼赫鲁出任第一任总理。(甘地于 1948 年 1 月 13 日被一名印度教狂热分子暗杀。)虽然当时的印度一方面和同样刚刚取得独立的巴基斯坦之间存在着激烈的争论,另一方面还面临各种国内问题,但国大党一直占据着主导地位,尼赫鲁在 1964 年 5 月 27 日去世之前也一直占据总理之职。在政治领域,尼赫鲁强力鼓吹自由主义,他在英国期间便对社会主义情有独钟,提倡在印度实行国营经济体制。

这之后,尼赫鲁的继承者和他的国大党继续在政治舞台上发挥着关键作用。经过短暂的调整之后,他的女儿英迪拉·甘地成为国大党的领袖,并在 1966 年担任总理之职,开始了她 11 年的执政生涯。和她的父亲一样,英迪拉也倾向于实行社会主义,推行由国家主导的限制性的经济政策。后来发生的一场危机导致最高法院要求其卸任,英迪拉要求国家进入紧急状态,并最终在 1977 年初宣布举行大选。由于经济陷入困境,贫困大量增加,腐败滋生,国大党在此次选举中蒙受了巨大的损失,英迪拉政府也被推翻。不过,1980 年,她又重新掌权,并继续担任总理直到她于 1984 年 10 月 31 日被两名锡克教卫兵暗杀。

之后,该家族继续支配着印度政治。英迪拉的儿子拉吉夫·甘地担任了总理职务,直到他在 1991 年 5 月 21 日当天同样被暗杀。在母亲去世不久后,他领导的国大党在选举中获得重大胜利,赢得议会 542 个全部席位中的 411 席。在执政期间,拉吉夫结束了尼赫鲁—甘地家族之前对社会主义的偏好,制定了经济改革政策,有助于印度经济的对外开放,加快了对外贸易、投资和私营经济的发展。

　　这之后又发生了一段插曲。拉吉夫之后，纳拉辛哈·拉奥担任了总理，但国大党在 1996 年的选举中失利，取而代之的是由瓦杰帕伊领导的印度人民党组成的联合政府。然而，由国大党及其盟友组成的联合进步联盟再次夺得 2004 年的选举。此时，拉吉夫的妻子，出生于意大利的索尼娅·甘地，拒绝担任新政府的领导职务，而由曼莫汉·辛格出任总理。但是，索尼娅随后又同意出任国大党主席，并推荐她的儿子拉胡尔接任未来的领导职务。

　　可以看出，除了某些短暂的动荡时期，尼赫鲁—甘地家族在过去的五十多年中一直处于印度的政治权力中心。未来仍不明朗。国大党领导的联盟并非无懈可击，进一步的经济改革也势在必行。不过，民主制度在印度似乎已经确立，并已具备承受政治上的动荡甚至教派间暴力冲突的能力。

　　关于经济问题，印度的发展轨迹是从政府广泛参与或控制的具有半社会主义性质的经济体制向一种日益私有化和开放的经济体制演化。印度总理曼莫汉·辛格被认为是一名改革者，致力于减少政府在经济中的作用。印度的经济增长率稳步提高，近几年来国内生产总值年均增长 8—9％，已经成为该地区增长最快的国家之一，在整个地区的影响日益上升。经济合作与发展组织（OECD）称，基于购买力平价计算得出的结果，2006 年印度已成为世界第三大经济体，仅次于美国和中国。

　　然而，印度的经济并非没有问题。改革没有触动过去遗留下来的庞大官僚体系，经济中的公有部门基本上没有转变，巨额的预算赤字继续存在，资源没有得到充分有效的利用。此外，贫困人口居高不下，贫困人口比例一直在 25—27％左右徘徊，印度的东北部和中部的农村地区受此影响最大,因此,当地事态频发,成为毛派和纳萨尔派盘踞的要地。尽管如此,印度最近的经济发展还是令人印象深刻,而且很可能可以继续保持下去。

外交关系近来也已经得到改善。与巴基斯坦之间的和平进程取得进展,这两个邻国之间的长期的冲突即使不能完全结束也有希望得到缓解。印度与中国的关系虽然过去也非常棘手,但如今已经得到改善,尽管某些领土问题仍未解决。此外,印度重新建立了与俄罗斯之间的积极关系。印美关系取得了进展,体现在双方签署的一项关于核共享计划的协议。然而,该协议受到联合政府中共产党方面的质疑,它的颁布和实行具有高度的不确定性。与此同时,印度已大大加强了与东南亚的经济关系和总体联系,并积极参与亚洲多边组织的活动。总之,印度正在成长为一个重要的地区大国。虽然面临诸多来自国内和国际的挑战,但总的来说,目前的趋势是令人鼓舞的。

巴基斯坦却是另一番景象。在过去的40年里,我曾多次访问巴基斯坦的不同地区。20世纪60年代,我第一次访问该国,当时行动范围主要限于伊斯兰堡及其附近地区,但在以后的几年中,我又几次前往其他地区的城市和农村。我已经提到过2006年的那次访问。我爬上喀喇昆仑山口后,由于路面被洪水冲坏,我通过该国的西北部,穿越了吉尔吉特谷、罕萨和白沙瓦,才到达伊斯兰堡。幸运的是,我没有遇到本·拉登!

巴基斯坦在2008年的人口总数达1.625亿,主要民族构成为:旁遮普族44%、普什图族15.4%、信德族14%、西莱基人10.5%。超过九成的人口是穆斯林,其中,逊尼派穆斯林达77%,

什叶派穆斯林则占 20%。

自从巴基斯坦于 1947 年 8 月 15 日从英属印度分离并实现独立之后,该国政治局势一直动荡不安,军事和文职领导人更迭不断。起初,穆罕默德·阿里·真纳和穆斯林联盟掌握政权,并于 1956 年将国名改为巴基斯坦伊斯兰共和国,真纳担任总督和制宪大会的主席。在他当政期间,巴国内暴力不断,与邻国印度冲突纷争频发。真纳于 1958 年秋去世,由曾经担任步兵师长的阿尤布·汗取而代之。在 1958 年至 1969 年期间,阿尤布独揽大权,巴基斯坦处于严重的动荡之中,并于 1965 年与印度再次发生冲突。1969 年 3 月 25 日,阿尤布在强烈的反对声中下台。他的权力由叶海亚·汗接手,叶海亚也是军人出身,早先曾担任过参谋长。以叶海亚为首的政府统治巴基斯坦不过两年,这段时间仍是动荡不安,先是 1970 年 12 月举行的选举呈现出巴基斯坦东部和西部之间的分歧,紧接着印巴两国又在 1971 年开战。这场战争的结果是东巴脱离巴基斯坦,成立了一个新的国家——孟加拉国。最后,1971 年底,叶海亚·汗下台,巴基斯坦多年来首次出现文官执政的局面。

佐勒菲卡尔·阿里·布托在 1972 年至 1977 年期间担任政府首脑,随后政变再次发生,军人齐亚·哈克掌权,布托于第二年被处决。哈克 1988 年坠机身亡后,阿里·布托的女儿贝纳齐尔·布托(贝·布托)出任总理,她与纳瓦兹·谢里夫在此之后的十年中轮流执政。20 世纪 90 年代末巴基斯坦的经济和政治形势恶化,并与印度爆发新的危机。因此,在 1999 年发生的一次军事政变中,佩尔韦兹·穆沙拉夫将军推翻了谢里夫政府。

　　穆沙拉夫政府一开始采取了惩治腐败和开放经济的政策。2002年，穆沙拉夫加强了控制，增加了罢免总理等权力。虽然他被某些观察家称为"温和的独裁者"，但在经济比较好的形势下，穆沙拉夫和他的党赢得了2004年的选举，成为议会两院的多数党，并控制了4个省的议会。然而，随着时间的推移，经济问题显现、教育改革停滞不前、最高法院法官遭解职、巨额的军事支出以及关于对反恐战争的疑虑等，都对穆沙拉夫的声望造成沉重的打击，总统的支持率急剧下降。在国内外日渐增加的压力之下，穆沙拉夫在2008年大选前几个月采取了一些措施，试图平息批评的声浪。他宣布取消早前实行的紧急状态，重新建立宪政，并辞去军队领导人职务，成为文职总统。此外，他还承诺提前举行大选，保证选举公平自由。

　　由于贝·布托遇刺身亡，选举被迫推迟六个星期，于2008年2月18日举行，穆沙拉夫领导的巴基斯坦穆斯林联盟领袖派（Pakistan Muslim League-Q）遭受重创，而以布托的丈夫阿西夫·阿里·扎尔达里为首的巴基斯坦人民党（PPP）和前总理谢里夫的巴基斯坦穆斯林联盟取得了选举的胜利，选民投票率为45%。组建联合政府的谈判仍在进行之中，直至2008年春，穆沙拉夫依旧前途未卜。几个月后，在多重压力之下，他被迫辞职。

　　巴基斯坦未来的政治发展无法预测。民主依然十分脆弱，持续动荡的根源并未消除。各种形式的叛乱和分裂势力，包括该国西北边境地区的外国武装分子，仍然威胁着国家安全。目前没有政党或领导人拥有压倒性的支持，军队和民众之间的关系也很难预料。因此，无论是对本国和邻国，还是对其盟国，包括美国和中国来说,巴基斯坦可能仍然问题不断。

不过,尽管政治问题层出不穷,巴基斯坦的经济却在持续发展,其国内生产总值在过去的五年中年均增长 6—7%,而且外国投资也急剧上升。此外,通过降低贸易壁垒、改善税收政策、减少国家对私营部门的控制,穆沙拉夫政府推行了促进经济增长的政策。然而,高涨的价格、高通货膨胀,以及农村地区的普遍贫困,仍然都是严重问题。

在对外关系领域,该国在过去取得了一些进展,但未来的趋势尚不明朗。巴基斯坦一直与中美两国保持着积极的关系,这关键在于有着共同的战略利益。未来的巴基斯坦政府是否会继续支持美国的反恐战争,并且继续在阿富汗问题上与美国保持合作?巴基斯坦能否坦然接受中国在经济和战略上的崛起?能否搁置领土和其他尚未解决的问题,继续与印度保持对话和谈判? 总之,各种可能性都存在,现在做出预测是盲目和危险的。最后必须提及的一点是,巴基斯坦所反映的国内和国际的不确定性,适用于中东和亚洲地区的许多其他国家。

南亚第三个幅员辽阔的国家是阿富汗,位于中东和印度之间,毗邻俄罗斯和中国。我只去过阿富汗几次,20 世纪 70 年代末的那次真的令人难忘。我和迪伊从巴基斯坦西北部出发,经过开伯尔山口,从贾拉拉巴德到达首都喀布尔。转完喀布尔之后,我们打算前往位于阿富汗西部、靠近伊朗边界的赫拉特,并且订好了机票。出发前的晚上,我们与美国大使见面,当我告诉他我们的行程计划时,他为我们感到担忧,他说阿富汗航空公司经常取消航班,我们可能会遇到麻烦。我以为他只是过于谨慎。第二天早晨,我们如期飞往赫拉特,也没有出现任何意外,并在那里游玩了两天,领略了真正的传统文化。我们遇到的主要问题是,在我们所住的酒店里没有人会说英语。因此,当需要点菜和其他必需品时,我们不得不依靠手语或者直接去厨房确认。然后,更大的问题出现了,我反复给阿富汗航空公司的办事处打电话,却一直没有人接听。

在预定返程的那天,我们准备好了行李,但是无法出发,在万般无奈之下,我跑到街上,拦住了一个正在赶马车的人,我舞动着自己的手臂,向他表明我们想要去机场。他比我更聪明,他把我们带到另一家旅馆,那里有服务员会讲英语。我告诉他我们的时间表,他说他可以打电话确认航班。经过几分钟的谈话后,他说:"他们的飞机今天不起飞,他们也不知道下次飞行会是什么时候。"我感到非常震惊和失望,这时,他说:"如果你给我 100 美元,我可以把你送到喀布尔。""有多远?"我问他。"大概 900 英里,"他答道,"如果我们每天都很早出发,那两天内就能到了。"

这样的经历是我们从来没有想到过的,随后,我们便更多地见识了阿富汗。幸运的是,道路(在俄国支持下修建的)状况还算好。农村保持着自然和传统,有很多牧民和临时搭建的棚子,成群的动物——绵羊、牛和山羊。第一天晚上,我们在一家小酒店里,坐在地板上吃饭。然后,铺上毯子,我们就在那个地板睡觉了。最后,我们终于到达喀布尔,并且按原定计划第二天早上飞往德黑兰——虽然精疲力竭,但总算活了下来。

我对阿富汗问题的研究是有限的,但我知道,自 20 世纪 70 年代以来,这个国家不仅国内冲突纷争频发,还不断受到各种外部势力的干涉。苏联于 1979 年进入该国,2001 年底,俄罗斯撤走了,美国又发动了名为"持久自由"的军事行动,以推翻塔利班政权。在美国和北约部队的支持和协助下,哈米德·卡尔扎伊于2001年12月被扶植成为总统,并在2004年10月举行的阿富汗首次自由选举中获胜。他主持的政府仍然受到国内冲突以及经济和政治问题的严重困扰。2005年,美国和阿富汗政府签署了一项战略合作协议,美国继续在阿富汗保持驻军。

2008年,阿富汗的人口约3273万,其中普什图族和塔吉克族为两大主要民族。穆斯林占到总人口的99%,其中逊尼派穆斯林为80%,什叶派穆斯林为19%。虽然最近得到了美国的援助,而且鸦片产量增加(这点极具讽刺意义),经济有所改善,但是该国依然贫穷,据目前估计,人均国内生产总值在800美元左右。通货膨胀居高不下,失业率高达40%。此外,腐败盛行,有指控说有大量的外援被国家和地方官员侵吞。教育系统也急需做出重大改革。最新统计数据显示,该国全民识字率仅为28%。

总之,尽管阿富汗近年来在经济和政治方面取得了某些进步,其未来依然问题重重。根据2008年美国官方的估计,阿全国有10—11%的地区处于塔利班的控制之下,阿富汗政府控制着30%的地区,其他地区则处于地方控制之下,各方的政治观点迥然不同。人们只能希望,经济的进一步增长和持续的外援能够帮助阿富汗脆弱的民主继续生存下去,没有人对未来有十足的把握。

斯里兰卡(旧称锡兰)位于印度以南。它于1948年摆脱英国统治获得独立,并于1972年将国名改为斯里兰卡共和国。我曾三次访问该国,前文中已经提及,其中有一次与迪伊一起前往其最北部地区。这是一个风景如画的国家,2008年人口约为2100万,其中僧伽罗人为 74％,斯里兰卡摩尔人为 7.2％,印度泰米尔人占 4.6％。国民中有 70％的人信仰佛教,信奉印度教的人为 8％,基督教徒占 7％。

近年来,斯里兰卡一直实行总统和议会相结合的制度,政治体制有望进一步开放。然而,不幸的是,该国内战不断,对政治和经济的发展产生了严重的负面影响。泰米尔伊拉姆猛虎解放组织(猛虎组织)主要在该岛的北部和东部地区盘踞活动,1983 年以来与政府之间不断发生零星的冲突。2002 年,在挪威的斡旋之下,双方达成了最新的停火协议。但当猛虎组织再次在首都制造炸弹袭击的暴力活动之后,斯里兰卡政府于 2008 年初宣布退出停火协议。在该国北部猛虎组织的实际控制地区,中央政府的影响极为微弱。

尽管政治冲突频发,斯里兰卡的经济发展取得了相当大的成就,这源于该国丰富的资源、相对自由的经济政策以及海外劳力不断将大量的资金寄回国内。近年来,斯里兰卡的国内生产总值增长率保持在 6％—7％,根据国际权威统计,该国人均国内生产总值达到 4100 美元,居南亚地区首位。然而,除国内冲突外,通货膨胀率不断上升成为日益严重的问题。可喜的是,该国识字率达到 92％,实行 9 年制义务教育。然而,除非一劳永逸地结束内战,斯里兰卡的政治和经济前景依然不明朗。

另一个南亚国家孟加拉国面临更多的问题。这个国家我只在 20 世纪 80 年代去过两次,而且当时的行程局限在首都达卡及附近一带。1971 年巴基斯坦东西两部分发生冲突,印度也参与其中,这之后孟加拉国宣布成立。当时伤亡惨重,损失巨大,由于印度最后战胜了西巴基斯坦,最终保证了东巴的独立。随后,孟加拉国时而受到议会斗争的困扰,时而接受军事统治,政府的治理薄弱,暗杀不断,腐败蔓延。对于孟加拉国过去和现在的发展状态,可以用几个词简单地概括形容,即穷困、人口过剩、管理不善。根据 2008 年的估计,该国人口达 1.5 亿,孟加拉人占 98%,从事农业的人口达 2/3。

据世界银行的估计,自 1990 年以来该国国内生产总值平均增长 5%—6%,2006 年人均国内生产总值为 300 美元,但仍然面临诸多问题。某些产业(如服装业)取得了大幅增长,大量在国外工作的劳动力汇回的外汇也是该国重要的资产。然而,45% 的人口依旧生活在贫困线以下,腐败问题严重,暴力冲突不断发生,这些都使政治稳定和经济改革的目标难以实现。总之,孟加拉国显现的问题集中代表了那些处于不安和摇摆中的发展中国家所遇到的困境。

另一个国家尼泊尔,则在更大程度上代表着骚乱和不安,它已经饱受五十余年的政治动荡。该国位于中国西藏和印度之间,多次引进民主制度的努力都宣告失败。尼泊尔是一个多民族国家,2007 年人口为 2900 万,其中约有 81% 的人为印度教徒,佛教徒占 11%,穆斯林人口为 4%。农村人口超过 80%。截至 2007 年,国内生产总值的年均增长率不超过 2.1%,人均年收入仅为 327 美元。

该国 1950 年开始的改革试图在政治方面推行更加开放的政策,结果使国家处于动荡之中。1959 年,马亨德拉国王颁发了一部新的宪法,宣布重新确立君主制度。之后,相对严格的控制一直维持了三十余年。然而,到 1990 年,暴力日益高涨,临时政府成立,新宪法于 11 月颁布,规定成立议会制政府。然而,全国大会党的内部纷争导致国家陷入更多的混乱,1994 年中期,议会被解散。1996 年,尼泊尔共产党试图推翻君主制度。随后,内战爆发,死伤陡增。此外,在王室聚会上发生的凶案以及嫌疑犯迪彭德拉王储随后的自杀身亡,使得君主制进一步受到质疑。截至 2006 年,持续的冲突已造成 1 万 3 千人死亡。国王贾南德拉 2005 年推翻政府,暂时掌握了政权,之后爆发的大规模抗议活动又迫使其下台,国王在民众中的声望已经急剧下降。

政府在 21 世纪初与毛派力量达成了一系列的停火协议,第一次是在 2001 年,第二次于 2003 年,之后又在 2005 年 9 月达成了第三次协议。但是,每次停火最后都走向破裂,暴力冲突依旧。2005 年和 2006 年出现大规模示威游行。2007 年底,政府与毛派达成协议,双方同意于 2008 年 4 月选举之后废除君主制,由选举产生的代表大会将赋予民选的总统和总理以权力,国王不再发挥礼节性国家元首的作用。2008 年 5 月,在压力之下,国王下台,沦为普通的公民。然而,尼泊尔的未来依旧问题重重。

我的南亚之旅还包括两个相对偏远的地区:早些时候先去了锡金,后来又前往不丹。1965 年,我和迪伊应锡金年轻的国王之邀前往该国,国王曾经和他的美国妻子在我们的伯克利家中做客。锡金西接尼泊尔,南临印度,地理位置极为偏僻孤立。在首都甘托克期间,我们和印度朋友香卡(Shankar)、米拉·巴杰帕伊住在一起。香卡是印度驻锡金的代表。印度和锡金两国之间的关系非常微妙,因为许多印度人视锡金为印度的一部分。国王的妻子曾问我如何在学校中加强民族主义教育,从而使锡金的年轻人抵挡印度方面的压力。几年之后,锡金政府垮台,国王流亡国外,锡金成为印度的一部分。

不丹是另一个遥远的国度,它被夹在中国西藏和印度中间,直到最近依然人迹罕至。1969 年我应不丹外长达瓦才仁的邀请前往该国,他的女儿是我的学生。我还担任过他的顾问。那时,该国还没有对外国人开放,我和迪伊得以目睹这个尽可能与外界保持隔绝的国家和民众的面貌。该国地形壮美,稻田四周群山环绕。公民必须穿不丹传统服饰,不许着西式服装。有一天晚上,我们有幸在首都廷布南边的小镇上看到了美妙的歌舞表演。我们第二次访问不丹是在 20 世纪 70 年代中期,莱斯莉和汤姆与我们同行。当时交通稍有便利,依稀能见到几个外国人,但总的来说没有多大的变化。

不丹在现代史上只发生过一场比较惨烈的事件。1990 年,由于来自尼泊尔的移民不断增加,政府驱逐大批移民返回尼泊尔。除此以外,不丹漫长的君主专制统治一直保持着稳定、繁荣与和平的历史。

最近,不丹突然发生了震惊邻国和世界的事件。2008 年 3 月 24 日,28 岁的国王吉格梅·辛格·旺楚克颁布命令,在该国举行有史以来的第一次民主选举,将信将疑的不丹人参加了首次投票。许多人质疑这种迈向民主的举动,声称不稳定和腐败有可能将随之而来。可能是受到了邻国尼泊尔所发事件的影响,国王力主进行这样的选举。尽管人们尚有疑虑,将近 80% 的选民参加了投票。不丹繁荣进步党取得了压倒性的胜利,在 47 个国民议会席位中赢得44席。不过,所有的政党和候选人都宣誓效忠君主,并支持其"国民幸福总值"的理念。不丹向民主过渡的演变过程将是引人注目的。它能否避免大多数南亚其他国家在开放后产生的阵痛呢?

很明显,南亚地区的未来非常不确定,前进的道路上还有很多问题。人们至少期望,大规模的平民伤亡和跨国冲突得以结束或大幅减少。人们还希望,各种政治开放的努力能取得积极的成果,虽然至少在某些情况下,这种几率并不高。显然,经济的发展趋势将对政治产生主要的影响,这是大多数领导人现在认识到的现实,他们的政策能否跟得上他们的认识呢?

第十二章
对我们这个时代的思考

　　我有幸在这个充满机遇和挑战的世界经历了将近九十载春秋岁月。在写下最后一些想法之前，我要声明，我所参加过的学术活动和旅行并不只限于前述讨论到的地区。我也曾因为专业和学术原因多次前往欧洲。在剑桥、斯德哥尔摩和华沙举行的会议也使我有机会前往周边地区。1992年，我在新西兰的五所大学发表"肯尼迪系列演讲"。正如前面所述，我在澳大利亚的所有主要大学中也发表过类似的系列演讲。我还曾五次前往中东和非洲，其中包括1965年在乌干达坎帕拉的麦克雷雷大学所作的为期三周的系列讲座。其中有一段插曲值得简要提及。我利用长达4天的周末时间了解不同的地区，有一次，我决定前往卢旺达和布隆迪。当我到达布隆迪边界的时候,发现自己遇到了麻烦。签证官看了看我的护照,说:"我要出去吃午饭,你得等一会。"当时的时间是十一点一刻,根本不是午餐时间。签证最后终于办下来了,我来到布隆迪的首都布琼布拉,在一家旅馆办好了入住手续,然后打电话给我们的使馆,寻求访谈的机会。使馆的官员立即说:"你来这里干什么?我们的大使两天前刚被驱逐出境,因为他在国际法院发表对布隆迪人权纪录的批评言论。你就呆在酒店,明天一早离开。"

我按指示行事,但当我开车出停车场时,有一名警察上来将我拦住并表示他要上车。我没有其他选择,只得按照他的指示开到市中心的一幢楼下。我们来到四楼,一名男子对我说我必须提交一份所得税报告。我抗议说我在该国停留不到 24 小时,没有任何收入。但他们对我的抗议置若罔闻。4 个小时后,在表格送到财政部并由副部长签署同意之后,我才被允许离开。我从此再也没有返回布隆迪! 后来,我又两次前往非洲,参观有名的野生动物园,那是最为开心的经历。参观埃及和利比亚的宏伟历史遗迹,以及 70 年代及以后去伊朗和伊拉克的经历,也都非常令人愉快。我唯一没有访问过的地区是拉美,墨西哥除外。我曾在一个夏天在位于墨西哥城的联合国大学执教,并在该国各地旅行。

毫无疑问,我的旅行经历比大多数美国人都要丰富,但是近几十年来世界已经发生了翻天覆地的变化。我的祖母从来没有离开过她出生的那个州那个县。我的父亲从来没有离开过美国。而我的子辈和孙辈已经跑遍世界各地。这就是时代的变化啊!

在回顾生活经历的时候,我真的感到自己非常幸运。我出生于一个中产阶级家庭,属于美国主流文化的一部分。所以我也从来没有遭受过持续的困难或歧视。此外,尽管不得不经受各种严重的疾病——脊髓灰质炎、肝炎、疟疾、肺炎——我多年来一直享有大致良好健康的身体。而且,东亚作为我的教学、科研对象和专长,非常对我自己的胃口。我能拥有这样的职业生涯,一方面是通过自己的努力,另一方面则是运气使然。我经常告诉我的朋友们,人到晚年能够享有健康身体的条件有三项:首先,你必须选对父母(基因);第二,你必须能够享受正在做的工作;第三,你必须在晚饭前喝一杯冰镇伏特加。

还有另外一方面,我也是最幸运的,正如前面所述,我有一位出色的妻子。迪伊于 2005 年 2 月 4 日去世,她之前一直顽强地抵御着脑部肿瘤的病魔。在没有她的日子里,我的生活并不容易,幸好还有愉快的回忆聊以慰藉。她美丽聪明,而且兴趣广泛,凭借那副动听的女中音嗓子,在各种独奏音乐会、教堂合唱团和学院音乐活动中频频亮相。二十多年来,每逢圣诞节,我们都邀请伯克利和东湾校区的乐友来我家表演亨德尔的《弥赛亚》。正如我曾经提到的,迪伊还组织各种活动。最有趣的是那个"非洲学生委员会"。1969 年和 1973 年,我们在肯尼亚的时候联系到了我曾经的一名学生,他请迪伊想办法帮助非洲学生去美国的大学留学深造。我们回国后,迪伊筹到一小笔钱,在伯克利召集了一群愿意参与该项目的人,并且说服哈利·贝拉方提(Harry Belafonte)和其他的一些人提供旅费资助,从而发起成立了该委员会。最终大概有 40 名学生因此而来到加州的海湾地区,在当地各类专科学校和大学学习。

在子女方面，我也很幸运：三个孩子、五个外孙子和两个曾孙女。大女儿戴安是一名画家，她的画经常在各地展出。二女儿莱斯莉是诗人，著作颇丰。林恩，我最小的女儿，则从事房地产。女婿巴里雅布隆（Barry Jablon）和怀特（Thomas White）的事业也非常成功，他们分别从事法律和商务工作。我的外孙们都已经长大，并且事业有成，两个律师，还有烹饪专家，园林水景设计师，医疗技师，广告公司主管。如上所述，现在我又有了两个有中国血统的曾孙女。

此外，如前所述，我曾荣幸地接受过许多荣誉。最近的一次是以我的名字命名一项奖学金，该奖学金由国家亚洲研究局每两年颁发一次。在回顾自己的个人经历的基础上，我一直在思考20世纪末21世纪初的世界总体形势。我之前也简要地提到，其中有一个关键的因素，就是现在每个社会必须处理三股往往相互冲突的力量：国际主义、民族主义和地方自治主义。国际主义的上升势头在经济领域最为明显。国家的边界越来越模糊，对外贸易和投资在几乎每一个国家的经济中都发挥着重要的作用。此外，科学技术日新月异，并通过各种途径向发展程度较低的国家传播。经济国际主义的优点很多，实际上，它是现如今经济快速增长的主要因素。但与此同时，它也带来了一系列涉及双边和多边关系的问题：如保护主义、货币控制、知识产权保护，以及大国的经济形势对其他国家和地区的日益重大的影响等。一个国家的经济财富运行已经不再是国内政策能够完全决定的了。

国际主义也日益体现在政治安全领域。区域组织的扩大，特别是在欧洲和亚洲，在最近数十年来已经非常令人瞩目。它们与诸如联合国和世界银行等全球性的组织一起,在决定重大政策方面发挥着日益重要的作用,对民族国家的影响意义深远。不过与此同时,在政治价值观和安全等敏感领域,仍然存在着相当程度的迟疑和不确定性因素,以至于对前进的步伐莫衷一是。

国际组织或者民族国家(当国际组织迫于形势无法行动时)究竟应该在什么时候对另一国的内部事务进行干预?中国曾在过去断言,这种干预无论何时都不应该发生,至少不应由单个国家直接干预。做出这样的判断很容易,然而,任凭数十万民众在非洲最近发生的内战中被屠杀而坐视不管,这样做真的合适吗?还有,当一国侵略另一国时,外部力量应该介入并对之进行干涉吗?更有争议的是,如果一个国家对他国怀有敌意,应该对其进行遏制吗?如果应该,那么采取何种形式的外部行动才是合理的呢?

这些都是国际关系领域在最近几十年中显现的前沿问题,我们至今都没有就其中任何一个问题达成共识。鉴于联合国章程的限制和对安理会常任理事国行使否决权的规定,只有在出现大规模针对平民的暴力行为或公开进行对外侵略时,国际组织才会介入。诸如欧盟和东盟这样的区域组织的主要成就限于经济领域,它们在这方面并未发挥有效的作用。因此,美国作为世界上唯一的超级大国,曾经数次决定干预,并与某些"志愿国家"结成盟友。众所周知,这已经引发了国内外激烈的辩论。

在伊拉克战争等问题上的争议永远不会结束。不过,无论结果如何,美国为此付出的代价已经非常之高。因此,美国人民在未来一段时间内可能会减少对国际承诺的支持,这种减少在程度上还无法做出判断。不过,要退回到孤立的状态在当今世界显然是不可能的。然而,责任、风险和代价究竟应该怎样分配呢?美国已经确立了了新的军事战略,主要侧重于尖端的武器装备和远程部署能力,收缩海外的基地和驻军,并让盟国承担更多的责任。鉴于过去的经验和目前的政治形势,对于盟国和潜在的对手而言,美国依然值得信任吗?其他国家愿意接受这种对承诺和责任进行调整的政策吗?或者,继续维持具有强烈单边主义色彩的政策还符合美国人民或国际社会的愿望吗?在今天的国际舞台上,没有比这些更加关键的问题了。

正如以各种形式出现的国际主义及其问题和影响那样,民族主义的问题也在显现,而且,在世界上的大部分地区,民族主义在影响国家政策和民众态度方面扮演着更加重要的角色。对于共产主义或曾经的共产主义国家而言,以意识形态为主要手段增强人们对党和国家的忠诚度的时代已经过去,取而代之的就是民族主义。然而,没有实行社会主义政策的国家也出现了类似的现象,当倾向于分裂的势力在上层和下层不断加强的时候,民族主义再度成为反对分裂的抵御力量。

民族主义可以有多种形式,既有好战排外的类型,对那些不赞成某些既定原则的人采取排斥的方法,致力于建立一个"纯粹的"社区;也有比较温和的类型,旨在以广泛的共同文化和价值观为基础,建立统一的民族和国家。但是,无论是什么形式,民族主义经常在某种程度上与国际主义相互冲突。与国际主义相比,民族主义更加强调差异,而不是共性,更加重视独立性,而不是合作。而且,当民族主义以一种好战的形式出现时,则有可能危及到与其他国家的关系。因此,对于民族主义,大国必须既能用之,又能控之。

第三种力量是地方自治主义,它源于人们在面对当今复杂多变的世界时对于自己现实身份的渴求和更大程度的保证。它可能出现的形式包括:对宗教的笃信,特别是原教旨主义,或者对种族的更加依赖,或者更加集中地关注自己的地区。这种渴求可能强化分裂主义因素,从而对民族的团结构成挑战。但在某些情况下,比如伊斯兰世界内部的某些因素相互作用,可能会使其加强与国外的联系,从而强化某种特殊类型的国际主义。然而,总的来说,它促进了不同形式的地方主义的发展。

一个国家如何处理这三股势力及其相互作用,在相当程度上决定了其国内政治稳定和经济实力以及与其他国家的关系。然而,如今还有一系列迫切需要国际和国家相互配合共同解决的问题,我们将其称为"人类安全"。没有人能够否认这些新问题向我们提出的挑战:全球变暖、资源的使用、环境污染的迅速蔓延、人口老龄化及随之而来的社会和经济后果。如果不对这些相关问题予以高度关注,并通过国际合作以及私人研究机构和政府机构的通力协作予以解决,我们将面临一系列更大的危机。

很明显,在当今时代,非政府组织在寻求问题的解决和促进跨文化的理解方面发挥着至关重要的作用。推动具有不同文化背景的民众之间的相互沟通,促进官民之间的相互交流,尽早实现这些对话极有必要。只有通过这些方式,才能取得更大程度的相互理解,才能大胆地提出官方无法企及的新设想。

在考虑这些问题和有关事项的过程中,最近我经常受到一个问题的困扰。我们的许多领导人和民间组织都声称,最大限度地运用各种积极和消极的方法,在全世界推进民主,是美国的责任。

本人在支持民主方面决不含糊,我坚决相信,如果民主能够成功地运行,它将为个人和国家的发展提供最佳机遇。但我不相信,目前每个社会都有能力实现民主的成功运作。正如我前面指出,韩国在实现牢固的民主制度之前经历了一个渐进的过程。它一开始的努力导致了反复的动荡和不安。不过,在保证政治稳定的前提下,在权威领导人确立合理的经济政策之后,出现了政治开放的美好前景,各种促进转型的压力稳步增长。现在,这个社会的民主似乎更加稳定,人民从各个方面受益。

中国的情况也是如此,我前面曾经提到,目前发生的变化已经使得政治在更大程度上实现了开放。但是,中国的政治变化将与其社会经济的发展相适应,并将继续发展。总之,我们是否应该接受这样一个事实:说得婉转些,那就是,世界各国的统治方式将是多样化的,要求别国与我们的制度保持一致,或者任意地从外部将民主植入一个处于完全不同的文化和经济发展阶段的社会是危险的。虽然我们可以希望,民主将继续扩大其在这个迅速发展的世界的影响,并在适当条件下,为发展的过程提供帮助,但我们还必须准备与各种不同的政治制度打交道。我们可以合法地批评侵犯人权和其他违法行为,但是如果过早地强迫其他社会接受我们的民主,将会使双方都付出沉重的代价。

在当今政治舞台上,还有另外一个困扰我的因素,即现代媒体的特性。我完全支持媒体的自由,这是民主的重要方面。在高度专制的社会中出现的政府对媒体的控制是一种限制和捏造信息的手段,这种信息提供给民众将模糊事实的全部真相。然而在今天的自由社会,媒体钻营于制造轰动效应,日益成为娱乐的形式,逐渐掩盖了问题和事件的复杂性。过多地将注意力集中于最新的丑闻、最离奇的行为或一些知名人士的言论，或在国内外发生的暴行。那些塑造我们命运的重大事件受到的关注却越来越少，对其本质的理解和把握也越来越少。对这个问题没有简单的答案。通过官方行动来约束媒体是不可接受的。但是，如果在公共话语中对这一问题给予更多的关注，或许可以引起媒体对这一问题进行认真的反思并作出相应的调整。互联网和其他自由的信息来源可以在一定程度上缓和大众传媒的问题，但这些来源往往本身并不可靠，也无处核实。即使这些信息普遍是可靠的，对于绝大多数的成年人来说，传统的媒体仍然是主要的信息渠道。

我的另一项关注是在像我们这样的民主社会中，如何让更多有能力的人为公众服务。许多我认为完全有资格担任公职的人都坚定地置身于政治之外。他们指出，从政除了会失去个人隐私，还必须筹集大量资金，以赢得在投票中获胜的机会。募集资金必须寻求多种渠道，候选人往往需要做出一定程度上给予回报的承诺。显然，选举所需费用已达到令人震惊的程度。我认为，需要通过某种类型的措施，比如公共资金支持、支出限制或其他方式，对此进行补救。

尽管存在这些问题，我依然对未来抱有谨慎乐观的态度，无论是对美国社会还是对世界其他地方。可以肯定的是，我们可能会面临世界各地持续不断的暴力问题。持不同政见的团体可以轻而易举地得到强大的武器装备，武装分子会获得新的机遇。因此，在南亚自称毛派的势力，中东和其他地方的伊斯兰极端分子，以及其他不同地区的民族反叛力量可能会继续割据一方。不过，我希望，国与国之间,特别是在 20 世纪占主导地位的大国之间的战争,可以避免。在那样的冲突中,几乎不可能存在真正的赢家,各方的经济和政治代价都将是巨大的。此外,如果核大国参与其中,真正可怕的问题将出现——究竟使不使用这种武器?因此,今后战争的威胁有可能显现,有限的军事碰撞也可能发生,但可能导致自我毁灭的全面战争似乎不太可能爆发。

我也要提出警告。盲目持续的乐观是不切实际的。因此,我总是在乐观的前面加上"谨慎"二字用以限定。有时候,我会提出另一种方式的告诫。我对我的朋友们说,在星期一、星期三和星期五,我是乐观的,而在星期二、星期四和星期六,我会对局势进行全方位的重新考虑。而到了周日,我休息。不过,总的说来,我仍然保持谨慎的乐观。

我就用这种谨慎乐观的态度作为本书的结尾吧。

我与迪伊在家中，2004 年 3 月